集英社オレンジ文庫

どこよりも遠い場所にいる君へ

阿部暁子

本書は書き下ろしです。

Contents

Doko yori mo Toi
Basho ni iru Kimi he
Akiko Abe

イラスト／ｓｙｏ５

第一章　入り江の少女

1

　入り江の水面に白い顔を浮かべ、黒い髪をゆらめかせる少女を目にして、和希《かずき》は二秒間立ちつくしたあとスクールバッグを投げ捨てながら波打ちぎわに走った。

　島の西にあるその入り江は、幅三十メートル程度の海を、緑の草に覆《おお》われた崖《がけ》がとり囲んでいる。まるで海の水をすくいとろうとしている巨人の両手みたいに湾曲した左右の崖は、沖へ行くにしたがって距離を狭め、やがて崖がとぎれた入り江の彼方《かなた》、その望遠鏡の覗《のぞ》き穴のような岩間から、作りものみたいに小さくて遠い水平線が望める。入り江にとどまった海の水は、浅瀬では水底の石粒の形さえくっきりとわかるほど透きとおっていたものが、深度が増すにつれて夏の空と同じあざやかな青に変わる。

　誰かが自分のためだけに海を切りとってきて隠したような美しい場所だが、ひと気はまったくない。島では、この入り江は曰《いわ》くつきの場所なのだそうだ。先日、クラスメイトと雑談していたら「あそこ神隠しに遭《あ》うって言われててさ。俺のひい祖母《ばあ》ちゃんも遭ったんだって」と教えられた。神隠し、とその時はずいぶん古めかしい言葉に驚いた。

　ただ島ではそれはある程度の強さで信じられているようで、集落と入り江をつなぐ雑木《ぞうき》林《ばやし》の入り口には両脇に太い杭《くい》が打たれ、白い紙垂《しで》をつけた年代物の注連縄《しめなわ》が渡してある。

「入るべからず」と厳《おごそ》かな声が聞こえるようなバリケードだが、和希はもう十回はそれを乗りこえてこの入り江に来ていた。神隠しなんてただの言い伝えだろうし、本当に正体不明の力で自分が消されることになったとしても、それはそれでかまわない。

でもまさか、そこで人が倒れているとは思わなかった。

「大丈夫ですかっ？」

波に体を洗われていた少女を、水の来ないところまで何とか引っ張り上げ、肩を叩いて呼びかける。反応はない。くり返しても、長い睫毛《まつげ》は震えもしない。

二カ月くらい前、四月の後半に学校で心肺蘇生《しんぱいそせい》の実習があって、その時に習ったことを必死に思い出そうとした。意識確認。胸骨圧迫《きょうこつ》。いや、その前に気道《きどう》確保？　動揺しているせいで関係ないことまで浮かんでくる。人工呼吸の実習になると生徒はそろって順番を譲り合ったこととか、そこで幹也《みきや》が「尾崎《おざき》いきます」と進み出て男子連中から喝采《かっさい》が飛んだことだとか、人形相手に意識確認する顕光《あきみつ》の顔がやけに神妙で笑えたこと、修治《しゅうじ》が心臓マッサージの最中に突き指したこと——ああ違う、救急車。そう、救急車だ。

思いついて勢いよく立ち上がったものの、すぐに和希は途方にくれた。一一九番をしようにも携帯端末は持ってない。中学三年の春にスマホを捨てて、それきりだ。島に来て知り合った友達には「今の時代それ無理だって！」「ほんとスマホ買ってもらお!?」とよく言われるし、この島の高校に入学することが決まった時にも母に散々スマホを持ってくれと頼まれたが、そのつど突っぱねてきた。今初めて、それを後悔した。

だがここにぼんやり立っていても何にもならない。とにかく近くの民家で電話を借りよう。それで救急車を――いや、そもそもこの島に救急車は存在するんだろうか。映画館もネットカフェもファミレスも、コンビニさえもないのに。

「――誰だ？　おまえ」

悩みながらも駆け出して、入り江と外をへだてる雑木林に足を踏み入れようとした時、林の奥から歩いてきたその男と鉢合わせした。

肘《ひじ》まで袖《そで》をまくった黒いシャツの下はよれよれのジーンズで、肉付きは薄いのにかなり背が高い。大人の歳《とし》はよくわからないが、若い部類に入りそうに見える。素足につっかけサンダル、くわえ煙草《たばこ》、伸びた髪を前髪もろともひっつめて後ろで縛った髪型と、何となくガラの悪そうな見かけだが、何よりも人をひるませるのが暗色の三白眼《さんぱくがん》だ。その切りつけるような双眸《そうぼう》を和希に向けて男は続けた。

「注連縄、見なかったのか？　あれは『ここに入んな』って意味だぞ」

その入ってはならない場所に今まさに立っている自分のことは棚に上げた物言いからして、あまり真っ当な人ではないのかもしれない。けれどたとえ少しばかり真っ当ではないにしても大人の姿を目にしたとたん、膝《ひざ》から力が抜けるような安堵《あんど》がこみあげた。

「あの、この島って救急車は呼べますか」

「あ？　そりゃ呼べんだろ、一一九で」

そこで男は何か気づいたらしく、不機嫌そうな表情をややほどいた。

「ああ――『留学生』か？」

島の地元民は、本土から進学してきた生徒をそう呼ぶ。でも今はそれどころじゃなく、

「救急車呼んでもらえますか。おれ、スマホを持ってなくて。人が倒れてるんです」

「――それ先に言え」

男はくわえていた煙草を放り出しながら和希が指した浜辺へ駆け出した。足もとは砂だし履いているのもサンダルなのに、脚《あし》が長いから移動が速い。和希も男のあとに続いた。

スニーカーに砂が入ったが、今はかまってられなかった。

男は少女のかたわらに膝をつくと、華奢《きゃしゃ》な顎《あご》をつかんで反らせ、小さく開いた唇に自分の左耳をよせた。そうだ、実習でもああして呼吸の有無を確認すると習ったのだ。男はくたびれたジーンズの尻ポケットから、かなり古い型の携帯電話をとり出した。

「救急です。中学生か高校生、そのくらいの歳の女がひとり倒れてる。濡れねずみなんで溺《おぼ》れた可能性がある。見た感じ外傷はない。呼吸はしてる。意識は――」

少女の睫毛が小さく震え、ゆっくりとまぶたが上がった。

ぼうっと宙をながめた目が、ゆるりとこちらを向いた時、和希はリストを思い出した。

小さい頃から一緒に暮らしてきた茶トラの猫。メスなのに、父が一番好きな音楽家の名前

をつけてしまった。目尻がきゅっと上がった琥珀《こはく》色の瞳《ひとみ》が、リストとよく似ていた。

「――意識はある。ええ。神隠しの入り江って言えば地元の消防士には必ずわかります。道の入り口に立っておくんで。……いや知らねえよ身元とか。見たところそれらしいもんは何も持ってない。こっちは高津《たかつ》。は？　いいだろ、苗字《みようじ》だけだって。嫌だ。うるせえ、プライバシーだそれは。電話番号は……」

ひと通りのやり取りを終えた男――どうも高津という苗字で、下の名前は教えられない事情を抱えているらしい――は、旧式の携帯電話をジーンズのポケットに押しこみながら和希を見た。暗い色の三白眼は、近くで見るとさらに強い引力がある。

「俺は救急車が来るまで道の入り口に立ってる。おまえはここでこいつの様子を見てろ。もし何かあったら電話……って持ってないっつったか？　おまえ、シマ高の制服着てるってことは平成生まれ、下手すると二十一世紀生まれだろ。それで高校生やってけんのか」

「それなりにやれてます」

「俺が高校生の頃だって八割がたはケータイ持ってたぞ。――何かあったら走って来い」

高津はしなやかに立ち上がったが、歩き出す前に動きをとめ、少女を見下ろした。

「おまえ、今の西暦はわかるか」

それはたった今意識をとり戻したばかりの溺れた少女にする質問にしては奇妙だった。ぼんやりと高津を見上げた少女は、初めて、透きとおったきれいな声を発した。

「せん、きゅうひゃく……ななじゅうよねん……」

――一九七四年？

和希はとっさに暗算した。今が二〇一七年だから……四十三年前？

ふざけているとも思えなかった。朦朧《もうろう》とした少女がそんな遊び心を発揮《はっき》するとは、とても。それとも、自分が何かを聞き間違えたのだろうか。

高津は、どんな意味合いでか目を細めると、何も言わずに雑木林へ消えていった。

入り江の波は、外の海岸よりも穏やかだ。六月半ばになって雨が続いたが、今日はひさしぶりの晴天だった。青空にクリームを絞ったような雲が浮かび、翼を広げて風をつかまえた鳥が高く尾をひいて鳴く。この島にいると、世界はきれいで穏やかなものだけで出来ていて、誰もが傷つけることも傷つけられることもなく生きているのではないかという気がしてくる。そんなはずはないし、そんな日が来ることもないとわかっているのに。

「あの、寝ていいよ。もう大丈夫だから」

少女が眠りに落ちる寸前の子供のようにまばたきをくり返していることに気づいて、そっと声をかけた。たぶん同じくらいの歳だと思ったから、とっさにタメ口になった。

少女は、ゆっくりと、まだこちらの世界に戻りきっていない目で見上げてきた。

「……シマ高の人？」

「うん」

「……して……」

かすれた声が聞きとれず、眉をよせてもう一度言ってほしいと示した。少女は、まぶたの重さに耐えられなくなったように目を閉じていく。唇を、ほんの小さく動かしながら。少女が完全に意識を手放したあと、和希はいつの間にか額に浮いていた汗をぬぐった。

――どうして、まだ生きてるの。

そう言った気がした。とても小さな声で。

どうしておまえはまだ生きているのだと、自分に言われたような気がした。

＊

采岐島《ときしま》高校、通称『シマ高』の男子寮の起床は朝六時四十五分で、けれど特別チャイムが鳴ったりはしない。「自主独立」「個性伸長」を校訓に掲げるシマ高では、寮生活も門限と食事の時間と消灯時間さえ守ればあとは基本的に生徒それぞれの裁量にまかされている。それは校舎をはさんで向こう側にある女子寮でも同じだ。

そんな高校なので普段の生活も柵のない草原で牛を放牧するような大らかさに満ちていて、これまでは校則の厳しい私立中学に通っていた和希は面食らったが、今ではもう体になじんだ。そして規則がゆるいからといって、ふしぎと無茶をしたり問題を起こすような生徒はほとんどいない。むしろ生徒たちの間で自発的にルールが作り上げられていく面があって、なるほど、と和希は思っている。たとえば、窓もない窮屈《きゅうくつ》な部屋に押しこめられて外に出ることを禁じられたら、人は反発を募《つの》らせて何とか隙《すき》をついて外へ出てやろうとするだろう。でも逆に広々とした野原に「好きにしていいよ」と放り出されたら、たぶんあまりの自由さにたじろいで身をよせる壁を築き、屋根を作り、煮炊《にた》きをするかまどを組んで、自分から生活の秩序をつくり出す。きっと、そういうことなのだろう。

「和希、かーずき。起きなさい、朝だよ」

二段ベッド上段の木製の柵をコンコンと何度もノックされ、まぶたをこじ開けながら頭までかぶっていたタオルケットからもそもそと顔を出すと、もう白シャツの制服に着がえた幹也が柵ごしにのぞきこんでいた。「おはよ」と小首をかしげる芝居がかった笑顔に微妙にイラッとして、またもそもそとタオルケットにもぐりこもうとすると「こらこら」と手首をつかまれて阻止された。

「もう少し寝かせてあげたら？　和希くん昨日大変だったし、あと五分くらいなら……」

幹也の肩をつつきながら心やさしいことを言ったのは、同じくルームメイトの修治だ。こちらも白の半袖シャツの制服を着た修治は、柔道部の主将かと思うような頼もしい体つきをしているのだが、本人の性格はいたって温厚で少し恥ずかしがりでもある。目もとのやさしい修治はお人よしのクマという感じで、動物全般が好きな和希は修治がそばにいると心がなごみ、今も穏やかなまる顔を見つめてほのぼのしていたら、修治も「おはよう」とおっとり笑い返してくれた。

「甘やかすな、月ヶ瀬《つきがせ》の寝起きが悪いのはいつもだろ」

打って変わって強い声が飛んできたのは、方向も真逆の足もとのほうからだ。

寮の四人部屋は奥行きのある十二畳。ドアから見て左手の壁ぞいに細い本棚を衝立《ついたて》がわりにした四人分の机が並び、反対側の壁際には人数分のロッカーと二段ベッドが二台配置されている。頭を起こしてもう一台のベッドを見ると、和希とともに二段ベッドの上段をジャンケン勝負で勝ちとった声の主は、あぐらをかいて鏡をのぞきながら前髪を整髪料で立たせる作業の最中だった。これがピンと決まらないと一日のやる気が出ないのだそうだ。

顕光は前髪をいじりながら矢みたいな視線を放ってきた。

「ぼーっとしてないで起きろ、月ヶ瀬。朝ごはん遅れるぞ」

月ヶ瀬という書くのも読むのも微妙にややこしいこの苗字を、顕光はとてもクリアな、決然たる発音で呼ぶ。そんな顕光は武士っぽいと和希は考えていて、しかも名流《めいりゅう》武家の御曹司《おんぞうし》とかではなく、無名の家柄ながらも本人の才覚と野心でのし上がってきた若武者という感じだ。実際、眼光が強くて凛々《りり》しい顔だちの顕光は武家っぽい。そしてひょろっと背が高くて細面《ほそおもて》で笑っていても腹に一物隠してそうな感じがする幹也は、公家《くげ》っぽい。

「そんなにガツガツ言わなくても。昨日は人命救助して帰ってくるの遅かったんだから」

「遅くまで帰ってこないこいつのこと心配して俺たちだって大変だっただろ。なんでスマホ持ってないんだよ、今どきいねえよ、そんなやつ。いい加減に買ってもらえって」

「落ち着いて、顕光くん。和希くん、寮にはちゃんと連絡入れてたんだし……」

「だからそれがわかるまでシュウだってすげー心配してただろ。スマホがあれば俺たちに一発で連絡できたし、こっちだって何か手伝いに行けたかもしんないだろ。……で、なんで張本人のおまえが他人事《ひとごと》みたいなぽやっとした顔していつまでも寝ころがってんだ?」

仕上げにサッと前髪をなでた顕光は、眼光鋭く和希に人さし指を向けた。

「さっさと起きろ寝坊王子。十秒以内に動かないと蹴《け》り出すぞ」


何とか顕光に蹴られる前に身支度を終え食堂へ向かうと、すでに配膳台《はいぜんだい》の前には長い列ができていた。前方から伝わってきた情報によると今朝の献立はアジフライ（朝から?）と温泉卵、海藻《かいそう》サラダ、そしてご飯と切り干し大根の味噌汁《みそしる》らしい。シマ高とその敷地内にある生徒寮は港から徒歩十分という立地にあるので食事にはよく新鮮な魚介類が出る。それは喜ばしいことなのだが、苦手なわかめまで頻繁《ひんぱん》に登場するのは憂鬱《ゆううつ》だ。

列に並ぼうとしたところで、ぽんと肩を叩かれた。ん?　とふり返ると、毎朝挨拶《あいさつ》は交わしてはいるものの個人的に話したことはない三年生が、ニカッと笑っていた。

「昨日、人命救助したんだって?　やるな〜」

「おまえ顔に似合わずけっこう骨太のやつだったんだな。その人無事なの？」

「助けたのって女の子？　かわいかった？」

　前と後ろにいたほかの上級生や同級生までひょいひょいと話に加わってくる。男子寮で暮らす生徒は一年生から三年生まで合わせて六十人弱。県外から遠い島に集まってきた者同士、かなり仲間意識は強く、その分何か珍しいことがあると伝言ゲームみたいにすぐに知れ渡ってしまうのだ。昨日のことは救助というほどのものでもなく、単にぼーっと少女に付き添ったり、ぼーっと救急車に同乗して診療所まで行っただけのことで、無事かどうかは今日の放課後に様子を見に行こうと思っており、かわいいかどうかに関してはバタバタしていて顔はよく見ていないのだ、ということを敬語になったりタメ口になったりしながら説明した。そうしてようやく朝ごはん一式を手に入れた頃には、ルームメイト三人は長テーブルのいつもの席についていた。

「和希くん、囲まれてたね」

　おかしそうな修治に苦笑いを返しながら、和希も椅子《いす》に腰を下ろした。テーブルをはさんで向こう側に修治と顕光、こちら側には幹也と和希が並ぶのがいつもの配置だ。

「さっきはぐちゃぐちゃ言ったけど、人助けたのはえらいと思うよ、うん」

　毎朝ついてくる紙パックの牛乳にストローを刺しながら、顕光がぼそっと言った。顕光には小言を言われることはあっても褒められることはめったにないので、今日はいい日なのかもしれない。笑っていると「何だよ」と顕光が唇を曲げ「食べよう、いただきます」と幹也が手を合わせるのに続き、みんなもいただきますと両手を合わせた。

　和希は牛乳で喉《のど》を潤《うるお》したあと、アジフライを食べようとして、おや、と思った。ソースがない。みんなは今まさにミニパックのソースをこんがり揚がったアジフライにちびちびとかけているところなのに。配膳台のほうに首をめぐらせたが、わざわざあそこに戻って取ってくるのも面倒だった。このアジも生前は海水の中を泳いでいたわけで、だったら塩味がまだ少しは残っているかもしれない。いけるだろう、と箸をのばそうとすると、

「ソース忘れた？　はい」

　幹也がソースのミニパックを手品のようにさし出した。二人分用意しておいてくれたらしい。感謝しながらアジフライにちびちびかけると、向かいの顕光が目を据わらせた。

「尾崎、ほんと言い飽きたけど、おまえは月ヶ瀬の乳母《うば》かよ？」

「だってこの人、昔からよくこういう時のソースとか醤油《しょうゆ》とか取り忘れるからさ」

「おまえがそうやって世話焼きすぎるからこいつはいつもぽやーっとしてんじゃないのか」

「失礼な、和希はやればできる子だよ？　おっとりしてるのは魂《たましい》が高貴な証拠」

「シュウ、わかめ欲しくない？」

「だめだよ和希くん、わかめはミネラル豊富なんだから自分で食べないと……」

「思いっきりスルーされてんぞ」

「いいの、俺は愛されるより愛したいタイプだから」

いつも幹也は飄々《ひょうひょう》として世渡りがうまく、修治は平和を愛してやさしいし、顕光は常にきっぱりはっきり潔《いさぎよ》い。こういう役回りは、最初に会った時からそうだった。

四月の入学式の前日、島外からの新入生はひと足早く入寮して、上級生や教員もまじえた盛大な歓迎会をしてもらった。でもそういう夜はなかなか寝つけないもので、たぶんほかの一年生の部屋でもそうだったのではないだろうか。消灯時間のあともこっそり灯《とも》した机のスタンドの明かりを頼りに、歓迎会の残りのコーラを飲みながら、その夜はこれから寝食をともにするルームメイトたちと長くて少しだけ踏みこんだ話をした。

「俺のうち父親が銀行員で、昔から転勤ばっかりでさ。俺も何回も転校したんだよ。もう、転校のプロって言ってもいいぐらい」

うんざりした調子で話しながらも音の輪郭《りんかく》がクリアな顕光の声を聴きながら、バイオリンみたいだと思ったのを和希は覚えている。個性豊かな楽器が集《つど》うオーケストラの中でも決して埋もれることのない、主旋律を奏でるために生まれた楽器の音色だ。

「けどもう、そういうの嫌になったんだ。せめて高校三年間くらい、誰かと仲良くなっても、またいつかこいつと別れるんだろうなとか考えなくていい、次は俺いつここからいなくなるんだろうってそわそわしなくてもいいところで、安心して勉強とか部活のことだけ考えて生活したい。だから高校は絶対に寮のあるところに行くって親に宣言したんだ。で、テレビでシマ高のこと知って、おもしろそうだなって思って」

なぜこの高校を選んだのか、ということを話していたのだ。最短でも本州からフェリーで三時間の離島。まれに一家で島に移住してくる生徒もいないではないが、ほとんどの『留学生』は保護者と別れて単身この島にやって来る。そうまでするからには何かしらの理由や決意があるわけで、その夜は、そんな個人的な事情も話せそうな雰囲気があった。

「そのテレビって、去年やってた特集？」

次に口を開いたのは修治だった。こっちはホルンみたいだ、と修治の声を聴いて思った。耳にやわらかくて、異質な音も抱きとめて調和させる、ふところの広い音色だ。そしてこの時にはすでにお人よしのクマみたいな修治のまる顔を見つめてほのぼのしていた。

「僕もあれ見たんだ。島の小さい学校なのにおもしろい授業たくさんやってて、海外交流とかもあるし、進学率も高くて、すごい、こんな学校に入りたいなって思ったんだ」

その特集番組は一年前の初夏に放送されたもので、和希も見ていた。

采岐島は中国地方の日本海、本土から約五十キロメートルの地点に浮かぶ島だ。面積はおよそ三十キロ平方メートル、総人口は約二千三百人。離島は水の問題に悩むことも多いが、采岐島は豊富な湧き水に恵まれ、千年前から変わらないような美しい風景が至るところに残り、島そのものが国立公園に指定されている。

豊かな土と水と海の恩恵を受け、かつては半農半漁としてひっそりと栄えた采岐島だが、多くの地方集落と同じく時代の流れとともに過疎《かそ》化が進み、島で唯一の高校であるシマ高も入学者が三十人を割りこむようになった。島の子供が減ったというのもあるし、進学を目指す生徒はもっと高度な教育を求めて本土の高校に流れてしまうのだ。シマ高は公立校であるため生徒が減れば教員も減らされてしまい、すると教育環境が悪化して、それがさらに生徒を減らすという悪循環の中、ついに廃校寸前の状態になった。

そんな時、シマ高に新たに赴任してきた第十六代校長が、声高く島民に訴えたのだ。

「シマ高が廃校になるということがどういうことか、おわかりですか。島唯一の高校がなくなれば、子供たちはすべて本土の高校に通うことになり、彼らはもはや島に戻りません。人がいない、仕事もない、高校すらも消えた島に未来があるとは信じられないからです。そして若者を失った島はいずれ息絶える。今がこの島の生きるか死ぬかの瀬戸際であり、シマ高こそがこの島の最後の砦《とりで》なのです。しかし砦を守るには私や教員だけでは力が足りません。町長も、町議会も、役場も、第三セクターも、そして何より島のみなさんすべての力が必要です。どうか手を貸してください。子供たちとこの島の未来のために！」

どこかの国の大統領みたいな演説をするこの十六代校長も、采岐島で生まれ育ったかつてのシマ高生だったらしい。人々は切なる訴えに胸打たれ、島を挙げてのシマ高復活プロジェクトが始まった。校長と教員たちは「教員減らすな、いや増やせ！」と教育委員会と文科省に訴え、島外からも生徒を受け入れるべく北から南まで日本全国をめぐって地道な広報活動を行い、島民たちも「人がいないならつれてこい！」を合言葉にIターン移住者が住みよい島の在り方を模索し、長く険しい道のりだったがじょじょにシマ高の入学者数は増え、それにつれてIターン移住者も増加、シマ高のユニークな取り組みは国のみならず海外からも注目されるようになり、やがて長らく一組だけだったシマ高の新入生のクラスが五年ぶりに追加され、これを聞いた島民たちは地酒をついだ杯をふれ合わせた――というような内容の九十分番組だった。おもしろかったので、今でもかなり覚えている。

「それでここの学校に決めたんだ？」

　幹也が、ちょんと油を差すみたいに合いの手を入れた。幹也は日曜の朝にレギュラー番組を持っている手練《てだ》れの司会者みたいな男で、いつも会話がスムーズに流れるように気を配る。何かを言い残している感じだった修治が、もじもじと口を開いた。

「それだけじゃないんだけど……あの……笑わないで聞いてくれる？」

　うんうんと三人は頷《うなず》いた。誓いの真剣さはさておき、早く続きが聞きたかったので。

「僕、北海道生まれなんだけどね。稚内《わっかない》っていうところ。でも僕、すごく寒がりなんだ。道民のくせにって言われるかもしれないけど、もうほんとそうなんだよ。真冬の朝早くのまだ暗いうちからやる雪かきとか、もう絶望。だから、冬になっても雪かきしなくていいところに行きたくて、この学校に入るって決めたんだ」

　三秒後、三人は爆笑しかけたのをあわてて口を押さえてこらえ、体を震わせた。「笑わないって言ったのにぃ」と修治は情けない顔をした。

「で？　おまえは？」

笑いすぎて涙がにじんだ目尻をこすりながら顕光がいきなり顔を向けてきたので、和希は一瞬固まった。コーラを飲みこんでから、薄く笑いながら答えた。

「修治と同じ。テレビで見て、おもしろそうだなって思ったから」

そっかぁ、と修治はのんびりした相づちを打ってくれたが、顕光は真顔で黙ったままこちらを見ていて、じわじわと訝《いぶか》るような表情になった。

「え、それだけ？」

それだけ、と言われてたじろいだ。確かに転校だらけの半生に嫌気がさして親に独立宣言をした顕光や、北海道民なのに寒がりで雪かきのない世界を希求してやって来た修治に比べたらインパクトに欠けるだろうが、かといって答えはそれしか用意していない。

「歓迎会の自己紹介で言ってたけど、月ヶ瀬と尾崎って横浜《よこはま》のK大付属に通ってたんだろ？　あそこ中高一貫でめちゃくちゃ偏差値高いし、そのまま内部進学しとけば有名大学に入れるじゃん。それやめてシマ高に来るって、よっぽどの理由があるんじゃないの？」

用意していた回答は言ってしまったから、あとは本当の理由しか残っていなかった。

「遠くに、来てみたかったから」

顕光の釈然《しやくぜん》としない表情に、さらにとまどいが混じった。でも、ほかに言えることはない。ごまかしたわけでもはぐらかしたわけでもなく、それが理由なのだ。

「俺は顕光と似てるかな。寮暮らしがしたいっていうのが一番」

耳にするりと入り込む幹也の声は、テナーサックスに似ている。溶けこむことも目立つことも自在にできる声で、幹也が穏やかに声を発しただけで、修治も顕光もそっと顎を引き寄せられたみたいに顔を向けた。

「え、でも、すごい学校に行ってたのに？」

「正直、行きたくて行ってたわけじゃないんだよ。うちの親、教育熱心っていうか、そういう世間の価値に左右される人種だから、息子を有名なところに入れたかったんだよね。そのためにわざわざ小六の時に転校させられたりもして。けどちょっとうんざりしたから、親から離れて暮らしたくなったんだ。シマ高って県外生に寮費とか食費とか補助してくれるでしょ。だからここなら親に大きい顔されなくてすむなって。で……」

幹也はいきなり和希の手を握って顔の高さまで上げると、にこりとした。

「和希は、俺が頼みこんでついてきてもらった」

顕光が目を剝《む》き、修治はぽかんとし、和希は笑っている幹也の手を叩き落とした。

「これ単なるこいつのネタだから。本気にしないで」

「え……ネタ？　ネタなのか」

「和希はいつもこう言って照れるんだよね。まだネタってことにしておきたいみたい」

「なんか尾崎くん、本気なのか冗談なのか全然わかんない……」

「それよく言われる」

「胡散《うさん》くさいやつだな」

「それもよく言われる。なんでかな？」

首をかしげる幹也に顕光も修治も笑う頃には、もうさっきの微妙な空気は流れ去っていた。幹也がそれを意図してやったのはわかっていたから、和希は幹也の横顔を見ていた。視線に気づいた幹也は、ごく薄く、秘密めいた笑みを浮かべた。

まるで唇の前に人さし指を立ててるみたいに。


『――今月八日、北海道札幌《さっぽろ》市で市内の高校に通う女子生徒が何者かに刃物で刺され死亡した事件で、事情を知っていると見て行方を追っていた十六歳の男子生徒が、昨夜未明、市内で発見され、殺人の容疑で逮捕されました』

ずいぶん前のことを思い出していた和希は、ニュースの音声にわれに返った。

食堂の長テーブルの前方には、大型テレビが設置されている。生徒の三分の二くらいはテレビそっちのけで友達と話しているが、残りはニュースに注意を向けていた。

「ああ……捕まったんだ」

顕光が小さく眉をひそめて呟《つぶや》いた。

「わりと時間かかったな。でもよかったよ、捕まって。北海道はシュウの家もあるし」

「顕光くん、同じ北海道だからって近いわけじゃないんだよ？　札幌から稚内だと、車で五時間くらいかかるし、なんなら飛行機で移動しようかってくらいだし……」

「犯人の年齢、前のニュースだと十五歳じゃなかった？　逃げてる途中で誕生日がきたのかな。ってことは俺たちと同い年なんだね」

　一週間ほど前に起きた事件だった。被害者が高校生であることに加えて、犯人と思われる同級生の男子生徒が姿をくらまして今もどこにいるかわからないという状況から、かなり大きな扱いのニュースになっていた。

「何があったか知らないけど、別に殺すことないよな。十六歳ならもうちょい考えろよ」

「何があったのかまだわかんないんだから、一概《いちがい》にそうも言えないんじゃないの？　もしかしたらよっぽどの事情があったのかもよ」

「どんだけの事情があったとしても、人殺していい理由にはなんないだろ。相手の女子、まだ十六歳なのに死んだんだぞ」

「顕光は年齢で罪の重さを判断するわけ？　それにわりとみんな逮捕されたら犯人って思いこむけど、今はまだ容疑の段階だし、検察が『こいつやってる』って思って起訴したとしても、裁判で判断されるまで有罪とか無罪とかはまだわかんないんだよ？」

「あ、顕光くんも尾崎くんも落ち着いて……」

こういうニュースを見ると、考えてしまう。

交際相手を殺したというあの少年には、赤ん坊が高校生になるこれまでの間、育ててくれた親がいるだろう。もしかしたら、上や下にきょうだいもいるかもしれない。やさしい祖父母だとか、かわいいペットだとかも。

彼らは、今どうしているのだろう。電波に乗って自分の家族の犯した罪が全国に知れ渡っていく様子を見ているだろうか。それとも何も目に入らないように、耳に入らないように、身をよせ合って閉じこもっているだろうか。あるいは、警察から事情聴取を受けているかもしれない。あれは、こたえる。何度も何度も、言葉を変えて、同じことを執拗《しつよう》に訊《たず》ねられるうちに、自分でも何が本当で何がそうではないのか、わからなくなってくる。

「尾崎は理屈っぽすぎんだよ」

「俺に言わせれば顕光が感情的すぎるけど」

「感情があるから人間だろ。どうして人を殺したらだめなのかって議論することあるけどさ、あれ、いいのか悪いのかで話そうとするからおかしくなるんだよ。そうじゃなくて、やるかやらないかだろ。俺は死んだ人が気の毒だからやらないし、やったやつは嫌だ」

「顕光のそういう健全なところって好きだけど、健全すぎて偏狭《へんきょう》な時もあるよね。人はいろんな事情を抱えてるんだから、何も知らない外野にはどうこう言えないと思うけど」

「朝から喧嘩《けんか》はやめようよ——……！」

「喧嘩じゃないって、シュウ。これ議論」

「そうそう、こうやって友情をはぐくんでるの」

捕まった少年は、これから厚遇《こうぐう》はされなくても冷遇もされない。世間から厳重に隔離された場所で、ある意味守られて生活することになる。けれど彼の家族はこれからどうなるのだろう。あるいはすでに、どうなっているのだろう。嫌がらせの電話や、家への落書き、ネットにさらされる個人情報――やはりそんな迫害に遭っているんだろうか。

「和希」

いきなり目隠しするように顔前で手をふられて、肩が痙攣《けいれん》した。

「テレビばっかり見てないで、ごはん食べな。時間なくなるよ」

幹也が意識確認するみたいに目をのぞきこんでくる。ほら、と飲みかけの牛乳パックをさし出される。どうしてわかったんだろう。今、喉が渇いていたこと。口じゅうが砂漠みたいに干上がっていること。和希は牛乳を受けとって、ひと口飲み、中途半端に握ったまま止まっていた箸を持ち直して、アジフライを食べようと手をのばし、箸を置いた。

「和希くん？」

「ちょっと、トイレ」

ふしぎそうな顔をする修治に小さく笑って、テーブルを離れる。背中の後ろで「あいつほんとにマイペースだな」と顕光のあきれと笑いが半々の声が聞こえた。とくべつ表情は変えなかったと思うし、変に早足になったりもしなかったと思う。和希は食堂を出たあと左手に曲がり、しばらく廊下《ろうか》を歩いたところにあるトイレのドアを開けた。

奥の個室に入ってすぐ、崩れ落ちるようにしゃがみこみ、まだろくに食べていなかった朝食を吐いた。

2

シマ高の登校時間は朝八時半だが、学校のすぐそばに建つ寮からは五分程度で登校できるので、朝食をすませればちょっとした自由時間ができる。だいたいの生徒はその時間に干しておいた洗濯物を畳んだり（洗濯はそれぞれ自分でやる）、部屋の自分の陣地を掃除したり（掃除もやっぱり自分でやる）、食後の短い仮眠を楽しんだり（和希はよくこれで寝すぎて顕光に怒られる）、部活に熱心な生徒は朝練に出かけたりする。

準備を整えて登校する時には、食堂に寄るのを忘れてはいけない。寮においてもっとも尊《とうと》くありがたい存在である食堂のおばさんたちが、寮生全員の弁当を作っておいてくれるのだ。寮暮らしを始めてそれまで親まかせだった洗濯や掃除を自分でやるようになると、育ち盛りの男子の三度の食事や弁当を、しかも六十人分もの量を作るのがどれだけ大変かということがわかってくるので「いつもあざっす」「昨日の卵焼きおいしかったっす」「髪切ったんすか、似合いますね」と各自おばさんたちに感謝の言葉を述べながら弁当を受けとり、一礼して出発する。

シマ高が建つのは、港のそばの小高い丘だ。登校中、道ゆく島の人は知り合いでもないのに「おはようさん」と笑顔で挨拶してくれる。豊かに草が茂った原っぱでは牛が放牧されていて、とことこ近づいてきた茶色の牛とたわむれていると「おまえは人間で、人間は学校に行くんだよ！」と顕光に襟《えり》をつかまれ通学路に引っぱり戻された。

丘の頂上にそびえる白い校舎は三階建てで、敷地はかなり広い。校門から昇降口の間にある前庭には《未来へ渡る舟》という題の、ノアの方舟《はこぶね》みたいなブロンズ像がある。学校の創立六十周年を記念してあの高名な十六代校長が寄贈したのだそうだ。和希はひそかにこれが気に入っていて、いつもひんやりした像にそっととふれてから、昇降口に入る。

「おはよー、王子」

一年一組の教室に到着すると、前の席の耕平《こうへい》が料理のレシピ本から顔を上げて手をふった。自分では不名誉だと思っているのだが、王子というのが教室での和希のあだ名だ。そしてそのあだ名を最初に呼び出したのがこの耕平でもある。

「月ヶ瀬くんってさ、なんか、こう、王子顔だね？」

入学式の日、耕平はまだ挨拶しかしてない段階から人懐っこい笑顔でこう言ったのだ。和希は意表をつかれてまばたきしたあと、とりあえず気になったことを訊ねてみた。

「イギリスとか、アラブとか、ブータンとか、リヒテンシュタインとか、いろいろ王子がいると思うけど、どのへんの人なのかなって」

「ほ？」

「どこの王子？」

目をまんまるくした耕平は「うはっ」と破顔した。

「うそ、そうくるの？　てかリヒテンシュタインってどこ？　わかんないよ、おれ」

「オーストリアとスイスの間にある世界で六番目に小さい国で国民の平均年収一千万円」

「すげー！」

そんなこんなで親しくなり耕平には「王子」と呼ばれるようになった。そしてその後、ちょっとした機会にピアノを弾いたら「ピアノ弾けるとか王子っぽい！」とさらにあだ名が広まってしまい、さらには先生に頼まれて重たい教材を運んでいる途中、上履きのひもがほどけてしまって困ったので、ちょうど通りかかった幹也に結んでもらったら「靴ひも結ばせてる！」「ガチで王子！」と不名誉なあだ名が定着した。ちなみに幹也は「乳母」とか「執事」とか呼ばれているが本人は気にしてない、というか逆に楽しんでるっぽい。

「模擬店のメニュー考えてるの？」

「そうそう。おれ調理班隊長だからさ、いいアイディア出さないと」

シマ高では、夏休み明け八月下旬の土日に文化祭が開催される。文化祭というと九月や十月のイメージだが、その八月下旬の二日間には、采岐島伝統の夏祭りが催《もよお》されるのだ。神輿《みこし》が行き交い、夜店が並び、島に伝わる古い民謡に合わせて千人を超える人々が踊りながら島中を練り歩く一大イベントで、島外からもかなりの観光客がやって来るこの祭りに、シマ高改革を推《お》し進めた例の十六代校長が目をつけたらしい。

「島民に加えて島外からの観光客も集まる二日間をなぜ見逃すのか？　この二日間に文化祭を催せば祭りに集まった人員をわが校に引きこむことが可能であり、模擬店の売り上げはうなぎのぼり、わが校の知名度も急上昇、しかも観光客がわが校を気に入ってIターン移住者となってくれたら税収アップ、人口増加、過疎の歯止めに島の活性化と見込める効果は枚挙にいとまがない。以上、文化祭日程を変更しない理由があろうか！」

そして文化祭の日程は変更され、実際に夏祭りに便乗するようになってから来場者数は激増したという。そういう経緯もあってか、シマ高の文化祭にかける情熱はものすごい。

シマ高では三十人前後のクラスが各学年に二組、全校で二百人程度なのだが、一クラスを「調理班」と「展示班」に分けて、模擬店とクラス展示の両方を行う。ふつう文化祭の出し物はクラスでひとつではないのか？　という疑問を覚えるのは島の外からやって来た留学生たちで、これに地元の島っ子たちはきょとんとする。

「え、でも、シマ高の文化祭ってそういうもんだしね？」

「そうそう、だってそういうもんだから」

「人数が少ない分みんなでいっぱい働く、そういうもんだから」

そういうもん、そういうもん、とくり返されると「そういうもんなのか……」という気分になってくるのがふしぎで、六月も後半にさしかかった今ではクラスじゅうで文化祭の準備が進められている。両親が『アジアイタリアン出上《たがみ》』というちょっと突っこみたくなる店を営んでいる耕平は「二日間でもかまわない、おれをシェフにしてくれよ!」という熱意を買われて調理班隊長に任命された。ちなみに和希は展示班で、話し合いの結果、模擬裁判を行うことになった。生徒だけではなく、島の人たちにも裁判員役として出演してもらうところがミソだ。

本音を言うと『裁判』というのが嫌で調理班に入りたかったのだが、やはり調理班のほうが人気が高く、選抜のためのジャンケン大会で負けてしまった。顕光と修治は調理班に入ったが、幹也は和希が展示班になったのを見たとたんに「じゃあ俺も展示」とあっさり勝っていたジャンケン勝負を降りてしまい、これを見た女子が「尾崎くん、愛しすぎー」「執事の忠誠深すぎー」と何やらうれしそうにささやき合っていた。

「あ、てか聞いたよ、王子。昨日大活躍だったたって」

教科書を机に入れていたら、いきなり耕平が身を乗り出してきた。何かあればすぐに話が広まるのは寮だけのことではないらしい。「活躍とかじゃないから」と訂正するものの、耕平は声が大きいので、となり近所のクラスメイトの耳も引いてしまった。

「なになに？　大活躍って？」

「俺聞いた、溺れた女の子助けたんだって？　なあ……人工呼吸は、したのかい？」

「その女の子って島の子？　うちのお母さん診療所で働いてるんだけど、見たことない子だったって言ってたなあー」

男子も女子もワイワイと声をあげ、和希はげっそりした。なるべく目立つことは避けたいのに。おそるべし島ネットワーク。そこで耕平が「てかさー」と渋い顔をした。

「王子がその女の子助けたのって、神隠しの入り江でしょ？　ってことは、またあそこ行ったんでしょ？　危ないから行かないほうがいいって、おれ言ったのに」

あの入り江でひいお祖母さんが神隠しに遭ったことがある、という話を聞かせてくれたのがこの耕平なのだ。和希は、前から気になっていたことを訊ねてみた。

「耕平のひいお祖母さん、神隠しに遭ったっていうけど、つまり行方不明になったんだよね。そのまま見つからなかったの？　捜索したりとかは？」

「すごい捜したってよ、島の人みんなで。でも見つかんなくて、どうしようって言ってたら何カ月もしていきなり戻ってきたんだって。うちのひい祖母ちゃんのほかにも、昔からあのへんで行方不明になる人がときどき出るんだよ。だから気をつけたほうがいいって」

「……馬鹿《ばか》らし」

それはたいして大きくはない、でも確実にこちらの耳に入るよう計算された声だった。

声の主は耕平の前の席の男子生徒で、気だるそうに頬杖《ほおづえ》をついて雑誌をめくっている。須加《すが》ヨシキ。和希と同じく寮で暮らす島外生で、出身は愛知県らしいということしか知らない。四月から同じところで生活しているのに、実はまだ話をしたことがなかった。

「須加、なに？」

機嫌を損ねた口調で耕平が問い返すと、ヨシキは肩ごしにちらりと視線をよこした。

「辺鄙《へんぴ》な島だからそういう迷信もあるんだろうけど、時代錯誤《さくご》なことあんまりデカい声で話すのやめてくんない？　聞いてて恥ずかしいから」

円熟した歌手が喜びやかなしみを歌に表すのが巧みなように、ヨシキは嘲《あざけ》りを相手に伝えるのが絶妙にうまい。言葉の端々に嘲笑《ちょうしょう》するような響きがあって、それが相手の神経を逆なでする。耕平が本気で腹を立てた表情になり、まずいなと和希が思ったその時、

「どうかした？」

通りかかったセーラー服の女子生徒が、ふわりとやわらかい声で割って入った。

首がすんなりと長い、白鳥を思わせるたたずまいで、さらさらとゆれる髪が鎖骨《さこつ》の長さに切りそろえられている。三島《みしま》たまき。頼れる一年一組の学級委員長だ。

たまきは耕平に首をかしげるが、耕平は口を尖らせてそっぽを向く。けれどたまきは、ちゃんと聞いていたのだろう。ふいに「あのね」と和希のほうを見て話し出し、ちょっと驚きながら和希も相づち代わりに頷いた。

「神隠しのほかに『マレビト』っていうのもあるよ」

「マレビト」

「辞書を引くと『客人』って書いたりするみたい。神隠しは人がいなくなるけど、マレビトは逆で、現れるの。島の人じゃない、どこから来たのかもわからない人が、ある日突然。島に現れるマレビトはときどき未来を予言することもあって、だから島ではそういう人をすごく大事にしてもてなしたんだって」

「へー……」

わりとそういう民話っぽいものが好きなので感心していると、たまきはさらに続けた。

「須加くんとか、月ヶ瀬くんとか、島の外からシマ高に来た人たちもある意味マレビトみたいだよね。予言じゃないけど、いろんなこと私たちに教えてくれるから」

羽毛みたいにやわらかいほほえみを浮かべながら、たまきはヨシキに目を向ける。

「島の子ってね、高校に入るまでクラス替えってすることないの。生まれた時から知ってる子たちとずっと一緒で、家族みたいで楽しいんだけど、自分たちがすごく小さくて狭いところにいるなあって息苦しさもあるんだよね。だから、須加くんみたいに違う意見をはっきり言ってくれる人がいると、いろんな人がいるんだなってわかって新鮮だよね」

そう結ぶための『マレビト』の振りだったのか、と感心した。たまきに笑いかけられたヨシキは、へんに顔を硬くして視線を泳がせ、無言で背中を向けた。「たまきってほんと委員長だなー」と苦笑する耕平もどうやらご機嫌が直ったらしい。

気まずい展開にならずにすんで、机のまわりに集まっていたクラスメイトも自分の席に戻っていった。耕平もまたレシピ本を広げて研究に励みはじめる。けれど、たまきはその場を動かず、いたずらっぽい笑みを和希に向けた。

「月ヶ瀬くん、あそこの入り江に行ってたんだ。意外だね」

「意外？　おれ、海とかすごく好きだけど」

「そうじゃなくて、決まりとかルールとかきちんと守りそうに見えるから。王子だし」

「たまに寮の冷蔵庫のプリン、黙ってもらったりするよ。王子じゃなくて平民だし」

たまきが小鳥みたいな笑い声をこぼした時、教卓側のドアが開いて「おっはよー」と担任の先生が入ってきた。じゃあね、とたまきは廊下側の席に向かい、立っていたほかの生徒も急いで自分の席に戻って、ガタガタと椅子を出し入れする音があちこちで起こる。

和希も黒板のほうにきちんと向き直った。そこでヨシキが肩ごしにこちらを見ていたことに気づいたが、すぐにヨシキは顔をそむけて前を向いた。


一年一組の担任は、仁科《にしな》先生という。

フルネームは仁科葵《あおい》。担当教科は英語。今年で三十歳になる独身男性で、A型射手座《いて》、好きな食べ物はエビフライとうずらの卵、趣味は水泳と映画鑑賞、ケーキの苺《いちご》は最初に食べる派、体は腕から洗う派、そして恋人の有無と結婚の予定に関しては「秘密」。

なぜこれほどの情報が明らかになっているかというと、入学式のあとの自己紹介でクラスの生徒（大半は女子）が先生を質問攻めにしたからであり、質問攻めになったのは先生がさわやかな容姿とさわやかな笑顔を持つ魅力的な青年だからだ。

「俺も采岐島育ちのシマ高卒業生で、今年ひさしぶりに島に帰ってきました。また母校で過ごすことができてうれしいです。これから一年間、どうぞよろしく」

歯切れのいい挨拶がまず好印象だった先生は「好きな動物は？」「彼女いますか？」「シャンプー何使ってますか？」と次々に投げかけられる質問に、それがどんなにくだらないものであっても笑顔で答えていた。さわやかだなあと感心したことを和希は覚えている。

それで質問攻めが少し落ち着いて、隙間のような沈黙が流れた時だった。

「先生、大学はどこ出たんですか？」

質問したのはヨシキだった。うっすら笑ったヨシキの口調にどことなく先生を軽んじているような、もっと言えばどうせたいしたところではないだろうと舐《な》めてかかっているような響きがあることは、和希だけではなくクラスの大部分が感じていたと思う。たぶん、仁科先生も。けれど先生は、さわやかな笑みを崩さなかった。

「東京大学」

一拍の沈黙のあと、クラスをどよめきが駆け抜け、ヨシキも顔に水をかけられたみたいに目を大きくしていた。仁科先生だけが変わらずほがらかだった。

「俺は高校生だった頃、どうしても見返したい人間が一人いて、絶対東京の大学に入ってやるって思ってたんだ。その頃のシマ高ってまだまったく進学校じゃなくて、大学に進む人ってほとんどいなかったから。それで三年生の頃の担任の先生——あ、もしかして知ってる人もいるかな？　シマ高を改革した伝説の十六代校長。あの人。当時はまだ平教員だったけど、進路指導の時にそういうわけでどこか東京の大学に行きたいんだって話したら『何言ってるの？』って言われたんだ。『どこかじゃない、そういう理由で目指すならここでしょう』って先生が指さしたのが、壁に貼った大学一覧表のてっぺんで。それから先生には散々お世話になって何とか進学が決まったんだけど、その時には将来なりたい自分も決まってた。あの時、先生がしてくれたみたいに、俺もきみたちが夢を実現できるようにサポートできればと思ってます。だからやってほしいことがあったら何でも言って、知りたいことがあったら何でも訊《き》いてください。ただし、彼女の有無以外で」

ひやっとした空気を修復し、最後はちょっと笑いまでとった仁科先生は、最初の一日で人気者になった。しかしさわやかな笑顔や人柄だけが彼のとりえではなく、仁科先生は授業もおもしろい。今日の一時間目は仁科先生の英語で、授業内容はディベートだった。

「今日のお題は『采岐島に大型商業施設は必要か否《いな》か？』です。みんな知ってることだけど、島にはコンビニも映画館もない。スナックはあるけどカラオケはない。そのないものが全部つまった、本土にあるような大型商業施設があったらいいと思うか？　ないほうがいいか？　みんな自分の意見を出して。はい、じゃあ机下げて、まるくなろう」

こういう授業はこれまでにも何度かやっていて、原則、発言者は英語で自分の意見を主張する。しかしうまく言えないようだったら日本語をまぜてもいい。ただし英語にできなかった自分の意見はあとでどう言えばいいのか調べること、というのがルールだ。教科書を使わない授業に最初は面食らったが、やってみるとこれがなかなか刺激的で、しかも自分の意見を英語化できないと気になって調べるので単語や文法が教科書をながめているよりも強く頭に入る。ちなみに、議論の決着をつけることにはこだわらない。

こういう時、誰が最初に手を上げるかみんなお互いの出方をうかがうが、誰も口を開く気配がないと幹也が先陣を切ることが多くて、今日もそうだった。

「I think that a shopping mall is necessary, because it is convenient for people living on this island.」

よどみない発音に、おお、と声があがり先生も「Great!」と笑う。それで場に何となく勢いが生まれて、次に手を上げたのは島っ子の耕平だった。

「I think a shopping mall is unnecessary, because……うー……だってさ、島のアピールポイントって自然でしょ。海とか山とか。商業施設とか建てたら自然が壊れるかもしれないし、あと、景観？　そういうのが悪くなったら観光客が来なくなるんじゃないの？」

「島の売りって自然だけ？　自然がなくなれば価値がないってこと？」

「そもそも観光客が来なくなるからって、それ、島の人の生活より観光を優先してるってことにならない？　それっておかしくないかな」

「けど、観光がだめになったら、島の人の生活だってだめになるんじゃね？」

「おーい、英語。議論が弾むのはすごくいいけどなるべく英語使うことー」

「先生、それも英語で言わないと」

「オゥ……」

　仁科先生が口を押さえると笑い声がはじけて、和希も笑いかけたが、小さなめまいのような感覚に襲われた。ぽろりと自分が世界から剝離《はくり》したような。

　ときどき発作のようにこうなる。始まったのは中学三年からで、これが起きると現実感が消えて目の前の光景がひどくよそよそしくなる。みんなに合わせて笑うことはできるし、発表だってできる。でも自分だけ見えない壁の内側にいるみたいに、すべてが遠い。

　午前中はそれからずっと調子が戻らなかった。昼休みはいつも幹也たちと弁当を食べるのだが、和希は声をかけられる前に教室を抜け出した。

　学校の屋上は必ず設置されているわりに必ず閉鎖されているものだという先入観があったから、シマ高に入って屋上が開放されていると知った時は驚いた。この穏やかな島では、飛び降り自殺する人もいないのだろうか。だから多感な高校生にもあっけらかんと屋上を開放するのだろうか。弁当を片手に屋上のドアを開けると、同じ制服を着た女子や男子が思い思いのところに友達と座って昼ごはんを食べていた。少し前に通り雨が降ったので、コンクリートの床にはあちこちに水たまりができ、薄曇《うすぐも》りの空を映していた。

フェンスに寄りかかって座り、小型のポータブルプレイヤーのイヤホンを耳にはめる。古い型のものだが音質はいいし、ラジオやアラーム機能もついてるので便利だ。父が使っていたもので、家を出る時に黙って持ち出してきた。持ち主の父はもういないし、きっとあの家のほかの誰も、父のものを使おうなんて考えないだろうから。

英語のヒアリング教材を聞き流しながら弁当のふたを開けたら、コロッケ、ハンバーグという胃にずっしりくる二大スターの共演を目撃してどんよりした。今日はこれを平らげるほどの食欲がない。しかし食堂のおばさんがせっかく作ってくれたものを残すのも失礼だ。どうしたもんかなあと悩みながら青のりごはんだけ食べていると、

「よ、元気？」

いきなり肩を叩かれて、ぐっとむせた。軽くにらむと、仁科先生は笑いながらとなりに腰を下ろした。持っているのは和希とおそろいの寮生の弁当箱で、教員でも代金を払えば同じ弁当を食堂のおばさんたちに作ってもらえるのだそうだ。

「あ、音楽聴いてた？　二十一世紀生まれの高校生ってどんなの聴くの？」

「音楽じゃないです。英単語帳のＣＤ。この前、視聴覚室で録音させてもらって」

「え、ほんと。ああいう教材ちゃんと使ってる人初めて見たな」

「書いたり読んだりするより聴くほうが頭に入るんです、おれ」

「あー、だからか。月ヶ瀬ってあまり細かくノート取らないよな。みんなが頭下げてカリカリ書いてる時でも、月ヶ瀬は顔上げてこっちの話聞いてる。ふーん、さすが音楽家」

笑いながら仁科先生が弁当のふたを開けた瞬間、今だと和希はすばやく箸を動かした。

「先生、お世話になってます。感謝のしるしにハンバーグとコロッケを献上します」

「ちょ、いらないよ、自分で食べなさいよ」

「ぼくの気持ちを突き返さないでください」

「おまえ自分が食べたくないだけだな？　そうなんだな？」

何とかハンバーグとコロッケの半分を先生の弁当箱に押しこむことに成功すると「メタボになっちゃうじゃないか、もー……」とぶつぶつ言いながら仁科先生は押しつけられたコロッケを箸で半分に割り、そのついでのような何気なさで言った。

「月ヶ瀬、調子どう？　今日あんまり顔色さえないけど」

「ぼくは元々さえない人間なので気にしないでください」

「何じゃそら。今日は尾崎たちと一緒に食べないの？　喧嘩でもした？」

「そういうわけじゃないです」

「じゃあどうして」

「先生は高校生だった時、ひとりで食べたい気分になったことはなかったんですか？」

仁科先生がコロッケを口に入れながら、横目でちらりと笑った。

「そうですね、ありました。きみらだって同じだよな、失礼しました」

「わかってもらえてうれしいです」

「月ヶ瀬、わりと口達者なんだな。教室だといつもニコニコみんなの話聞いてるけど」

「ニコニコとかしてないし」

「してるよ？　今度、動画撮って見せようか？」

動画、という言葉に肩がゆれた。

一拍おいて、仁科先生が声音《こわね》を静かに改めた。

「悪かった、今のは失言」

そのひと言で、この人がすべてを知っているということを知った。

考えてみれば当然だ。母や祖父が学校側に何も伝えないはずはないし、問題児の面倒を見るクラス担任は、それこそまっ先に事情を聞かされるだろう。――彼以外の教師も知っているんだろうか。どれくらい？　どれくらいの人間が、全部知っていながら何も知らないような顔をして、今まで自分に接していたのだろう。

「こっちでの生活はどう？　何か不便とか困ってることはない？」

たった今起きた事故の和解を求めるみたいに、先生の口調はいつも以上に穏やかだった。

「不便はないですけど、ごはんにわかめが多いのがつらいです」

「島の特産品だからなー。けど体にいいんだぞ？　ほかには？」

「朝よく寝坊して怒られます。夜更かししてるわけじゃないんですけど」

「すばらしい。よく眠れるのは若い証拠だ」

「先生」

「はい？」

「おれが問題のあるやつだからって、そんなにかまってくれなくていいです。ほかにも生徒はいるんだから、みんなの心配してください。おれは別に困ってることなんてわかめと寝坊くらいしかないし、自分の面倒は自分で見れますから」

　穏便に言うつもりだったのについ声に棘《とげ》が出て、自分の幼稚さが嫌になった。

　こうして気を配り、監視をするのは、それが彼の仕事だからだ。だったらそれをありがとうございますと笑って受け入れてやるのが生徒の甲斐性《かいしょう》だろう。それで波風立たずに過ぎ去っていくのだからそうしておけばいい。だけど、それをわかっているのに、自分の知らないところで大人たちが勝手に話し合って、自分を擁護《ようご》してやるべき子供とあなどって、こんな子供扱いをしてくることに腹が立ってしまう程度には、まだ自分はガキなのだ。

　黙ってこちらを見つめ返していた仁科先生は、静かにほほえんだ。

「難しいな」

「……すいません、十五歳で」

「いや、思春期の取り扱いめんどくせーって意味じゃなくて、何歳になっても人に何かを伝えることって難しいし、大人になったからってうまくできるわけでもないんだなって」

海のにおいのする風が吹いた。銀色のフェンスの向こうに広がる緑色の草原が、ピアノの鍵盤《けんばん》をグリッサンドするみたいに次々とこうべを垂れて波うち、その時だけ目には見えない風が大地を渡っていく姿がわかる。

「別におまえは問題のあるやつなんかじゃないよ。ただ……もしかしたらひとりで黙って苦労してるんじゃないかって、そう思わせる事情はあって、俺も含めてまわりの大人は心配してる。でも、それをおまえが重荷に思ったりする必要はまったくない。大人が勝手にやってることだからおまえは何も気にしないで暮らしてくれたらいい。そして、もし誰かに、友達とかじゃなく大人に力を借りたいと思うことが起きたら、俺や、俺じゃなくてもおまえが言いやすい先生にすぐに言ってほしい。遠慮はいらない。俺たちは給料という対価をもらってそれを仕事にしてるんだから」

和希は黙って残りのハンバーグを口に運んだが、うまく喉を通らなかった。勝手に大人たちの思惑を見透かした気になって、見くびってかかっていた自分が恥ずかしかった。

「ところで、突然ですが」

そういう羞恥心《しゅうちしん》ごと話題を切りかえるみたいに、先生がさわやかな笑顔になった。

「文化祭のことなんだけど、月ヶ瀬と尾崎でステージ発表に出ない？」

「先生が何言ってるのかわかんないです」

「ほら、自己紹介の時、月ヶ瀬がピアノ弾いて尾崎が尾崎豊《おざきゆたか》ナンバー歌ったじゃない」

自己紹介とは、始業式もすんで少し落ち着いた頃にクラスで行われる四月恒例のアレである。しかもシマ高一年生たちは中学から高校という少し大きなステップを上がり、加えて学校から十メートルの近所に住んでいる島内出身者もいれば、北は北海道から南は九州まで島外のあちこちから集まった『留学生』もいるという入り組んだクラス編成なので、そのクラスを一年間世話していく仁科先生はこんな提案をしたのだ。

「みんなまだお互いを全然知らないだろうから自己紹介をしたいんだけど、単に名前を言ってよろしくお願いしますじゃつまらないから、何かおもしろいことやってください」

教室がザワッとし、生徒は顔を見合わせた。中にはかなり悲愴《ひそう》な顔をした人もいた。気持ちはわかる。実際和希もそんな気分で机とにらめっこしていた。おもしろいって何だ、どうしてそんな思春期の魂が震撼《しんかん》するようなことをさせるんだ、もしウケなかったら死んじゃうぞ？　と必死のまなざしで訴えかける生徒たちを仁科先生はさわやかすぎる笑顔でながめるだけで「仁科先生は実はドSだ」とあれ以来かげでささやかれている。

そして、そうだ、あの時も最初に発言したのは幹也だった。

「それは誰かと組んでもいいんですか？」

「うん、かまわない」

「場所は教室以外でもいいんですか？」

先生がおもしろそうに「いいよ」と答えると、幹也はにこりとして立ち上がった。

「尾崎幹也、歌を歌います」

それからまっすぐに人さし指をのばした。

「月ヶ瀬和希、彼がピアノで伴奏します」

クラスメイトにいっせいに注目されて固まった和希は、とりあえず自分も後ろをふり向いて、誰だそのピアノを弾くとかいうやつは？　と探すそぶりをした。

「ただ音楽室に移動したり時間をとるのであとに回してもらったほうがいいと思います」

「勝手に決めるな、おまえなんかアカペラで歌ってろ」

「よーし、じゃあ尾崎と月ヶ瀬はあとで。ほかに誰かやらない？　そう？　それなら出席番号でいっちゃおうかな。はいじゃあ一番、相葉《あいば》修治」

「え、えええ〜……！」

そんなこんなで結局その日の昼休み、音楽室でピアノを弾くはめになった。音楽室にはクラスメイトのほかにも話を聞きつけたとなりのクラスの生徒や上級生、挙句の果てには教員と校長先生まで集まって、和希は顔が引きつったが、幹也は一ミリも緊張を見せずピアノのそばに置いた椅子でゆったりと脚を組み、尾崎豊の一番有名なバラードを歌った。

実際、幹也は歌がうまい。音程もリズムも外さないし、何よりも声がいいのだ。低いのに甘く、甘いのに少しかすれる声が妙に惹《ひ》きつける色気を持っていて、耳が離せなくなる。

歌い終えるとむせび泣きと拍手喝采が起こり、幹也も調子に乗ってアンコールに応え、最後はディナーショーみたいに歌いながら観客と握手してまわる始末だった。その間和希も伴奏に付き合わねばならず、あの日はぐったり疲れて寮に帰るなりベッドに倒れた。

「あの時、先生たちもいっぱい来てただろ。職員室でもかなり評判よくてさ。音楽系の出し物って盛り上がるし、どう、やらない？」

「絶対やんないです」

「ユニット名は『ツッキー・アンド・ミッキー』で」

「ダサっ」

「ちなみに尾崎にはもう話したけど乗り気だった」

「……最悪だ」

「まあ考えてみてよ。音楽室のピアノは休み時間と放課後なら自由に使っていいから」

笑った仁科先生は、いつの間にかきれいに食べつくした弁当をしまって「じゃ、午後の授業遅れるなよ」と言いながら颯爽《さっそう》と去っていった。

「あ、月ヶ瀬。おまえどこ行ってたんだよ？」

弁当を片付けて教室に戻ると、顕光に眉を吊り上げられた。

「ちょっとお腹《なか》痛くて」

「は？　大丈夫なのか？　そういう時は、せめて尾崎に言ってけよ」

どうも、クラスでは幹也が自分の保護者か何かとして認識されつつあるようだ。ゆゆしいぞ、とわりと深刻に思っていると「おかえり」と幹也が近づいてきた。

「あのさ、さっき仁科先生に言われたんだけど」

「断る」

「まだ何も言ってないのに」

「絶対やだ」

「尾崎くん、なになに？」

「うん。文化祭でね、和希と組んで歌うやつ、またやらないかって仁科先生に言われて」

「えー、いいそれ！　やってやって！」

とたんに周囲の女子たちにまで話が飛び火してげんなりしていたら、五時間目の現代文の女性教諭が教卓側のドアから入ってきて「始めますよ！」とピシリとした声で宣言した。

戦前の短編小説を読み解く授業を片耳で聞きながら、和希は窓の外に目を流した。

丘の上に建つ校舎の二階からは、学校の敷地はもちろん島の風景も見渡すことができる。

窓の下には学校の前庭が広がり、あの《未来へ渡る舟》のモニュメントが見える。古い金網で区切られた学校の敷地の向こうは緑色の草地が広がり、さらに向こうには素朴な家々が身をよせ合う島の町並み、そして青銀色に光る海がある。

幸福なのか不幸なのかと問われれば、幸福なんだろう。時間が空を渡る雲のようにゆっくりと流れる美しい島で、気のいい友人たちと、気にかけてくれる大人に恵まれて、何におびやかされることもなく生きている。たぶんそれは、身に余るほどありがたいことだ。

それなのに気づけば空想している。

急速に空が曇り、雷鳴が轟《とどろ》き、嵐に海が暴れ出す。実際に見た光景だ。島に来て間もなくの頃、低気圧のせいで海が大しけになり、幹也と顕光、修治と防波堤の近くまで行ってみた。普段の美しい青を忘れて灰色に濁《にご》り、不吉な音を轟かせながらうねる海に「こっわ」「すっげ」とみんなは騒いでいたが、和希は息も忘れて見入っていた。父がいなくなった日、たまたま見ていたノアの方舟の映画。その大洪水のシーンと、そっくりで。

人間の愚《おろ》かしさに失望した神は、人間を根絶やしにするために大洪水を起こす。ノアとその家族、そしてつがいの動物たちだけが、方舟に乗って滅びをまぬがれた。

荒れくるう海はやがて島の森を、草地を、そして人々が暮らす町を呑《の》みこむ。島だけではなく、世界中の建造物と人間が灰色の激流に薙《な》ぎ払われ、すべてが水の底に沈む。

水以外には何もなくなった平らな世界の、その水面には、あのモニュメントに似た方舟がたった一艘《いっそう》浮かんでいる。生きのびることをゆるされた一握りの者だけを乗せて。

舟には誰を乗せよう。幹也、顕光、修治。仁科先生と、リスト。——母は？　祖父は？

父は？

3

　去年まで通っていた横浜の中学では部活動は必須だったが、シマ高は生徒の自由にまかされている。校風もあるだろうが、地元民の生徒の中には「帰って牛の世話しなきゃいけないから」「カキの殻《から》剝き手伝わなきゃ」というように家業の担《にな》い手になっている者も少なくないからだ。一方、寮で暮らす島外生は放課後の仕事もないので部活の所属率が高い。幹也は中学から続けているテニス部に入ったし、顕光も小学校からやっているというバスケ部に入り、修治は県大会優勝の実力を持っている柔道部からかなり熱烈なアプローチを受けたらしいが「人と争うのは苦手で……」と辞退して園芸部に入った。島外生で部活をやっていないのは、和希とあと数人程度だ。

　今日の放課後は、昨日入り江で見つけたあの少女の様子を見に行くつもりだった。

　島内唯一の診療所は、シマ高から歩いて十分ほどの場所にある。校舎がそびえる丘を下りて、民家が建ち並ぶ町に入り、数分歩けばもう古びた白い外壁の建物が見えてくる。

　けれど丘から町に下りた和希は、診療所とは反対方向の道に足を向けた。スクールバッグからとり出したルーズリーフのメモを確認しつつ、海沿いの道路を進む。

誰にも話していないが、実は昨日の人命救助は、妙な展開になっていたのだ。

昨日、少女と和希と高津というあの男を乗せた救急車は、すばらしいスピードで診療所に到着した（なにせ島には信号機が一カ所しかないので一度も停車しなかった）。玄関口では医師と看護師が待ちかまえていて、すぐに少女の容態を見てくれた。診療所というからもっと小規模な施設を想像していたのだが、実際はコンパクトな三階建ての建物で、医師と看護師のほかに理学療法士《りがくりょうほうし》や検査技師も常勤しており、入院設備も整っているらしい。

運びこまれて間もなく、少女は意識をとり戻した。ゆっくりとまぶたが開き、琥珀みたいに色の淡い瞳がみるみる清明な光をとり戻す様子を、和希は間近で見ていた。

「あ、気がつきましたかね」「お名前は言えますか？」と老齢の医師やハキハキした口調の看護師に問われた少女は、ストレッチャーの上できょとんとしていた。あどけない表情がだんだん混乱のそれに変わり、さらに狼狽《ろうばい》に変わったところで、助けを求めるみたいに視線をさまよわせた少女が、近くに立っていた和希に気づいた。

仲のいい飼い猫とよく似た瞳に、すがるように見つめられて、胸をつかれた。

「大丈夫だから」

とっさにそう声をかけていた。あまりにも、心細そうな目をするから。

それから少女は診察室に運ばれていった。待っていていいのか、帰ったほうがいいのか、見当がつかなくて和希はその場に立ちつくしていたが、高津はさっさと背中を向けてどこかに行った。しばらくベンチに座ったり、古い天井のシミの数をかぞえたりしてみたが、どうにも間が持たなくて、和希も高津が消えたほうに向かった。

高津は、玄関口の石段に座りこんで煙草を吸っていた。人々の健康を守る施設の真ん前で喫煙していいのかと思ったが、高津は和希に気づくとよれよれのジーンズの尻ポケットから携帯灰皿をとり出し、まだ半分くらいしか吸っていない煙草をもみ消した。

高津の鋭い三白眼が、ちらりと合図を送ってきた。座れや、という感じで。和希は小さく頭を下げながら、彼から三十センチほど距離をとって石段に腰かけた。高津はずいぶん脚が長く、座るとジーンズの裾《すそ》が持ち上がって足首がまる見えになっていた。

「名前は？」

「月ヶ瀬和希です。シマ高の一年生です」

「かずき」

「平和の和に、希望の希。そちらは、高津さん、でいいんですか」

「ああ」

「下のお名前は」

「おまえ、さっき入り江であの女が言ったこと聞いてたか」

スルーしたよ。

「あれですよね。高津さんが今の西暦はって訊いて、あの子が『一九七四年』って」

「あれ、どう思う?」

「どうって……今は、二〇一七年ですよね」

「ふざけてんだと思うか?」

少し考えて、首を横にふった。

「そういうふうには、見えなかったです。それに、気を失ってて、ちょっと目が覚めて、そういう状態で冗談言うことって、あまりできないと思う」

しかし、だとすれば『一九七四年』という少女の返答は何なのか?

たとえばあの時、高津は現在の西暦を訊ねたが、彼女は自分の生まれ年を訊ねられたと勘違いしたという可能性も考えられる。けれどその仮説でいっても『一九七四年』という答えはやはり不可解だ。あの少女は和希と変わらない年ごろに見える。確かに世の中にはびっくりするほど若く見える女性もいるのだろうし、彼女もそういう人間だという可能性はあるけれど、やっぱりどうやっても彼女は一九七四年生まれの歳には見えない。

「そういえば高津さんは、一九七四年には誕生していた人ですか?」

「喧嘩売ってんのか? そうだったらもう四十過ぎだろうが。俺がそう見えんのか」

「すいません、大人の年齢ってよくわかんなくて。おいくつですか?」

「今年で三十」

「うちの担任の先生と同じだ」

「……担任?」

「仁科先生っていうんです。仁科葵。島の出身らしいですけど、知ってますか?」

なぜか、高津はかすかに横顔をしかめた。どうしたんだろうと思った時、もうひとつ、どうしてなんだろうという疑問が浮かんだ。

「高津さん、どうしてあの子に『今の西暦はわかるか』なんて訊いたんですか?」

「そろそろ終わったかもしんねえな、見に行くか」

腰を上げた高津は、サンダルをぺたぺた言わせながら玄関に入っていった。どうもこの男は、答えたくないことはスルーする主義らしい。ため息をついて和希もあとに続いた。

「ああ、高津くん」

診察室に近づくと、小柄な体を白衣でつつんだ老医師が出てきた。老医師の親しげな呼びかけ方からして、どうも二人は旧知の仲らしい。

「先生、どうですか、あれ」

「まあねぇ、体のほうは何ともないみたいだけども……どんな状況だったんです? 入り江で見つけたって聞きましたけど、溺れていたんですか?」

老医師は高津と和希を交互に見た。彼女を見つけたのは自分なので、和希は前に出た。

「溺れてたというか、波打ちぎわに倒れてたんです。あの……どうかしたんですか?」

「うーん……何というか、ずいぶん混乱しているようでねぇ」

混乱。

「未成年ですからね、まずは親御さんに連絡をとらなくちゃいけないでしょう。それで名前と住所を訊いたんですけども……あ、名前はね、これだそうです。歳は今年で十六」

老医師がとり出したメモ用紙には『秋鹿七緒』と書いてあった。あいか、ななお。

「それでね、私、島の子供はみんなここで診て顔を知ってますから、あの子は見覚えがないのでてっきり本土から来た子だと思っていたら、島に住んでるって言うんですよ。住所も番地までしっかり書くし、電話番号もすらすら教えてくれたんですけど——その住所がね、おかしいんですわ。高津くんも若いから知らないんじゃないですかねぇ、山向こうの、昔は何軒か家があったけど今じゃもう誰も住んでない、そういう区域なんです。確かに番地自体は合ってるし、あのへんには秋鹿さんという家も何軒かありましたけども、もうとっくにみんな亡くなってるし、家も取り壊されてるはずですよ。教えてもらった電話番号も通じないし。何なんですかねぇ……でたらめにしては細部がきちんとしてるし、だけど現にあの子の言うことは筋が通らない。かといって話してみればまじめなきちんとした娘さんで、嘘《うそ》を言ってからかうような子にも見えないし……それでね、溺れたショックで何か記憶が混乱しているのかとも思ったんですけども」

老医師の説明を、頭の中で整理する。溺れたショックと、記憶の混乱。入り江で彼女が口にした『一九七四年』という不可解な西暦も、そのせいなんだろうか。

「あの子、これからどうなるんですか？」

「うん……今は彼女もだいぶとり乱しているようだから、少し落ち着くまで様子を見て、改めて身元を訊くしかないですねぇ。ただうちではそんなに何日も入院させられないし、もし記憶障害でも出ているようなら本土の病院に移さないといけない。その時までに身元がわからなかったら、駐在さんや町長さんと相談することになるんでしょうがねぇ」

思っていたよりもずっと大事になりそうな気配にひるみながら、病室にいる少女のことを思った。リストによく似た目を、必死に自分に助けを求めたあの目を。

「先生」

ずっと黙っていた高津が、落ち着いた大人の声を発したのはその時だった。

「身内の恥をさらすようなことなんで言い出しかねてましたが、あれ、妹らしいんです」

一拍おいて老医師は「ほっ？」としわに囲まれた目を剝き、おそらく和希も同じような顔になっていた。いきなり何言い出すんだ、このおっさん。

「えっ？　何ですそれは？　妹って、それはつまり、高津さんの……？」

「今日の昼、あの娘がうちを訪ねてきて、そんなことを言ったんです。親父《おやじ》に認知してほしいとか何とか、そういう」

「なんとまあ、またですか……」

「ええ、また。けど俺も突然のことでちょっと頭が追いつかなかったし、初対面でいきなり妹だと言われても信用しようがないんで、追い返してしまって」

「あら……いや、まあねぇ、きみにとってみたら無理もない。じゃあ何ですか、そのあとで彼女は入り江に行って、つまり入水《じゅすい》を……？」

「その可能性はあると思います、思いつめた様子だったんで。もしあいつが本当に親父の子供なら、やはりうちで責任を持つべきだと思います。まずは親父に確認をとって、心当たりがあるようなら、あいつは回復するまでうちで世話をしようと思うんですが」

「そうねぇ……高津くんにしてみたら複雑でしょうけど、まあ、それがねぇ、一番あの子にとってもいいでしょうねぇ」

　なんだか話がどんどん妙な方向に転がっていくので、和希は焦って声を割りこませた。

「あの、そんな簡単にこの人の話を信じていいんですか」

「んん？　ああ、大丈夫ですよ。高津くんのことはね、私、小さい頃から知ってますから。それにきみの先輩でもあるんですよ？　シマ高生でしょう、きみ。彼も卒業生です」

　先輩だったのか……っていやそれはどうでもいい。知り合いだったら安全で安心だとでもいうのか？　衝撃的な信頼関係だ。これが島レベルなのか。

　そうこうしている間にも高津は「じゃあさっそく親父に電話してみますんで」と玄関のほうに歩いていった。五分以上は待ったと思うが、十分まではいかなかったと思う。わざとらしく旧式の携帯電話を手にしたまま戻ってきた高津は、老医師に言った。

「秋鹿という姓、やはり心当たりがあるようでした。しばらく俺のところであの娘を預かるようにとのことです。先生にも、お力添えを頼みたいと」

「ああ、そうですか。いやぁ、ともかく身元がわかってよかった。今夜ひと晩はこちらで様子を見て、何ともないようでしたら明日、お宅に預かってもらいましょう。……それにしても高津さんも、いつまでもお若いですねぇ」

最後はあきれるようにもうらやむようにも聞こえる口調で言って、老医師は去った。

「さっきのあれ、どういうことですか？　あの子はあなたの妹なんかじゃないですよね」

高津と一緒に診療所を出て、ひそめた声で問いつめた時には、あたりはすっかり暗くなっていた。晴れた日の島の夜空は、こわいほどにきれいだ。漆黒《しっこく》の空を埋めつくす無数の星々がきらめいて、見上げているとそのまま宇宙に落ちてしまいそうな気がする。

「俺の親父が女たらしのクズで、俺に腹違いのきょうだいが何人もいるのは本当の話だ」

「だけど、あの子は違う。入り江で救急車を呼んでもらった時、あの子もあなたも、どう見たって初対面でしたよね。あんな作り話までして、何が目的なんですか？」

はっきり言ってこの時点では高津を疑っていた。三十歳になる男が、作り話で医師を言いくるめて十代の少女を家に引きとろうとしているのだ。疑うなというほうが無理だ。

高津はそういう疑いも正確に察して、鼻を鳴らした。

「別にあの女をつれこんでよからぬことをしようなんざ考えてねえよ。女に興味はない。じゃあ男に興味があるのかとかくだらねえことは訊くな」

「いえ、訊く気もなかったですけど」

「男も女も人間は嫌いだ。厄介《やっかい》で面倒で仕方ねぇ」

変な話だが、人間は嫌いだと高津が吐き捨てた瞬間、警戒心がゆるんだ。そこはむしろ警戒を強めるべきところだとはわかっているのだが、心が勝手にゆるんでしまった。

「……じゃあどうして」

「『マレビト』って知ってるか？」

まだこの時はたまきから島の言い伝えを聞く前だったので、意味がわからなくて眉をよせた。——そう、高津はあの時、確かに『マレビト』と言ったのだ。どこからともなく現れる、誰とも知れない、ときには未来も予言する人々。

和希の反応を見た高津は、忘れろというように手をふって、続けた。

「旅先で事故にあったり病気になったりしたよそ者を行旅病人《こうりよびようにん》っつうんだよ。国の法律でそういうやつが出たら現地の人間が手当てして世話するってことになってるが、身元がわからないんじゃ、そのうち施設や警察に引き渡される。ただでさえずいぶんおびえてる様子だし、今のわけがわからなくなってるあいつの状態じゃ、それは酷《こく》だろ。うちは部屋も腐るほど余ってるし、手伝いの人もいるから、何カ月かなら問題なく置いてやれる」

確かにあのおびえた目を思い出すと、警察とか施設とか聴取とか、そんなものは今の彼女には酷だと思えた。それは老医師の話を聞いている時に和希も感じたことだ。記憶が混乱しているのなら、もう少し時間をかけてそっとしておいてやれないものなのかと。

だから高津は、彼女を腹違いの妹だということにして、自分が面倒を見ようというのだろうか。彼女の混乱がおさまり身元がわかるまで、何カ月も、赤の他人を？　それが本心だとしたら、高津はとんでもなく人のいい男ということになる。

やはりまだ信じる気持ちよりは疑う気持ちのほうが勝っていて、無言で高津を見ていると、彼がいきなり手をのばした。大きく、武骨で、うらやましいほど指の長い右手を。

「何か書くもの貸せ」

和希はスクールバッグからルーズリーフを綴《と》じたバインダーとシャーペンをとり出して、高津に渡した。高津はサラサラと何かを書きつけ、バインダーを突き返した。

「うちの住所だ。あの女が心配なら、様子見に来い」

意外と、達筆だった。

行き会った人に道を訊ねながら、住所のメモを片手に歩いていた和希は『たなかベーカリー』という看板を見つけて足をとめた。窓からのぞくとパン以外に洋菓子も売っているようで、少し考えたあと、牛乳瓶《びん》みたいな容器に入った手作りプリンを四つ買った。

まだ成長途中の稲の若い緑で一面が染まった、田んぼに囲まれたのどかな道をてくてく歩き、高津の家を発見したのは、十分ほど歩いた頃だった。

和希はしばらく棒立ちになってしまった。

瓦《かわら》を葺《ふ》いた白壁の塀が、広大な敷地をぐるりと囲む豪奢《ごうしゃ》な日本家屋。この土地の広さと建物の重厚さは、本当に個人の住宅なんだろうか。時代劇に出てくる大名屋敷とか、ほとんどああいう規模だ。いっそチョンマゲの門番が立っていないことがおかしい気がしてくる重厚な門に近づくと『高津』と木製の表札が出ている。マジか。

とりあえず、門に備えつけのチャイムを押してみた。たっぷり一分。応答は、ない。

留守なのかもしれない。これでだめだったら帰ろうと思ってもう一度チャイムを押すと、今度は三十秒ほどしてインターホンがつながるかすかなノイズが聞こえた。

『――うるっせぇ、誰だ』

どうしてこの人は、こんなにガラが悪いんだろう。

「うるさくてすみません。月ヶ瀬です、昨日の」

沈黙が降り、次に返ったスピーカーごしの声は、いくらかきつさがマシになっていた。

『横の通用口。鍵はかかってねえから、勝手に入れ』

言われたとおりに通用口の板戸を押し開けて入ると、贅沢《ぜいたく》に芝生を敷きつめた庭が広がっていた。やっぱり個人住宅というよりは、高名な寺院の庭園という感じだ。門から母屋《おもや》に向かって石畳の道が伸び、その左手に石橋を渡した池があって、ほとりに目まで染まるような青紫の紫陽花《あじさい》が咲いている。優雅に幹が湾曲した松が、池の水に姿を映している。しかし石畳を進むうちに、妙なものが目に入った。見事な芝生の一角が掘り起こされて、畝《うね》みたいに土を盛ってある。しかも添え木をしたナスやトマトまで生えている。あれは、まさか、家庭菜園？　こんなすさまじく立派な庭園で、野菜を育ててる？

謎の男だ、と思いながら母屋の玄関のチャイムを押すと、すぐに引き戸が開いた。

「おう」

愛想《あいそ》のかけらもない低い声で言った高津は、今日も髪を前髪ごとひっつめて頭の後ろで括《くく》ったあの髪型だった。そして今日は黒いつなぎを着ている。ただでさえ顔だちが削いだようにシャープで独特の存在感があるのに、そうやって全身を黒につつんでいると日本刀のような威圧感がある。本当に何をして暮らしてる人なんだろう、謎すぎる、と考えこみながら和希はプリンの包みをさし出した。

「突然すいません、やっぱり気になって。プリンなんですけど、お好きですか？」

「わかんねえな、中学の給食で食ったのが最後だから。けど女はたいがい好きだろ」

入れ、と高津は顎を動かして促し、玄関の左手側の廊下をすたすた大股で進んでいく。和希もスニーカーを脱いで、おじゃまします、とあがりかまちに上がった。床板の深い色合いや、天井の造りの古めかしさから、屋敷に刻まれた歴史の長さを感じた。

「その後どうですか、あの人」

「拾ってきたばっかりの野良猫みてぇだな。物陰に逃げこんだまま警戒して出てこない」

奇《く》しくも飼い猫リストと似ていると思っていたので、戸棚のかげに隠れてこっちをうかがいながら威嚇《いかく》している彼女の姿がありありと浮かんだ。

屋敷の外観は純和風邸宅だが、中には洋室もあるらしく、屋敷の西側にある板チョコのような厚くてきれいな木製のドアの前で高津は足をとめた。

ドアの前には食事をのせた盆が置いてある。ご飯に、味噌汁に、卵焼き、焼き魚。寮の食事で出るようなメニューだ。「高津さんが作ったんですか?」と訊ねたら「シノさんだ」と返答された。シノさんという女性が日中この家の掃除や炊事《すいじ》をしてくれているらしい。

高津は盆の前にしゃがみこむと、ひとつひとつの器をのぞきこみ、

「まあ、ちょっと減ってるな」

それこそ野良猫に与えている餌《えさ》の減り具合を確かめるみたいに言った。

「おい、起きてるなら顔見せろ。おまえに客だ」

「ちょ、いいですから……!」

「おまえの恩人だぞ。出てきて挨拶くらいしろ」

いきなりごんごんドアを叩きはじめた高津の腕を「ほんといいですから!」と押さえた。

「俺の手にさわんじゃねえ!」「だったら乱暴なことやめてください!」ともみ合っている

と、ほんのかすかに、ドアの向こう側で物音がした。

思わず高津ともども動きをとめてドアを凝視する。

けっこう長い沈黙の時間ののち、そろそろとドアが細く開いた。

ドアの奥に、白くて小さい女の子の顔がのぞいた。

きゅっと目尻が上がった琥珀色の双眸に正面からとらえられた時、心臓が小さくリズムを乱した。やっぱり、リストに似ている。怖かったり緊張している時に耳を後ろに倒して、じっと物言いたげにこっちを見つめる顔に。

彼女は、ドアのかげに半分隠れたままぎこちなく、しかし深々と頭を下げた。つられて和希も頭を下げた。そして顔を上げると同時に、ぱたんと鼻先でドアが閉まった。

「おいこら、何だそりゃ」

「だからやめてくださいって」

またドアを叩こうとする高津を引っぱって、板チョコみたいなドアから離れた。リストがあんなふうな顔をしている時は、しばらくそっとして気持ちが落ち着くのを待つのが一番だった。彼女にも今は心を静める時間が必要なのだろう。猫と人間は違うが、どちらも動物で心があるのは一緒だから、そこまで的外れでもないはずだ。

彼女の安全とわりと元気そうな姿も確認できたので、今日の目的は達した。失礼しますと告げようとした時、ふとそばの壁に飾られた絵が目に入って、和希は言葉を切った。

「この絵――」

「あ?」

和希の視線をたどった高津は「ああ」と呟いた。

「シマ高の庭にあるだろ、こういう像」

そう、学校の前庭に建つ、あの《未来へ渡る舟》という方舟に似たモニュメントだ。

けれど横幅三十センチ程度のキャンバスに描かれたその油絵は、単にモニュメントを描いたものではなかった。白いしぶきを上げてうねる水の上を、武骨な方舟が渡っていく。荒々しく波が砕ける音、嵐に翻弄《ほんろう》されて船体の軋《きし》む音が、耳をかすめたような気がした。

それほどに写実的で引きこまれる力を持った絵だ。

見入っていた和希はキャンバスのすみに青の絵の具で入れられた『Takatsu T.』というサインに気づき、目を疑って何度かまばたきした。

「これは、もしかして、高津さんが描いた絵なんですか?」

「……言っとくが俺がここに飾ったんじゃねえぞ。自分の絵ながめて悦に入る趣味なんてねえ。シノさんが『もったいない』とか言って勝手に額買ってきて飾ったんだ」

「いえ、別に何も言ってませんけど」

そんなことよりもむしろ、目の前の人間がその手でこの絵を描いたということが信じられなかった。何というかこの絵は――あまりにも、次元が違う。

「高津さんは、もしかして画家なんですか？」

高津は三秒間黙りこみ「画家ではない」と静かに言った。では何者なのかを普通の人なら続けそうなものだが、高津は普通の人とは言いがたいので、仕方がない。

額に入れられた油絵をもう一度見つめる。悩んだ。きっと変な顔をされるだろうから。でもこのまま帰ったら後悔するのは確実で、思いきって訊いてみることにした。

「あの、この絵、買う……とかはできないですか」

高津は不意をつかれたみたいに目をまるくした。和希と自分が描いた絵を見比べ、しばらく沈黙すると、画鋲《がびょう》でとめたプリントを剝《は》がすくらいぞんざいな手つきで壁から額入りの絵を外して、無言で突き出した。とっさに両手で受けとってしまった。

「持ってけ。金はいい」

「え、でも」

「代わりに煙草買ってこい。ちょうど切れそうなんだ。カートンで二つ」

湧き水みたいにしみ出していた感動のような気持ちが一瞬で蒸発した。

「おれ、未成年なんですけど」

「心配すんな。都会のコンビニみたく成人認証とかするわけじゃねえから問題ない」

「……やっぱりいいです、お返しします」

「俺の絵が気に入らねえってのか、持ってけ！」

「お気持ちだけで十分なんで！」

「釣りで好きなもん買っていいからよ！　いま人間に会いたくねんだよ！」

文字どおり絵をぐいぐい突っ返し合う押し問答の末、和希は力ずくでねじこまれた一万円札を手に、のろのろと高津邸から最寄りの『豊田《とよだ》商店』に向かった。ずいぶん古いらしく看板のペンキがところどころ剝げているその店には、徒歩十分ほどで着いた。

「すいません……この煙草、カートンで二つください」

レジで声をかけると、店主の豊田おばあさんは「え？」と目をまるくしたあと険しい顔になった。レジのそばに椅子を並べて世間話に興じていた友達らしき老婦人がたも、ゆゆしき事態を目撃した面持ちで眉を吊り上げている。予想していたとおりの反応をされて、和希は心の中で高津に向けて思いつく限りの悪口を唱えた。

「煙草って、あんたさん子供でしょうが？　その制服、シマ高でしょうが」

「違うんです、買ってくるように頼まれて。高津さんという人に」

「高津ぅ？」

おばあさん三人衆は奇跡的なハーモニーを奏でると、しわ深い顔をさらにしわくちゃにしかめて「まったあのドラ息子」「子供に何させてんだか」「いい歳こいてまったくのー」と小鳥のようにぴちぴちとしゃべり始めた。

おばあさんたちの話によると、あの高津という男は、采岐島でも有名な実業家のひとり息子らしい。加えて高津家は先祖代々島のたばね役だった家系で、相当の資産があるようだ。道理であんな大名屋敷みたいな豪邸を所有しているはずだ。

ただ、父親のほうの高津氏は事業の拡大に伴って島を離れ、今は東京で暮らしている。島に残された豪邸では、今は息子のほうの高津がひとりで住んでいる。母親やほかの家族はいないんだろうかと思ったが、そこまではおばあさんたちの話にも出てこなかった。

昔の高津はとにかく悪ガキで、しかし親の威光もあるためまわりの大人たちは手を焼いていたらしい。島内の小学校、中学校を経てシマ高を卒業した高津は東京の大学に進学したが、卒業して島に帰ってきてからは、三十歳になろうというのに定職にもつかず真昼間からフラフラしてるとか、ろくに挨拶もしないとか、朝のゴミ拾いにも出ないとか、彼をからかった小学生たちに大人にあるまじき罵詈雑言《ばりぞうごん》を浴びせて泣かせたとか、とにかくおばあさんたちの口から出てくる話にはいいものがひとつもない。

「あんたさん、留学生でしょ？　なんでまた高津のドラ息子なんかと仲良くなったの」

「いえ、仲良くなったわけじゃ……ただ、昨日いろいろあって、お世話になったので」

「ふーん、感心だねえ。おつかいまでやってあげて。そういえば何年生？　先生は誰？」

「一年生です。担任は、仁科先生」

「ああ、葵くんねぇ！　あの子はねえ、小さい頃から出来がよくってねー。きちんとして て、やさしくって、椿《つばき》くんとは大違いよ」

「つばき」

「あ、ドラ息子の名前。女の子みたいでしょー。あそこのおうちはね、みんな植物からとった一字名をつけるのよ」

彼が下の名前を教えるのを嫌がる理由がわかってしまった。

ペラペラとしゃべりながらも、豊田おばあさんは頼んだとおりの煙草をビニール袋に入れてくれた。そのうえレジ前の台に並べた焼きおにぎりや、ゆで卵、きゅうりの味噌漬けなんかもポイポイと放りこむ。それは頼んでませんけど、とぎょっとしていると、豊田おばあさんは口をへの字にしながらパンパンのビニール袋を突き出した。

「あのドラ息子、どうせまた閉じこもりっきりで、ろくにごはんも食べてないんでしょ。いつ見ても血の気の薄い顔してガリガリなんだから。これ食べて肉つけろって言って」

袋を受けとりながら、唇がゆるんだ。昔からここで店を開いている豊田おばあさんにしてみれば、あの大きくてガラの悪い高津も、いまだに手のかかる悪ガキみたいなものなんだろう。さらに豊田おばあさんは「お使いのおだちん」と言って饅頭《まんじゅう》を六個も入れてくれたので、さすがにそれは悪いと思って釣り銭から代金を払おうとしたが「どうせ売れ残りだからいいの」と受けとってもらえなかった。

高津邸に戻ると、昔は問題児だったらしい家主はだだっ広い庭園の一角にある家庭菜園の野菜にホースで水をやっていた。和希に気づくと、くわえていた煙草をホースの水で消火してポイ捨てし「ご苦労」と人を顎で使うことに慣れた殿様のように言った。

「……おい、何だこの漬物だのゆで卵だのは？」

「おばあさんが、高津さんにって。ガリガリだから肉つけろって言ってました」

「俺のどこがガリガリだ、失礼なババアだな。……いま固形物食いたくねんだよ」

ぶつぶつ言いながら高津は玄関に入り、すぐに戻ってくると大きめの紙袋を突き出した。受けとって中を見ると、豊田おばあさんがくれた饅頭や、おにぎり、ゆで卵、それから例の絵が新聞紙に包まれて入っていた。本当にくれるのか、と内心驚いた。

「このお饅頭とか、こんなに」

「俺だけじゃ食えねえし、あの女もろくに部屋から出てこねえんだ、持ってけ。どうせ男子寮なんて飢《う》えたケモノのたまり場みたいなもんだろ」

「別におれたちはいつもケモノみたいに腹をすかせてるわけじゃありません」

「そういやおまえ、部活とかやってねえのか？　ひま人っぽいオーラが出てるけどよ」

無礼千万な物言いだが、ひま人なのかそうではないのかと訊かれれば間違いなく前者だという自覚はあるので、むっと唇を引き結ぶ。高津は黒いつなぎのポケットからとり出した剪定《せんてい》ばさみで、水晶の粒みたいな水滴をまとったトマトをひとつ切りとった。

「用事がねえなら、また来い。あいつも歳の近い話し相手がいたほうがいいだろ。おまえには一応恩義も感じてるみたいだしな」

ガラは悪いし人の言葉はよくスルーするし、未成年をパシリにするうえに嘘つきだが、悪い人ではないのかもしれない。というより、実はわりと、いい人なのかもしれない。

絵と食べ物が入った紙袋を手に、和希は頭を下げてから、高津邸をあとにした。

*

寮に帰った頃には、夕食の時間をかなりすぎてしまっていた。寮の夕食時間は夕方五時四十五分から七時十五分までで、この時間帯なら自由に食事をとれるが、時間をすぎる場合は連絡を入れておかなければ食事抜きになってしまう。昨日、どたばたの人命救助のせいで和希が帰寮した時には夜八時をすぎていたが、舎監《しゃかん》の先生に連絡を入れておいたおかげで、食堂のおばさんがおにぎりと味噌汁と簡単なおかずを用意してくれていた。

「また人命救助してたんじゃないだろうな?」

部屋のドアを開けたとたん、顕光の声が手裏剣《しゅりけん》みたいに飛んできた。フローリングの床には部屋着姿の顕光と修治が座りこみ、オセロゲームをしていた。今男子寮ではオセロが熱いブームを呼んでいて、自由時間には食堂で勝ち抜き大会が毎夜開催されるほどだ。

「救助はしてないけど、昨日の人、様子見に行ってきた」

「だから……おまえスマホも持ってないんだから、そういうことは誰かに言ってけって。

帰るの遅くなる時はとくに。尾崎、おまえのこと待っててまだ夕飯食ってないんだぞ」

え、と自分が使っている二段ベッドの下段をのぞきこむと、備え付けの小さなライトが灯されて、仰向けになった幹也は厚い文庫本を読んでいた。昨日まで読んでいた本とは別の表紙だから、また図書室から新しく借りてきたんだろう。

「和希くん帰ってきたよ」と修治が声をかけても幹也は反応せず顕光が「おーざーき!」と大声を出してからやっと文庫本を下ろして耳からスマホとつないだイヤホンを抜いた。そうして和希に気がつくと、黒縁眼鏡の奥で目を細めて静かに笑った。

「おかえり」

「……ただいま。ごはん、まだ食べてないって」

「うん、本の続き気になって。いま犯人だと思ってたやつが殺されてまさかの展開」

夕食時間の終わりまで三十分しか残っていないので、着がえは後回しにして食堂に向かうことにした。ゆで卵や饅頭なんかは修治と顕光に渡し(二人とも甘いものが食べたかったらしく喜んだ)高津の絵は自分のベッドの枕もとに置いた。

「あのさ」

「うん?」

「今日みたいなの、もういいから。おれが帰ってくるの遅かったら先にごはん食べていいし、もっと遅かったら先に寝ていいし、いいから、そんなに面倒見ようとしなくて」

食堂に続く廊下を、二人でスリッパをぺたぺた言わせながら歩いていく。幹也は日中はコンタクトレンズを使っていて寮に帰ると眼鏡にかえるのだが、長い付き合いなのに眼鏡をかけた幹也の顔は寮暮らしをするようになって初めて見た。だからいまだに黒縁眼鏡をかけた横顔が見慣れなくて、まったく知らない他人みたいに思えることがある。

「別に、面倒見ようとしてるわけじゃないけど」

「ただでさえおれの乳母とか執事とか軍師とか言われてるんだし」

「軍師？　それは俺も初めて聞いた、かっこいいな。そういえば、今日はカレーだって」

確かに食堂に近づいたところで心が浮き立つカレーの香りが漂《ただよ》ってきた。はぐらかされたのはわかっていたが、カレーの匂いをかいだとたんにものすごく腹がすいたのでとりあえず配膳台に向かった。途中で空の弁当箱を食堂のおばさんに返却する。「ごちそうさまでした」と言うと「いつもきれいに食べてくれてありがとね」と笑顔で返されて、コロッケとハンバーグを半分仁科先生に押しつけた高校生は良心の呵責《かしやく》に苛《さいな》まれた。

「それで？　昨日の女の子、元気そうだった？」

「たぶん、一応」

「そっか、よかったね。まだ診療所に入院してるの？」

「んー……腹違いの兄さんの家に今はいる」

「腹違い？　なんかわけあり？　わけありって言えば、今テニス部のマネージャーと部長と副部長とマネージャーの親友をめぐるどろどろの恋愛四角関係が勃発《ぼっぱつ》しててさ」

カレーを食べながら幹也は深い意味のないおもしろい話を続ける。さっきのことにはもうふれない。仁科先生が打診した文化祭のステージ発表のこともまた言われるかと思って身構えていたのだが、それも切り出す気配は一切ない。

島に来てからの幹也は、いつもこうだ。

押す時は押してくる。だけどこっちが少しでも嫌だと思うと鋭敏《えいびん》に察知してもう踏みこまない。確かに元からそういう人間関係のバランス感覚はすぐれたやつだったが、最近はいきすぎだ。そんなにおれを甘やかしてどうするんだ、となんだかうすら寒くなる。

もともと、四月の自己紹介のあの派手なパフォーマンスだって、幹也は自分のためというよりは、たぶん和希のためにやったのだ。

幹也が「歌います」「彼がピアノで伴奏します」と宣言したあと、和希は休み時間に幹也をトイレに引っぱりこんで散々文句をつけた。冗談じゃない、絶対やらない、アカペラで歌っとけあんぽんたん、とまくし立てて息切れする和希に幹也は首をかしげた。

「なんでそんなに嫌なの?」

「なんでって……だから、もう一年以上ピアノさわってないし」

「別に超絶技巧曲を弾けとか言ってるんじゃないよ?　伴奏。中二の文化祭でやったアレ。まだ何となくは覚えてるでしょ?　ピアノソナタまるごと暗譜できるんだから」

確かに頭の中にまだ楽譜はあるし、その気になれば弾けるだろうし、でも言いたいのはそういうことじゃなくて、

「目立ちたくない」

自己紹介なんか適当にすませて、つまんないやつだと思われたい。そして誰にも気にとめられない影の薄いやつになりたい。そうして何事もなく、ひっそりと、平和に三年間をすごすことを願ってこの島に来たのだ。

「知ってるよ」

幹也は、威嚇する動物に敵意がないことを示すような口調でそっと言った。

「そういう和希の気持ちは、ちゃんと知ってる」

「だったら」

「けど、俺は和希に、三年間もそうやって息苦しそうに縮こまって生活してほしくない。少しでもいいから、楽しんでほしい」

楽しむ?

思わず笑いがもれた。自虐《じぎゃく》とか、嘲笑とか、そういう顔がゆがむ種類のやつが。自分にはあまりにも不似合いで、不釣り合いで、不相応な言葉だと思った。

けれど幹也は相手のそんな反応にもひるまず、人さし指を一本立ててみせた。芝居がかっていてキザったらしいそういう仕草が、なぜか幹也がやると様になる。

「それにさ、早いうちにクラスの中でそれなりのポジションを築いておくのって、長期的に見て悪いことじゃないと思うんだよね」

「ポジションて……」

「シマ高は各学年二クラスしかない。来年クラス替えがあるとしても、普通に考えて今のクラスの半分とはまた一緒になる。小さい集団ってアットホームだけど難しくもあるよね。もしはじかれるようなことになったら、こんなに狭苦しい集団じゃ逃げ場がない。だったらそういうことはされない高さに、最初のうちに上ったほうがいい」

「けどなんでそれで歌うってことになるわけ？　そんなことで……」

「いいんだよ、そんなことで。所詮《しょせん》クラスなんてその場の空気と気分に支配されてるだけなんだから、一瞬ワーッて盛り上げれば、もうそれで地位は固まるんだよ。しかも俺たち、実力はちゃんとあるんだから楽勝じゃん」

「おまえみたいなやつがそういうこと言うから都会のやつはスレてるとか言われるんだ」

「スレてますけど何か？　魂が汚れきってますけど問題が？」

幹也があまりにも平然とすますから、笑いたくなんてなかったのに咳《せき》みたいにふき出してしまった。それが不覚でむっつりと黙りこむと、幹也は薄く笑った。

「楽しもうよ、せっかくこんな遠い島まで来たんだから」

「どうかした?」

スプーンをとめた幹也に目をまるくされて、見つめていたことに気がついた。いや、と呟いて和希は冷水を入れたコップを手にとり、ひと口だけ飲んだ。

幹也は、いいやつだ。友達として最大限に大事にされていることはわかっている。でもときどき無性に、そんなにしないでくれと言いたくなる。自分に向けられる思いやりが濡れて体に貼りつくシャツみたいに感じられて、そういう時、あの入り江に行きたくなる。近づく者が誰もいない、世界でひとりきりになったような気がするあの場所に。

夕食が終わると、夜七時半から十時までは学習時間だ。

自分の部屋の机で勉強しても、食堂の長テーブルを使ってもいいし、もっと自分だけの空間で勉強したいという生徒のために自習室も十部屋用意されている。また寮には学校の先生が舎監として交代で泊まりこむので、わからないことがあったら質問しに行けるのも寮生の役得だ。そして十時までの勉強をやりとげたら、待ちに待った自由時間になる。

「今日こそおまえをギタギタにしてやる」

「とか言いつつ毎日ギタギタになってるのは顕光だけどね? わきが甘いんだよね」

勉強道具をさっさと片付けた顕光と幹也は不敵な笑みを交わし合い、食堂のとなりにある娯楽室《ごらくしつ》にくり出していった。今夜も一年生から三年生まで入り乱れての無差別勝ち抜きオセロ大会が開催されるのだ。寮の三年生は全員進学を希望しているのでそんなことをやっていて大丈夫なのかという気もするが「ここにいる間は『大学』『受験』『進路』は禁句だかんな！」と下級生に厳命が下っているらしい。ちなみに高津からもらってきたゆで卵や饅頭を勝利の景品に提供したら、飢えたケモノたちは大盛り上がりだった。

やさしい修治は「勝負はあまり好きじゃなくて……」という性分だし、和希も自由時間はベッドでごろごろして音楽でも聴いていたいので、大会には加わらず二人で風呂に向かった。男子寮ではとくに学年による優劣もタイムスケジュールもなく、浴室が開放される夕方七時以降であればいつでも自由に利用できる。

六月最終週から始まる期末試験のことを修治と話しながら浴室に向かっていたら、ドアが開いて三人の男子が「何だそいつ」「うっぜ」と笑い声を響かせながら出てきた。全員同じ一年一組のクラスメイトで、その中にヨシキがいた。

ヨシキは和希を見ると笑みを消した。先に彼らを通して、修治と浴室に入ろうとした時。

「尾崎がいなくてもお風呂入れるの？　王子さま」

ふり向くと、ヨシキは唇を少しいびつな三日月の形にしていた。仲間の二人がふき出す。となりで修治が体を硬くする気配が伝わってきた。和希は、小さくほほえんだ。

「平気、大変だったらシュウに手伝ってもらうから」

ヨシキは笑みを消して、興がさめたようにさっさと背中を向けた。ヨシキたちの足音が聞こえなくなってから、修治がずっと息をとめていたみたいに大きなため息をついた。

「須加くんって、なんか、ちょっと、怖いよね……」

「ん、迫力あるよね」

「ごめんね、和希くん……さっき嫌み言われてる時、僕、何も言い返せなくて……」

「嫌み？　やっぱりそう？」

「え、わかってなかったの？」

「そうなのかなって思ったけど、でも、もしかしたらほんとに心配してくれてるのかもって思って。みんな、幹也のことおれの保護者みたいに思ってるっぽいから」

「和希くんって、なんかこう、ほんとに魂が高貴だよねぇ」

「やめてよ、シュウまで幹也みたいなこと言うの」

オセロ大会に人が集まっているせいで浴室はいい具合にすいていた。和希はわりとさっさと体を洗ってすませてしまうのだが、きれい好きの修治はいつも風呂が長い。体を洗い、シャンプーをすませて、湯船で温まったあとでも、修治はまだ足の指の間をこしこしと洗っているので、先に戻るよと声をかけて和希は浴室を出た。

髪を拭きながら食堂の共同冷蔵庫から油性ペンで自分の名前を書いた炭酸水のペットボトル（名前を書いていない飲食物はなくなっても文句は言えないという寮の掟《おきて》がある）を持ってきて、二段ベッドの上段に座って冷たくて喉がチリチリする液体を飲んでいると、間もなく幹也が戻ってきた。疲れたように眼鏡を外して、目もとをこすりながら。

「どうだった？」

「二位。三年の曽根《そね》さんに負けた。あの人強すぎ。ほんとに受験勉強してんのかな？」

「顕光は？」

「今、敗者復活戦。顕光って弱いわけじゃないのに、途中で変なミスするんだよね」

　ベッドの下まで来た幹也が、ひと口くれというように手をのばしてきたので、細かな水滴が浮いたペットボトルを渡す。幹也は小さな突起のある喉を反らして炭酸水を飲むと、どうもとペットボトルを返して、ロッカーからタオルや洗面用具を出し始めた。

「あのさ、ヨシキって、もしかしておれのこと嫌ってる？」

　ロッカーの扉が閉まり、隠れていた幹也の姿がまた現れる。眉を上げていた。

「それ今さら？　今まで気づいてなかったんだ？」

「何かしたのかな、おれ」

「したっていえばしたんだろうけど、まあ、不可抗力の範疇《はんちゅう》じゃないの。てか、その様子だとほんとに何もわかってないんだ？」

　幹也の笑みに小馬鹿にするようなものが混じる。少し苛立《いらだ》っているようにも見えるその顔のまま、幹也は人さし指を持ち上げて、そこにヨシキがいるみたいに小さく動かした。

「ヨシキは、三島さんが好きなんだよ。さすがに三島さんはわかるよね？」

「さっき飲んだ分返せ」

「念のための確認だって、怒んないでよ。それでとにかくヨシキは三島さんが好き、っていうか気にしてて、ずっと控えめに三島さんにアピールしてる」

「へー……」

「でも三島さんはおまえのことが好き。だからヨシキはおまえがムカつく」

ペットボトルを口に運びかけていた手がとまった。

ほんとニブいね、とでも言いたげに幹也の笑みの皮肉な色が濃くなる。

「三島さんがよく話しかけてくるの、何だと思ってたの？」

「……や、だって三島さんって、みんなにそうじゃん。親切だし、委員長だから」

「まあそうだけど、あるじゃない、ほかのみんなにするのとは少し違う空気が。三島さんは、入学した時からずっとおまえのこと気にしてたよ」

「でもおれ何もしてないし」

「俺が見た限りはわりとやってるけどね。ゴールデンウィーク前、昼にジュース買いに行った時、三島さんが自販機の前で百円落としたって友達と騒いでたの覚えてる？　その時おまえが黙って後ろから入れてあげたの、百円。おまえ、けっこう自覚なき女たらしだよ。ヨシキは三島さんが好きなのに、三島さんはそんなの気づきもせずにおまえのことばっかり見てて、それじゃちょっと突っかかりたくなったとしても致し方ないよね」

愕然、というか、衝撃、という心地で、とりあえず炭酸水を飲んだ。幹也は抱えていたタオルや洗面用具を一度自分の机に置き、外した眼鏡をクロスで拭きはじめる。

「あと、おまえが俺と仲いいっていうのも原因かもね。ヨシキ、俺のこと相当嫌ってるから。まあ、あいつ、世の中の大半の人間が嫌いっぽいけど」

「心当たりなかったから、もしかしておれのこと何か知ってるのかもって思った」

眼鏡を拭いていた幹也の手がとまった。

ふり向いた幹也の表情はひどく硬い。別に、幹也に害がおよぶわけではないのに。

「それは――大丈夫だって。もう二年近く前のことなんだし」

「うん」

「もうみんな忘れてる。誰も気づいてない」

「うん」

確かに湯水よりも情報のほうがあふれる今の世界で、人は一週間前のことさえよく覚えてはいない。二年前の事件なんて、とっくに忘れている人間がほとんどだろう。けれど、誰かが変な気を起こして自分の名前を検索したとしたら、出てくるかもしれない。いや、確実に出てくるだろう。それは白い服についた黒いしみのように、いつまでも、いつまでも、生涯自分にまとわりついて、完全に洗い流されることはないのだろう。

深刻な顔で見つめてくる幹也を、早く風呂に行ってこいと追い払った。きれい好きな修治はまだ帰ってこない。顕光は、たぶん敗者復活戦が白熱しているんだろう。和希はひとりきりの静かな部屋で、ベッドに倒れこんだ。

枕もとに置いていた、高津の絵を壁に立てかける。キャンバスの中で荒れくるう波と、嵐を渡っていく方舟。布団に体をあずけて絵を見ていると、心がやすらいだ。こんな絵を見てやすらぐなんておかしいのかもしれないが、頭にまとわりついて離れない、すべてを破壊する大洪水のイメージをこの絵が肩代わりしてくれる気がした。

絵に指先を当てて、まぶたを閉じる。――眠ろう。眠るのは好きだ。眠っている間は、何も考えずにすむから。

溶けていく意識のかたすみで、どうして、という声を聞いた。どうして、まだ生きてるの。澄《す》んだ声で、あの入り江に倒れていた彼女は言ったのだ。

本当は今日、会って訊ねたかった。

どうして、きみはあんなことを言ったのかと。

第二章　神隠しとマレビト

1

土曜日の昼下がりに、母から電話がかかってきた。先生が気を遣って席を外してくれた舎監室《しゃかん》で古い型の受話器を耳に当ててると、和希《かずき》？　と母の細い声が名前を呼んだ。

『とくに用があるわけじゃないんだけど、どうしてるかと思って……元気にしてる？』

まあ。

『幹也《みきや》くんは？』

いつも通り。

『幹也くんのほかにお友達、できた？』

うん。

『来月は、もう夏休みね。お祖父《じい》ちゃんがね、すごく和希に会いたがっていて』

帰らないかも、と母の声をさえぎって言った。寮の上級生に聞いたのだ。夏休み明けにある文化祭の準備のためにどうしても残って作業したいと嘆願すると、本当なら閉寮する期間でも残らせてもらえるという話を。それが本当なら、そうしようと思っていた。

単なる会話の切れ間にしては長すぎる沈黙のあと、できたら、と母が静かに言った。

『少しだけでもいいから、一度帰ってきてほしい。お祖父ちゃんもリストもさびしがってるし、和希と話したいことがあるの。とても大切なことだから』

わかった、とは答えず、電話を切った。

放課後は、高津邸《たかつ》に寄るのが何となく日課のようになった。

知れば知るほど高津は謎の男で、高津邸は立派すぎる母屋《おもや》の裏手に大きな土蔵《どぞう》と離れがあるのだが、高津は日中ほとんどの時間をその離れですごしているようだ。しかも離れにいる間は「近づくな」「声かけるな」「絶対開けるな」と『鶴《つる》の恩返し』の鶴みたいなことを言う。もちろん機織《はたお》りしているわけではないだろうが、たまに「ブィ〜ン」という機械音や「ガッチャーン！」という物騒な破壊音も聞こえたりして、とにかく、謎だ。

そんな高津は和希が訪ねてくるたびに応対するのが面倒になったようで「勝手に入って勝手に帰れ」と鍵を渡してきた。そんな同棲《どうせい》相手にするようなことをされただけでも衝撃だったのに、恐ろしいことに、和希はまだ一度もそれで鍵を開けたことがない。なぜなら高津邸の玄関はいつでも開きっ放しだからだ。不用心にも程がある。女の子もいるのに。それでなぜか帰りは和希が屋敷全体の戸締まりを点検し、施錠《せじょう》していくようになった。

その女の子、七緒《なお》は、あいかわらず部屋に閉じこもって姿を現さない。

「飯は食ってるし、トイレだって行ってんだろうし、こっそり洗濯してる形跡もあるから、生きてはいるだろ。俺が近づくと走って逃げる足音がするしな」

高津は彼女のことをまるきり放し飼いの猫みたいに話すが、お手伝いのシノさんに言って彼女のために新しい服や本を買ったりもしているようだ。ガラは悪いし、煙草《たばこ》くさいし、何をやっているのかさっぱりわからないが、やっぱりわりといい人なんだろう。

高津邸を訪れたら、まず、七緒が使っている屋敷の奥の洋室に行く。

それから、ドアの内側で警戒する猫みたいに神経を尖らせている少女を驚かせないようにそっとノックする。応答はないが、もう慣れた。そしてノックだけでは芸がないので、軽く話しかけてみる。「昨日の夕飯、刺身なのにソースかけちゃって」とか「さっきここに来る途中で牛に顔ベロベロなめられて」とか、本当にくだらないことばかりだが。

「おまえがそんなに面倒見いいとは思わなかった」

最近どこに行ってるんだと寮で訊《き》かれて正直に話したら、顕光《あきみつ》は意外そうな顔をした。そんなんじゃないよ、と答えた。本当に、面倒見とかそんな上等なものではないのだ。

その日もドアをノックしたあと、今日の文化祭の話し合いでジャンケンに負けて、展示班のほかにタイムカプセル委員まで受け持つことになってしまったと話してから、和希は庭園を望む縁側に移動した。最近、風通しのいいこの場所が定位置のようになっていて、今日も高津は離れにこもって出てこないので、よいしょ、と板敷きの床に仰向けになる。庭木の葉擦れの音が心地よくて、目を閉じる。

顕光は褒めてくれたが、違うのだ。やっと自分がするべきことを、しようと思うことを見つけられて、それに助けられているのは自分のほうなのだ。

ずっと放課後が苦手だった。

中学のある時期までは授業が終われば即ピアノのレッスンだったし、ピアノをやめた時には高校受験が迫っていたから、勉強することだけを考えていればよかった。けれど時間の流れがゆるやかであきれるほど自由なこの島に来たら、自分が何をすればいいのかわからなくなってしまった。たぶん幹也はそれを察していて部活に誘ったりもしてくれたが、今まで縁がなかった世界にはどうしても情熱は持てなかった。それに、遠いのだ。同級生たちの笑顔や、力を合わせて何かをすること。そこに加わって、同じように笑うことも、同じように走ることもできる。でも、いつも本当の自分は、透明な壁をへだてて遠くから彼らをながめているような気がする。

キシッ。

音がした。とても小さな、軋《きし》むような音で、それはまどろむ意識のずっと向こうから聞こえた。キシッ、とまた床が軋む。息をひそめて忍び足で歩いているような足音は、様子をうかがうような間を開けながら近づいてくる。

誰かが横たわる自分のそばに立つのを感じた。カサ、カサ、とビニール袋みたいな音も。ふっと、ほのかな甘い香りが鼻をかすめた。キシッ、キシッ、とまた床が控えめに軋む。今度は急ぎ足のテンポで、遠ざかる。

和希は、ゆっくりとまぶたを上げた。

顔の横に、よく台所で使うようなひらひら薄いポリ袋が置いてあった。中に、何か白っぽいものが入っている。それと、袋にセロテープで貼りつけたメモ用紙が一枚。

『プリンをありがとうございました』

少し右上がりぎみの、でもバランスがとれた丁寧《ていねい》な字だった。

お供え物みたいに置かれた袋を、ラッコみたいに胸にのせて中を確かめてみる。入っていたのはカップケーキ……いや、蒸しパン？　細かな気泡《きほう》の穴が空いたふわふわの生地に、レーズンが飾られた蒸しパンが入っていた。黒砂糖が入っていそうな色の生地と、卵そのままの黄色の生地。ぜんぶで五つある。プリンは四つしか差し入れなかったのに。

和希は袋からメモを剝《は》がして夏の陽《ひ》にかざした。まじめで慎重そうな、でもやる時はやりそうな感じの字だ。なるほど、と思っていると、ギシッと今度は大きく床が軋んだ。

「人んちで寝こけるとか、おまえ育ちのよさそうな顔してけっこう自由なやつだな」

仰向けの視界に、ぬっと高津の顔が出現した。今日も機嫌が悪そうなしかめ面で、和希は年長者への敬意を表すために、きちんと目を合わせて挨拶《あいさつ》をした。

「こんにちは。おじゃましてます」

「挨拶はな、とりあえず、起き上がってしろよ」

蒸しパンが入った袋を抱えながら起き上がると、高津が三白眼《さんぱくがん》を細めた。

「何だ？　その袋」

「蒸しパンです。七緒……さんが作ってくれたみたいで」

不機嫌そうにしわを刻んでいた高津の眉間《みけん》が、ふっとほどけた。少し驚いた様子で。

「ああ……なんか甘ったるい匂いがすると思ったらそれか。部屋から出てきたのか？」

「たぶん。おれも寝ちゃってて姿は見てないんですけど」

「幻の野生動物みてぇな女だな」

高津は大股で板敷きの廊下《ろうか》を歩き出し、和希もあとに続いた。廊下の先にあったのは、料亭並みに広々とした台所だった。窓の近くに吊るされた片手鍋やおたま、使い古されて光沢がなくなった銀色の流し台、かなりの年季を感じさせる厚い木のテーブルなんかが、システムキッチンの家で育った和希にはドラマのセットみたいに見えた。昭和ってこんな感じなのかな、と興味深く見てしまう。

テーブルには白い皿が置かれていた。レーズンが飾られた二色の蒸しパンが十個、お月見の団子のように積み上げてある。そして皿の下に、やはりメモ用紙が一枚。

『大変お世話になっております』

「どっかのサラリーマンかよ」

「おれより高津さんのほうが蒸しパン多い……」

「当たり前だろうが。俺は家主だぞ。つうか、シノさんの分も入ってんだろこれは」

言いながら高津は和希からポリ袋をとり上げると、中にポイポイと蒸しパンを放りこんだ。皿にはもう五個しか残っていない。

「多いからこれも持ってけ」

「高津さん、それは、バレンタインにもらったチョコを友達にあげるくらいやっちゃいけない行為だと思います」

「人聞きの悪いたとえをすんな。……いま固形物食えねぇんだよ」

そういえば、と和希は高津の以前よりもかなり肉が削げた気がする頬《ほお》を見つめた。

「高津さん、顔色悪すぎてやばい人みたいなオーラ出てますけど、大丈夫なんですか」

「てめえは心配してんのか？　それとも宣戦布告してんのか？」

「ちゃんとごはん食べないと」

「ガキじゃねえんだ、そのへんはしっかりやってる。……これもちゃんと、一個は食う。おまえ、そろそろ帰んないとまずいだろ。行け」

高津は蒸しパンをひとつとり上げながら、追い払うように手をふった。確かにそろそろ帰らなければ夕食の時間に遅れてしまう。気にはなったものの、失礼しますと軽く頭を下げて和希は高津邸をあとにした。

その後の失態というか敗因は、幻の野生動物のように存在はしているのに姿を見せない少女と、不健康そうな高津のことが気になっていたせいだったのだろう。

寮に着いたあと、蒸しパンはすぐに袋ごと食堂の共同冷蔵庫に入れた。最近は本格的に夏の気候になってきて蒸し暑いから、傷《いた》まないようにと思ったのだ。それから部屋着に着がえて、幹也、顕光、修治《しゅうじ》のいつものメンバーで夕ごはんを食べて（今日は豚《とん》カツと冷《ひ》や奴《やっこ》、そしてまたもや海藻《かいそう》サラダだった）それから部屋に戻った直後、はっと痛恨のミスに気づいた。急いで食堂に戻って共同冷蔵庫を開けたが、遅かった。

食堂のとなりには寮生がくつろぐ娯楽室《ごらくしつ》がある。ソファとテーブルのセットが二組、丸テーブルを四脚の椅子《いす》が囲むセットがやはり二組と、共用のパソコン、卒業生から寄付された古い漫画が詰まった本棚などがある。その部屋に行ってみると、ソファセットに群がる男子の一群。「ばあちゃん、こういうのよく作ってくれたな」「おれ黒砂糖味って好き」「こっちのプレーンもうまい、卵の味して」「うっ、ばあちゃん……」「泣くなー、夏休みになれば会えるから元気出せー」などとワイワイ騒がしい男子の群れに近づくと、案の定、ヤツらが手に持ったり口にくわえたりしているのは蒸しパン（の残骸《ざんがい》）だった。

「お？　月ヶ瀬《つきがせ》も食いたい？　でも残念、ちょい遅かったなー。もう売り切れ」

二年生が和希に気づいて陽気に言ったが、和希が沈黙を守ると、はっと頬を硬くした。

「あれ……？　もしかしてこれ、月ヶ瀬の……？」

「えっ。でもでも、名前書いてなかったから」

「そうそう、冷蔵庫入ってるのに名前なかったから」

自分たちが食い散らかした蒸しパンの持ち主を前にして気まずそうになった一団は、今度は自分たちは悪くないとばかりに「名前が」「名前が」と言った。そう、名前を書いていない飲食物はなくなっても文句は言えない。それがこの男子寮の掟《おきて》である。きちんとわかっているから、和希は文句を言ったりしなかった。ツンドラの心で一同をねめつけて、低く深くため息をつきながらきびすを返した。「めっちゃ怒ってね!?」「月ヶ瀬が怒るの初めて見たよ!?」「ご、ごめんねー!?」と背後から声が次々飛んできたが捨て置いた。

部屋に戻ったあとは「急にとび出してどうした？」「何かあったの？」と訊《たず》ねる顕光や修治にも答えず、二段ベッドの上段でふて寝した。ポータブルプレイヤーでラジオを聴いている間、何度もドアが開いたり閉まったりする音がして「これ月ヶ瀬に……」「ごめんって言っといて……」としょぼしょぼ声が聞こえた。

「月ヶ瀬。おまえにどんどんみつぎものが届いてんだけど、何これ？」

背中をつつかれて、イヤホンを外しながら寝返りを打つと、怪訝《けげん》そうな顔をした顕光がベッドに板チョコやらポテチのミニパックやらスルメやらをばら撒《ま》いた。育ち盛りの男子たちが、ひもじい夜をしのぐために机のすみにへソクリしているおやつだ。胸に来るものがないでもない。けど、これは、断じて、あの蒸しパンではない。プイと壁に向き直ると「何なんだよもー」と顕光が弱った声を出した。

「名前書き忘れて蒸しパン食べられたから、へそ曲げてるんだよ」

子供扱いの言い方にむっとして体を起こすと、幹也が濡れた髪をタオルで拭きながら自分の椅子に腰を下ろした。幹也は「人混みが大嫌い、混んでる風呂はもっと嫌い」というやつなので、夕食直後か風呂が閉まる直前のすいている時間帯に入浴することが多い。

「蒸しパン？　尾崎《おざき》くん、何それ？」

「さあ。俺もさっき『月ヶ瀬の機嫌なおしてくれ』って先輩たちに泣きつかれただけだから、あらすじしか知らないけど。で？　その蒸しパンって、誰にもらったの？」

タオルを首にかけ、机に置いていた黒縁眼鏡をかけた幹也が、脚《あし》を組みながら二段ベッドに視線を上げた。「早く言いなよ」という感じの態度に、なんだかイラッときた。

「もらったんじゃなくて買った」

「それはないね。店で売ってるものならそれなりにパッケージングされてるはずだけど、さっき現場で状況聞いてきたらペラペラの薄い袋にそのまま蒸しパンが入ってたらしいし、このへんで蒸しパンを売ってそうなのって丘の下の『大吉商店《だいきち》』か、もうちょっと行ったところにある『たなかベーカリー』だと思うけど、面倒くさがりのおまえが蒸しパンくらいのためにわざわざあのへんまで労力を使って買いに行くとも思えない」

「尾崎くん、あらすじしか知らないって言ってたけどめちゃくちゃ推理してるよ……？」

「それに帰ってきてからすぐに冷蔵庫に入れてるあたり、なんか隠そうとしてるような意図を感じるよね。まあそういう気があったかどうかは置いといても、食べられたことにそうやって腹を立てるくらいには特別なものだったわけだ。それならどこで手に入れたんだってことになるけど、それはおまえがここんとこ足しげく通ってるところに決まってる。確か、俺たちと同じくらいの歳《とし》の女の子だって言ってたよね？　おまえが入り江で助けて、今はお兄さんの家で療養してる子。名前も聞かせてもらってないけど」

「……尾崎、尾崎、なんか浮気の追及してる妻っぽくなってんぞ」

「その女の子に作ってもらったってとこかな、例の蒸しパンは」

その通りだが、なぜか言い当てられたことに腹立たしいような後ろめたいような自分でもよくわからない混沌《こんとん》とした気分になって、和希は唇を引き結んでいた。

なるほどね、と幹也が目を細めた。

「わりと衝撃的な知り合い方だったから、心配して、毎日様子を見に行くうちに、なんか気になるようになっちゃったわけだ」

「……何言ってんの？」

「さあ？　自分で考えたら」

言うなり幹也は立ち上がり、机の上の参考書やノートを重ねだした。

「おい尾崎、どこ……」

「自習室。今日は静かに勉強したいから」

素っ気なさすぎる口調で言った幹也は、さっさと部屋を出ていった。ドアが閉まってから和希もふて寝を再開した。「何なんだこいつらは……」「和希くんの機嫌が直るどころか尾崎くんまで不機嫌に……」と顕光と修治が困っていたが、もう知らなかった。

それから三日間、高津邸には行かなかった。

一日目は掃除当番と日直が重なって帰りが遅くなり、二日目は学校の帰りに馬をつれた知らないおじさんと会って、生で見る馬の美しさに感動して話が盛り上がるうちになぜかおじさんの家でおやつをご馳走《ちそう》になって遅くなり、三日目は朝からずっと雨が降っていて、それは別に傘をさせば問題ないのだが、何となく行かなかった。確かに高津に「顔見せに来い」とは言われたけど、毎日来いとは言われなかったし、むしろこれまでが行きすぎだったかも、ということを延々と考えていた。そのくせ夜眠ろうとすると気にかかって仕方なかった。不用心すぎる高津邸の戸締まり事情だとか、家主の不健康そうな顔色だとか、ドアのかげから自分を見つめたリストによく似た琥珀《こはく》色の瞳《ひとみ》とかが。

そして翌日、金曜日の放課後。高津邸の立派な門の前で、和希はため息をついた。わけがわからない。どうしてこんなに中に入るのを躊躇《ためら》うのか。これまで散々チャイムも鳴らさず入っていたのに。……幹也のバカ、あいつが変なこと言うから。

「……ぅお」

ほんの短い小さな声だったが、確かに聞きとってパッと和希はふり向いた。

高津邸の驚異的に広大な敷地を囲む白壁の塀を右手にたどり、長い塀が角になったところから、三つの顔がのぞいていた。幹也、顕光、修治。幹也は「何やってんの」と顔をしかめ、顕光は「だって靴にナメクジ」と固まっており、修治は「あっ!? 和希くんこっち見てる!?」といたく動揺している。ここは走っていって三人の頭をポカポカ叩くべき場面なのではないかという気がしたが、あんな遠くまでダッシュするのも面倒なので、和希はブリザードの心で「こっち来いや」という視線を三人に送った。

顕光と修治は足どりも重く、申し訳なさそうに頭をたれているのに、幹也だけはいつものすました顔で悪びれた様子もない。だからこいつに怒ることにした。

「何やってんだこの陰険眼鏡」

「今はコンタクトなんですけど? 例の蒸しパンの彼女、どんな子か見たいと思って」

「俺は違うぞ。野次馬じゃなく、修羅場《しゅらば》になったら止めに入る補助要員で」

「ぼ、僕も顕光くんと同じくで」

ふざけた言い訳をする二人を真冬の心でにらむと「ごめんなさい」「野次馬です」とたやすく懺悔《ざんげ》した。幹也だけやはり顔色も変えず、門のチャイムを指した。

「さっきからうろうろ何してるの? 日焼けしちゃうから早く中に入りたいんだけど」

「いっそ焼けすぎて黒豚になれ」

「てか近くで見るとほんとすげーな、この家……豪邸っつうか、もう、お屋敷?」

「こんな大きい家、もし歴史的大雪が降ったら雪かきすごく大変だよねぇ……」

突然、古い通用口が開いた。

「あ」とルームメイト三人が声をそろえて開いた戸口を凝視した。

和希も一拍遅れて、ほとんど背中を向けていた通用口をふり返った。

少女が——七緒が、そこに立っていた。五分袖《そで》チェック柄のワンピースを着ている。最初に会った時には水面でゆらめいていた髪は三つ編みにされている。顔色も、悪くない。ついこの前まで暗がりに隠れて姿を見せようとしなかった彼女が、まっすぐに顔を上げて、自分の意志で陽の光の下に立っている。衝撃的なほどの感動に襲われて言葉が出てこない。何だこれは。困った、どうしよう？

動揺しているうちに七緒が動いた。すばやい動きで手を握られた。しかも強く、しっかりと。え、と和希は固まって「え」とルームメイト三人組も声をそろえた。

「倒れ、てる」

「え」

「高津さん。倒れてて。声をかけても、ぜんぜん、返事もなくて、目も開けなくて」

そこでやっと、七緒の顔に浮かぶ不安と狼狽《ろうばい》に気がついた。痛いほど握ってくる手は、助けを求めているんだということも。和希は逆に七緒の細い手をつかんですぐさま通用口から踏みこんだ。「え、倒れてる!?」「高津ってこの家の人か？」「顕光、そこ開けといて。救急車呼ぶかもしれない」と背後から三人の声と足音も追いかけてくる。

駆け足で屋敷の前庭に入り、七緒が人さし指で示すまま、母屋の裏手へ。最初に見えてくるのは白い壁の土蔵。さらに裏庭の奥へ走ると、いつも高津がこもっている離れが見えてくる。瓦屋根《かわらやね》の平屋で、こぢんまりした端正な建物だ。

その離れと母屋とつなぐ渡り廊下のような屋根つきの通路に、高津が倒れていた。

「高津さんっ」

高津はいつもの黒いつなぎを着て、腕を投げ出してうつ伏せになっている。七緒が言うとおり行き倒れか、もしくは後ろからいきなり鈍器《どんき》で殴られた死体みたいだった。

肩にふれても、高津は睫毛《まつげ》を震わせる気配さえなかった。ひどい顔色だ。頬がこけて、顎《あご》が鋭い。どれだけ過激なダイエットをすればたった三日でここまで痩《や》せるのだろう。

「きゅきゅ、救急車呼ばないと！」

「ここの番地何だ？　何町だ？　俺まだ島の地理そこまで覚えてないんだよっ」

「さっき通った門、郵便受けに手紙とか入ったままだった。あれ見ればここの住所がわかると思う。ちょっと行ってくる」

一番冷静なのはやっぱり幹也だった。今たどってきたルートを走って戻っていく幹也の姿を目の端に捉《とら》えながら、和希は高津の口もとに手をやった。——温かい小さな風がふれた。息はある。だが肩にふれて呼びかけても、やはり目を開けない。

「おっ？　えっ？　尾崎？」

「えっ——先生?」

　驚き合う二人分の声が飛んできた。芝生を敷いた裏庭にはまだ幹也の姿が確認できて、幹也と向かい合っている人物を見た一年一組の生徒は、目を点にした。

「に、仁科《にしな》先生?」

「なんで先生がここに」

「あれー、俺の生徒がこんなに……ふしぎな眺めだ」

　薄いブルーの半袖シャツを着た仁科先生は、目をしばたたかせながら幹也から修治、顕光へと視線を移動させ、最後に和希を見ると、同時に倒れた高津に気がついた。

「椿《つばき》」

　すばやく和希のかたわらまで来た仁科先生は高津の肩にふれながら、落ち着いた、くっきりとした声で呼びかけた。やはり反応はない。

「かなり前からこうだったみたいなんです。救急車呼んだほうが」

「いや、顔色見る限り大丈夫だと思う」

　このひどい顔色のどのへんが大丈夫なのか理解不能だったが、次の瞬間、仁科先生は驚きの暴挙に出た。高津の鼻をつまんだのだ。ぎゅっと。

　一秒、二秒、三秒、と沈黙が流れ、六秒目でいきなり「げほっ」と高津が頭を跳ね上げた。その勢いに和希は思わず身を引いて、そこで初めて、自分が七緒の手を握ったままだったことに気がついた。ずっとこうだったのか？　何ということだ。「ごめん」と手を離すと「いえ、おかまいなく」と七緒は首を横にふった。ことさらキリッとした表情だったが、顔はまっ赤だった。

「……てめえ……ぶっ殺す……地獄《じごく》に落ちろ……」

「ん、思ったより元気だな。とりあえずこれでエネルギー補給しなさい」

仁科先生は腕にかけていた袋からゼリー飲料をとり出した。手のひらサイズのパックに飲み口がついた、手軽に多種類の栄養素を補給できる商品だ。きちんとキャップまでとって、ぜえぜえと荒く息をつく高津にくわえさせる仁科先生は、飼育係っぽい。

「先生、高津さん大丈夫なんですか？」

「うん、たぶん寝床にたどり着く前に力つきてここで寝ちゃっただけだから。こいつ制作が佳境《かきょう》に入ると固形物食べなくなるし、寝なくなるから、終わっていったん寝ると眠りが深すぎてウンともスンとも言わなくなるんだよ」

制作？　とまったく意味がわかっていない発音でおうむ返しにしたのは、その場の男子高校生四名と少女一名だった。

仁科先生はまばたきをして、ゼリー飲料を吸っている高津にあきれた顔を向けた。

「おまえ、何も話してないの？　月ヶ瀬とこの子にも？」

「……うるせえ。つか何だ、このガキら。なんでこんなに増えてんだ？」

「ガキじゃない、うちのクラスの生徒だよ。おまえがこんなところで寝てるから、みんな救急車呼ぼうとしてたんだ。お礼を言いなさい、ご心配ありがとうございますって」

諭《さと》す仁科先生に、高津はそれはひどいしかめ面で返答した。「ぜってー言わないなこの人」「死んでも言いたくないって顔したね」「俺たちは感謝できる大人になりたいね」とルームメイトたちがだめな大人を見る目でささやき合うのを和希は聞いてしまった。

「制作って、高津さん、何か作ってたんですか？」

ときおり離れから聞こえる怪しい音のことを思い浮かべながら訊ねたら、高津のしかめ面が居心地の悪そうなものに変化した。仁科先生が、離れの戸口に視線をやる。

「そうやってくつろいでるってことはひとまず終わったんだろ？　ちょっと見せてやったら？　生徒の後学のために協力してよ」

「なんで協力なんかしなきゃならねぇんだ。あそこに入っていいのはシノさんだけだ」

「こいつらさ、ほんとにいい子たちだと思わない？　縁もゆかりもないおまえが倒れてるのを見て、本気で心配して青くなってるんだよ。高津さん、高津さん、って。それなのにおまえはそういうことを言ってしまうんだな。彼らから受けた真心に少しも報いようって気持ちにはならないんだな。責めはしないよ、でもかなしいな、俺は」

言葉のとおりそれはかなしげな目で見つめられ、高津が背中を反らす。なおも仁科先生がじっと見つめると、高津は追いつめられたようにじわじわと表情をゆがめて「見たきゃ見ればいいだろ勝手に」と顔をそむけた。とたんに先生はさわやかな笑顔に戻ってその場の少年少女を手招きした。「やっぱ先生、Sだな」「ドSだね」「見習いたいな、ああいう攻め方」とルームメイトたちがまたひそひそするのを和希は聞いた。

仁科先生が離れの古びた引き戸を開けると、うわ、とか、わあ、と声があがった。

離れの内部は、もとは存在した部屋の壁や仕切りを撤去したのだろう、倉庫みたいに天井が高く、だだっ広い空間が広がっていた。でも声があがったのはそのせいではない。いくつもの作業台と、その上に散乱したおびただしい数の木槌《きづち》や鑿《のみ》やその他の道具、何台ものイーゼルとそこに立てかけられた絵、あちこちに散らばった木くずや木片――ひと目で特殊な作業の行われる場所だとわかる、その空間の独特の空気に圧倒されたからだ。

その作業の結晶は、部屋の中心に立っていた。

彫刻――女性の半身像。

サイズは成人女性のほぼ等身大だ。首の長い、面長の、ほっそりとした女性のへそまでの像。唇の輪郭《りんかく》、鎖骨《さこつ》のくぼみ、肩のとけるようになめらかな曲線――人体とは奇跡的に美しい仕組みで形づくられているのだということが、生身の人間を目にするよりも鮮烈に伝わってくる。そしてひどく印象的なのが瞳で、どういう素材でつくられているのだろうか、本当に生きた人間のそれを思わせる、奥底に限りない深さをたたえた水晶のような瞳がはめこまれていた。はるか遠い何かを見つめるような、静謐《せいひつ》な瞳が。

ともすれば彫刻だということを忘れてしまう、本当にひとりの人間と対峙《たいじ》しているかのような存在感のある彫像だ。何よりも衝撃だったのは、塗料で淡く彩色された女性の白い肌に残る、鑿の彫り痕《あと》に気づいた時だった。こんなにもすべらかでなまめかしいものが、おそらくは大きな丸太のような木塊《もっかい》から人の手によって彫り出されたのだと知って愕然《がくぜん》とした。和希だけではなく、仁科先生と制作者本人を除くその場の全員が。

「すごい……」

ぽつりと呟《つぶや》いたのは、和希のとなりに立っていた七緒だった。確かに、すごい。今感じているものはそんな小さなひと言には到底おさまらないけれど、それしか出ないのだ。

「……彫刻家なんですね。高津椿。しかもかなり有名」

みんな半身像に見入ったまま言葉を忘れる中、最初に文章をしゃべるほど立ち直ったのは幹也で、スマホを操作していた。高津の名前を検索したらしい。どれどれとみんなで幹也にくっついて液晶画面をのぞきこむと『気鋭の若手彫刻家』『文化庁の新進芸術家海外研修制度で渡英』『俗世を嫌う彫刻界の異端児が彫り出す圧倒的美』などと膨大な数の記事がヒットしている。写真付きのものもあって、そこに写っているのは、まさしく切りつけるような鋭いまなざしで木塊に鑿を当てる黒服の高津だった。

「すごい」「マジか」「異端児なんだ」と驚嘆しながらみんなでふり返ると、異端児はいつの間にか部屋の奥に置かれたソファで寝ころがっていた。靴下を履いていない足がはみ出していて、寝ているのか寝たふりなのか反応しない。

「ごめん、あいつシャイなんだ。褒められるのがすごく苦手で」

「島の人って、高津さんの仕事のことちゃんと知ってるんですか？」

高津にパシリにされて豊田《とよだ》商店に買い物に行った時、おばあさんたちは高津を、いい歳をして定職にもついていないしょうもない金持ちのドラ息子のように言っていた。そのことを話すと、仁科先生は苦笑した。

「知ってる人は知ってるけど、ほとんどの人は知らないと思う。とにかくあいつは自分の仕事のこと人に教えたがらないから。そのおばあさんたちにも、すごいすごいって褒められるよりは、いつまでたっても悪ガキだってあきれられたいんだと思うよ」

「なんだか複雑な人なんですねぇ……」

「あの、下世話な話ですけど、こういう作品っていくらくらいになるんですか？」

何事も潔《いさぎよ》い顕光が、声をひそめながらずばりと一番気になるところを訊いた。仁科先生はちらりと高津をうかがい「今回の作品のことはわからないけど過去に売れた作品のことなら」と前置きをしてから、口もとに両手で覆《おお》いを作ってひそひそ話の体勢をとった。みんな頭をよせて耳をすまし、数秒後、いっきに青ざめた。

「ロープ！　ここ立ち入り禁止のロープ張れよ！」「け、警備員も呼んだほうが！」「ていうかアトリエの入り口、ふつうに鍵かかってなかったよね？　まずそこから始めないと」

と男子が騒ぐなか、和希も冷や汗がにじむような気分になっていた。「どうしたんだ？」と仁科先生に目をまるくされて、ひそめた声で告白した。

「実は、高津さんの絵、一枚もらったんです。シマ高のモニュメントを描いたやつ」

「……それってあの舟のやつ？　廊下に飾ってあった三十センチくらいの絵？」

「はい。学校のあのモニュメント、おれ好きで、あれに似てたから絵を売ってもらえないかって頼んだら、タダでくれて……」

「ああ――似てるっていうか、あの絵が元だからな」

意味がわからなくて眉をよせると、仁科先生は微笑した。

「学校のあのモニュメントは、シマ高の創立六十周年の記念に椿が制作したんだ。昔俺たちの担任だった当時の校長が、ぜひ椿にって依頼して」

絶句した和希は、アトリエの壁際に目をやった。何台も並んだイーゼルと、そこに立てかけられたデッサンや彩色画。それらはよく見ればすべて人の半身像や胸像《きょうぞう》で、おそらく高津は、彫刻にとりかかる前の設計図的な作業として絵を描くのだろう。ちょうど楽奏者やオペラ歌手の多くが音楽教育の基礎としてピアノも修得しているように、高津も彫刻の技術だけではなく絵を描く力、それもすぐれた力を持っているのだ。

彫刻の下準備として描かれたものだとしても、あれだって心を穿《うが》つような力を持った絵だった。高津の彫刻を青ざめるほどの金額で買う人なら、あの絵にもきっと喜んで大金を出すだろう。返すべきなんじゃないかと悩む和希に、仁科先生はいたって気楽に笑った。

「いいんじゃないか？　もらっておけば」

「いえ、でも」

「あいつは筋金入りの偏屈やだから、信用した相手じゃないと自分の作品はさわらせないし、ましてや所有なんて絶対させない。だからつまり、そういうことなんだと思うよ」

そういうことがどういうことなのかよくわからなかったが、仁科先生は笑うだけであとは何も言わなかった。——いいのだろうか。じゃあせめて、また人間に会いたくない気分の時にはパシリをしよう、と思いながら高津のほうをふり返ったら、同時に高津がむくりと起き上がって裸足《はだし》でぺたぺた歩いてきた。彫刻界の異端児のご登場に、全員でササッと後ろに下がる。

なにか納得いかないというか釈然《しゃくぜん》としない表情で自分がつくり出した半身像をながめていた高津は、急に雑然とした作業台をごそごそとあさり出した。また像の前に戻ってきた時には、赤い塗料のようなものを入れた小皿を持っていた。

小指で塗料をすくった高津は、化粧師が女に紅《べに》をさすように、半身像にふれるほど顔をよせて唇を染める。後ろのほうで見ていた和希は、なぜかドキリとしてしまった。

「……エロい」

ぽつりとこぼしたのは幹也で、とんでもないという顔で顕光と修治があわててふり向いた。「おまっ、大先生にエロいとか！」「女の子だっているんだし！」「エロくても、大丈夫です。お気遣《きづか》いなく」「あ、そ、そうですか……!?」と七緒もまじえてひそひそ声で騒ぐなか、小指の先を染めたまま高津がふり返った。

「エロいか？」

「さっきまでエロいとか思いつかないきれいさだったんですけど、きれいなものにそういうことすると、逆にものすごくエロい」

物怖《ものお》じしない幹也の言葉に、高津は気分を害したふうもなく、むしろ少し口角を上げた。高津も同じことを思っていて出来栄えに満足したのと、幹也を気に入ったのだろう。

その後は自由にアトリエを見学してよいという許可が出た。男子たちは高津が見せてくれる、素材の木を削るためのチェーンソーや研磨機などのメカにも興味をそそられたようだ。イーゼルに立てられた絵を見て回っていた和希は、七緒がひとり離れて、アトリエのすみにひっそりと置かれた彫像を見つめていることに気がついた。

先ほど見た半身像とは違い、それは胸像だった。

少女という年代はすぎた、けれどまだ成熟した女でもない、そんな年ごろの女性が目の前にいる誰かの話に耳をすますみたいに、少しだけ頭をかたむけている。唇には淡い、限りなくやさしいほほえみが浮かんでいる。大きな木から彫り出したところも、彩色されているところも、ひどく印象的な瞳も先ほどの作品と同じだ。むしろ骨格や細部の線は、先ほどの半身像のほうが洗練されているかもしれない。けれどそういうことを抜きにして、その胸像には胸がいたくなるような美しさがあった。純真とか、無垢《むく》とか、清らかとか、そんな言葉で人があらわそうとする、失われやすい透明な何かが。

「きれい」

しずくが落ちるような声でとなりの七緒が呟き、和希はそれが自分の声みたいに思えた。たぶん一秒にも満たない時間の差で、自分もそう言っていただろうから。うん、と小さく頷《うなず》くと、七緒も目が覚めたような顔でこちらを見て、お返しみたいにこくんと頷いた。

「美大を卒業する年、その作品でいくつも賞をとって、椿は彫刻家になったんだ」

いつの間にか仁科先生がそばにいて、説明してくれた。

「譲ってくれって熱心に頼む人もいたみたいだけど、どんな条件を出されても、あいつはこれだけは手放さなかった。たぶん、本人にとっても特別なんだろうね」

恋焦《こ》がれるようにこの胸像を欲しがる人がいるのは想像がついた。そして何となく、そういう人は過去にとても大切なものを失《な》くしたことがあるのではないか、とも。この像は、今はもう失われた美しい時間や思い出、そういうものを思い起こさせるのだ。

そのあと、仁科先生がアトリエのすみから持ってきたアルバムを見せてくれた。それはこれまでに高津がつくった彫刻の写真を集めたもので、作品を画廊《がろう》や個人の依頼者に引き渡す前にこうして必ず写真を撮っているのだという。遠い昔の追憶に沈むような老年の男の横顔、気難しげに眉をひそめた女の胸像、未成熟な肢体《したい》と思いつめた表情があやうげな少年の全身像、何も語りはしないのに深いかなしみを抱えているとわかる女性の首だけの像——あらゆる構図と角度から削り出された、あらゆる人の姿があった。

　男も女も人間は嫌いだと言った高津は、人間ばかりを彫っている。


「……そんで？　尾崎、どうよ」

「かなり好みだと思うね。ちょっと猫顔で、あと声きれいだし」

「あれ、和希くんって声によわいの？」

「聴覚敏感だから、あの人。小六の時の担任、怒るとめちゃくちゃ怖い女の先生であまり人気なかったんだけど、和希だけなついてた。教科書読む声がきれいだからって」

「ならいいんじゃないか？　俺もちょっとしゃべったけど性格よさそうな子だったぞ」

「よさそう程度じゃだめなんだよ。もっと人品骨柄《じんぴんこつがら》を調べないと」

「尾崎くん、ほんとに和希くんの何なの……？」

　気がついたら幹也たちの姿がなかったので外に出てみると、ルームメイト三人組は芝生にしゃがみこんでごにょごにょと密談していた。聞いてしまったからには、幹也の背中を蹴《け》るべきか？　それとも三人まとめてポカポカ叩くべきか？　腕組みしながら考えていると、殺気が伝わったのか修治がふり返り「わ」と声をあげて顕光と幹也もこっちを向いた。

顕光と修治はあわてふためいているからゆるせるとして、幹也は「どうかした?」などとしらっと言うから、よし決めた、こいつを蹴ろう、と足を持ち上げたその時。

「おーい、みんなもう帰るのか? じゃあ途中まで一緒に行こう。今日のお礼にジュースか何かおごるから」

仁科先生が目の上に手でひさしを作りながら外に出てきた。後ろからは黒いつなぎを着た高津と、ためらいがちな様子の七緒もついてくる。

「じゃあ帰るけど、今晩からちゃんと固形物も食べろよ。ちゃんとベッドで寝て、七時間は睡眠時間を確保するように」

「うるせぇ、小姑《こじゅうと》みたく口出すな」

「高津さん、先生みたいな友達は大事にしないと」

「こいつは友達なんかじゃねえ」

高津は大人として恥ずかしいほど顔をしかめ、わりとひどいことを言われている仁科先生のほうは慣れているのかおかしそうに笑って「じゃあ行こうか」と生徒たちを促した。顕光と修治と幹也が続く。けれど和希は二、三歩進んで立ちどまり、ふり返った。高津と、さらにその後ろにいる七緒のことを。

高津は和希が戻ってくるのを見ると、何か察したようにさっさと離れの中に戻っていった。チェックのワンピースを着た七緒だけがその場に残る。ドアのかげに隠れていない、白くて小さくて生まじめそうな顔を、小さな感動とともに見つめた。

「蒸しパン、ありがとう」

七緒はまばたきしたあと、そっと訊ねた。

「おいしかった？」

「それが、食べてなくて」

目をまるくする七緒に「名前を書いていない飲食物はなくなっても文句は言えない」という男子寮の掟と、先日の蒸しパンを食べられてしまった事件のことを話す。七緒はますます目をまんまるくして、それからプッとふき出した。笑った、と感動しながら、わりと惜しみなくクシャクシャになった顔を見つめた。

「だから、せっかくもらったのにごめん」

「でも、蒸しパンは簡単だから、またすぐに作れるから」

それって、と思う。それってつまり、また作ってくれるという意味なんだろうか？

月ヶ瀬、と顕光の声がした。和希くん、と修治の声も。行かないといけない。

「じゃあ、また」

さようならだと堅苦しいし、バイバイでは馴《な》れなれしいから、考えた末にそう言うと、七緒は琥珀色の瞳を細めて淡く笑い、手をふった。

またね、というみたいに。

2

六月の終わりから七月の頭にかけて、シマ高では期末試験が行われた。一年生にとっては高校に入って初めての期末試験なので、受ける前はみんなそれなりに緊張していたが、終わるとこれ以上ない解放感につつまれて、夏休みを心待ちにする浮かれたムードが漂《ただよ》った。しかしここで、仁科先生が例のさわやかな笑顔でおっしゃった。

「まだ一カ月以上あるけど、各班、文化祭までの詳細なスケジュールを立ててみようか」

言われたとおりにした生徒はにわかに青ざめた。なんだこの膨大な作業量は？　クラスから模擬店と展示の二つの出し物をするのはもちろん、学年ごとや委員別の仕事もあるから、何だか知らないがとにかくやるべきことがむやみに多い。これは文化祭までに終わるのか？　と不安になる生徒たちにまた仁科先生はほがらかにおっしゃった。

「大丈夫。平日で足りなかったら土日も学校に来てやればいいし、それでも足りなかったら夏休みも学校に来てやればいいんだから。というか、毎年みんなそうだから」

夏休みとは自由で楽しい素敵な時間のことを言うのだと思いこんでいた生徒たちはこの発言に戦慄《せんりつ》した。シマ高は離島の公立校にはめずらしいほどの進学実績を誇り、それはそれなりの取り組みをしているからこそで、期末試験が終わってもすぐに全国模試があったり、夏休みに入っても夏期講習が行われたりする。そのうえに文化祭の準備なんて、それじゃ夏休みはないも同然じゃないか？　そんなのまるでブラック高校じゃないか？　悲愴《ひそう》な目で訴える生徒たちに仁科先生は仏のようにほほえんだ。

「一日は二十四時間ある。七時間を睡眠に当てて、三回の食事と風呂を三時間におさめるとして、残り十四時間。授業時間は五十分×六コマで一日合計五時間だから、引いて九時間はきみたちが自由に使えるわけだ。そのうち三時間を勉強に当てても、六時間は準備に使えるよね？　夏休みに入れば夏期講習の終了時間は普段より早くなるから、もっと余裕ができる。楽勝、楽勝。あ、ちなみに夏休みもしっかり課題は出すからがんばってね」

笑顔の鞭《むち》に生徒たちは震え、翌日から急ピッチで文化祭の準備が進められた。

和希もわりと忙しくしていたのだが、なんとここにきて耕平《こうへい》の父親が自転車で転んで足を骨折するという事件が起きた。耕平は両親が営むレストランを手伝わなければいけなくなり、調理班隊長として日々奮戦している耕平にはこれ以上の負担は酷《こく》だということで、耕平の受け持ちだったステージ発表の設営係を和希が代打で担当することになった。事情が事情だし、耕平は友達だから「ほんとごめん王子」としょげ返る耕平に気にするなと手をふりながら自分から引き受けたのだが、これで展示班、タイムカプセル委員、ステージ設営係と三つも仕事を持つことになり、ひまな毎日が一転、かなりハードになった。

ちなみにタイムカプセル委員を説明すると、シマ高では卒業する三年生が未来の自分へ宛《あ》てた手紙や思い出の品を保存して、卒業生が三十歳になる年に再び集まって開封する、という伝統がある。これは本来文化祭とは独立した行事だったのだが、例の十六代校長が「せっかく卒業生が集まるなら文化祭に来させればよいではないか！　売り上げもあがるし、にぎわってよいではないか！」と文化祭行事にさせたらしい。当日のタイムカプセル開封をトラブルなくかつ感動的に完了させるのが委員の使命で、該当する卒業生を名簿で調べて案内状を送付する作業が始まったが、これも神経を使う仕事で大変だった。

そんなふうにめまぐるしく毎日がすぎ、七月の上旬の金曜日、和希はよろよろと高津邸の門の前に立った。試験期間中にちょっとだけ顔を出したきり、文化祭の準備が忙しくて一週間近くここには来ていなかった。なんとか今日は抜け出すことができたのだ。

高津の体調はよくなったんだろうか。七緒は、どうしているだろう。

ふらふらと通用口をくぐると、老舗《しにせ》旅館の庭園みたいな立派な庭に出る。無数のセミの声が響いて、池のほとりの茂みには可憐《かれん》なアザミの花が咲いていた。

歌声に気づいて、和希は足をとめた。広い庭園の一角で、髪を涼しげなポニーテールにした七緒が、ホースで芝生に水を撒いている。澄《す》んだ声で歌を口ずさみながら。

よく知っている歌だ。小学校の合唱コンクールの課題曲だった『翼をください』。和希は伴奏係だったが、シンプルな旋律が好きな歌だった。

七緒の声は高音の伸びがきれいで、言葉の意味が心にしみこんでくる。散歩の途中で思いがけなく美しい虹《にじ》を見たような気分で聴き入った。二番はちょっと歌詞があやしかったらしく、途中をハミングでごまかした七緒は、ホースの水を止めるために水道のほうに歩き出し、そこで和希に気づいて、まっ赤になってホースを落とした。

「聴いてたの!?」

「え、うん」

「どうして声かけてくれないの!?」

「声かけたら、やめちゃうと思って」

七緒は赤くなったままぎゅっと口をへの字に曲げて、のしのしと庭のすみの水道に近づき、蛇口《じゃぐち》からホースをむしり取った。わりと腕力があるようだ。みとれていると、ホースを手際よく巻いて水道の下にまとめた七緒が、口をへの字にしたままふり向いた。

「お腹《なか》、すいてる？」

「すごくすいてる」

そのつまらない返答の何がうれしかったのか、ふくれていた七緒はいきなりパッと表情をかがやかせた。ドキッとして、いやドキッて何だとあわてて自問する和希に「来て」と七緒は手招きしながら弾むような足どりで母屋に入っていった。なるほど、足も速い。

風通しのいい縁側に通されて待つこと一分、七緒は台所のほうから大きめの皿を持って登場した。皿にお月見団子みたいに積まれているのは、二色の蒸しパンだった。

　確かにこの前、また蒸しパンを作ってくれるようなことは言っていたが、まるであらかじめ和希が来ることがわかっていたようなタイミングで出てきたことに驚いた。しかもこんなにいっぱい、と思いつつ黒砂糖色の蒸しパンをひとつとって齧《かじ》ると、素朴でやさしい味がした。空腹だったのもあるだろうが、それ以上においしくて、あっという間に一個を食べてしまい、今度は黄色い生地の蒸しパンを齧る。こっちは卵と牛乳のなつかしい匂いが口いっぱいに広がった。

　むしゃむしゃ食べてしまっていた和希は、正座した七緒が何やら固唾《かたず》を呑《の》むような顔でこちらを見ていることに気がついた。「女性には『おいしい』『ありがとう』『きれいだね』を小まめに伝えるのが大事だぞ」と父に言われたことを思い出した。

「おいしい、です。すごく」

「よかった」

　七緒がこぼれるように顔いっぱいで笑った時、またもやドキッと、しかもさっきの数倍の強さで心臓に衝撃が走った。……何だ、これは。困ったな。

「ああ、来たのか」

　板敷きの廊下を軋ませて高津が歩いてきた。伸びすぎた髪をひっつめているのはいつも通りだが、今日はつなぎの作業着ではなく、黒いサマーニットに古いジーンズだ。どうも黒っぽい姿は制作上の都合だけではなく彼自身の趣味でもあるらしい。高津は不良みたいにしゃがみこむと、卵色の蒸しパンをひとつとって齧った。

「今日も来なかったら仁科に言って呼び出そうかと思ってたぜ。これ以上毎日毎日蒸しパン食わされたらかなわねぇからな」

「どうして高津さんは、余計なことを言うんですか？」

まっ赤になった七緒は高津をにらみ、高津はフンと鼻を鳴らす。和希は皿いっぱいの蒸しパンを見た。そうか、毎日毎日作っていたのか。……本当に困ったな、これは。

ポーン、と澄んだ硬質な音が聞こえたのはその時だった。

もうひとつもらおうとしていた蒸しパンを思わず皿に落とし、音を追ってふり返った。廊下の奥、さらに西のほうに曲がったあたりから響いた、美しく澄みきったA《ラ》。

「……ピアノ、あるんですか？」

「聞こえんのか、耳いいな。一応防音室になってんのに。今、調律してる」

ピアノの音は続く。間隔をおいて弾かれるいくつもの和音。調律師は音を合わせた時の唸《うな》りを聴いて、音叉《おんさ》と耳を頼りに調律していくのだ。そうしたそうな顔をしたのかもしれない、高津が「見るか？」と訊いた。和希は、小さく頷いた。

屋敷の西奥のその部屋は、フローリングの洋室だった。すでに調律は終わったようで、ショートヘアの女性調律師はきびきびと荷物をまとめており、高津を見ると「終わりましたよ」と笑顔で言った。湿気がこもりやすいからこまめに風を通すようにとか、調律師が高津に細かい注意をしている間に、和希はふたを上げたままのピアノに近づいた。学校の音楽室にあるアップライトとは別物の、全長二メートルを超える華麗《かれい》なグランドピアノ。吸いこまれそうな漆黒《しっこく》の肌と、白と黒の鍵盤《けんばん》。完全無欠の美しさだ。

「大きいピアノ……高津さんが弾くんですか？」

「俺は無理やり習わされてバイエルの途中で投げ出したな。母親が昔弾いてた」

調律師を帰したあと七緒に説明した高津は、そっと鍵盤をなでていた和希に言った。

「おまえ、ピアノやるのか？　弾きたかったら好きにしろ。せっかく調律もしたしな」

弾くとは言えず、けれどいいですと即答もできず、まごついていたら、

「弾けるのっ？」

七緒が目をかがやかせてズイと顔をよせてきたので、和希は背中を反らした。近すぎる。そんな無防備に男に近づくとは何事だ。

「聴きたい。弾いてほしい」

「……いや、たいした腕じゃありませんので」

「そう言う人は、たいした腕だって決まってる。弾いてみて、はやく」

「もしかしてさっきの復讐《ふくしゅう》してる……？」

「何のこと？　ちっとも意味がわからない」

さあさあと七緒は椅子に座らせようとグイグイ押してくるし、高津は部屋の後ろのソフ

ァにゆったり座って聴く体勢に入っているし、和希は結局ずるずるとピアノ椅子に座ってしまった。座ると反射的にレバーを動かして椅子の高さを調節してしまう。

「……弾くって、どんなのを」

「じゃあ、弾ける曲の中で一番難しいやつ」

「おまえは何つう注文を……」

ピアノの横に立った七緒は、今か今かと目をきらきらさせて待っていて、和希はため息をつきながら自分の両手を見下ろした。錆《さ》びついた包丁で食材を切ろうとしているような後ろ暗さと、この美しいピアノを弾いてみたいという欲求がせめぎ合って、でも結局は自分が弾くことはもうわかっている。深呼吸をして、指を握って開く運動を何度かくり返し、全身の筋肉から無駄な力みを抜いて白と黒の鍵盤に手を置いた。

リストの数あるピアノ曲の中でも絶大な人気を誇る超絶技巧曲『ラ・カンパネッラ』は、愁《うれ》いをおびた中音と、青白くきらめく高音のひそやかな掛け合いから始まる。

最初はイメージと自分の指の落差にひどいもどかしさを感じたが、急速に指先の神経が目覚めていくのを感じた。これは知っている、次はこう動くのだと、指そのものが意志を持ったみたいに。父のCDを聴いて小さな頃から憧れていたこの曲をコンクールの自由曲に選んで、気が遠くなるほど弾きこんだから、指が覚えているのだ。だけど、本当に奏でたい音楽には程遠い。思考と指のタイムラグを限りなくゼロにして、もっとも美しい音が鳴る鍵盤の一点を捉えたいのに、今の鈍った指ではできない。

音の雪崩《なだれ》のような猛烈なクレッシェンドから、鳴り響く鐘のような激しい打鍵の連続のコーダ、そして締めくくりの和音を天上まで突き抜けるように渾身《こんしん》の力で響かせ、鍵盤から指を下ろした。今のテンポだったら、演奏時間は四分半くらいだろう。

七緒は、車の前にとび出した猫みたいな顔をしていた。それからはっとしたようにまばたきすると、うたぐり深い刑事のように眉根をよせて、和希の手に顔を近づけた。

「……指、五本しかない」

「だいたいは五本だよね」

「片手に八本くらいありそうだったのに。本当にひとりで弾いてた？」

すごい、すごい、と七緒はそれしか出ないようにくり返し、本当は全然すごくなんてない出来だったのだが、彼女の珍妙な感動表現に少し救われて和希は笑った。

「おまえ、プロ奏者めざしてるのか？」

声にふり向くと、ソファにもたれた高津は静かな目でこちらを見ていた。

「いえ、休みがちゃんと取れて残業も多くないホワイト企業で堅実に働きたいです」

「いやに具体的だな……けど、小さい頃から相当の訓練してきたんじゃないのか。おまえの腕は、近所のピアノ教室に子供の習い事で通ってたってのとはレベルが違うだろ」

和希は、目にかかった前髪を払うふりで視線を外した。それ以上追及しないでほしい。

人間の真実をつかみ出す彫刻家の目で見ないでほしい。沈黙から何か読みとったのか高津はそれ以上何も言わなかった。しかし、七緒は別だった。

「本当にピアニストみたいだった。そういう道は考えないの？　きっとなれると思う」

無邪気な笑顔が逆にしんどくて、自分から注意を引くようなことをしたくせに今はとにかく話題をそらしたくて、だからとりあえず思いついたことを訊いたのだ。

「そういえば、何か自分のこと思い出した？　住んでたところとか、家族のこととか」

七緒の笑顔が、本当に一瞬で消えた。

あとに残ったのは、ドアのかげから半分だけ顔をのぞかせて不安げにこちらを見た時と同じ表情。まずい、と思った。だけど、思ったところでもう遅かった。

七緒はそれきり、うつむいて口をきかなくなってしまった。

「女性は本当に感じやすくてデリケートなんだ。その感情の動きはもう神秘の域で、はっきり言って男には理解できない。だから常に敬意と真心を忘れちゃいけないぞ。下手にごまかしても、それ、ぜんぶ見抜かれちゃうからな。それで大失敗しちゃうからな」

昔聞いた父の教えが、今は身にしみて思い返される。和希は玄関でスニーカーのひもを結びながら、もう何度目かわからないため息をついた。やってしまった。どのへんが原因だったのかはわからないが、とにかくやってしまったということだけはわかる。

七緒は玄関まで見送りに来てくれたが、やっぱり黙りこんでいる。ひさしぶりに会ったのにろくに話もできなかった。わびしい気持ちで「じゃあ……」と言いかけた時だった。

「私、本当はちゃんと覚えてるの。住んでたところも、家族のことも」

それは緊張のにじむ、何か覚悟を決めたような声だった。

突然のことに驚きながら、和希は、聞いているということを示すために頷いた。

「どういうことなのか、私もわからないの。ずっと、ずっと、考えているけど、わからない。どうしてこうなったのか。私がおかしくなったのか。それともこれはどっきりカメラで島のみんながお芝居をして私を騙《だま》してるのかもって、そう思ったりもした。でもやっぱり、そうじゃないみたい。私がこれからする話、あなたにはすごく変に聞こえると思う。それでも、聞いてくれる？　私のこと、おかしいと思わないで、最後まで」

「うん」

即答した自分に内心驚いたが、彼女がこれほど真剣に何かを伝えようとしているのなら聞くのが当然だし、それが何であっても、きっとおかしいとは思わない。

「あなた、部屋の前でいろいろ話してくれた時、今年で十六歳になるって言ってたよね。二〇〇一年に——二十一世紀になった年に生まれたって」

「うん。きみもそうだよね？　診療所の先生が、きみは今年で十六歳だって言ってた」

七緒は小さく、曖昧《あいまい》に頭をふった。

「確かに私はこのまえ五月で十六歳になった。小学校も中学校もぜんぶ島の学校に行って、それで四月、シマ高に入学した。あなた、一年一組だって言ってたよね？　私もなの」

「きみも、って……でも、学校できみと会ったことない」

「私もそう。あなたに会ったことない。——あのね。私は十六歳だけど、あなたが言うみたいに、二〇〇一年生まれじゃないの。私は、東京タワーができた年に生まれたの」

思わず、数秒間、まばたきしてしまった。

「東京タワー？　スカイツリーじゃなくて？」

「そのスカイツリーって、このまえテレビで見たけど、あれ何？　本当にあるの？　東京タワーより高いって本当？　東京タワーは三百三十三メートルもあるのに？」

「スカイツリーは、六百三十四メートルある」

「六百……っ、どうしてあんなの造ったの？　東京タワーがあるのに」

「まわりに高層ビルが増えたから、電波が届きやすいようにもっと高い電波塔が必要だとか、そういうことだったと思う。ほかにもいろいろ理由はあるんだと思うけど」

「……ふうん」

七緒の不服そうな態度から察するに、彼女にとって東京タワーは特別な親しみのある存在で、スカイツリーはそれをおびやかすライバル的存在であるらしい。「東京タワー、きれいだよね」と言ってみると、目に見えて機嫌を直して頷いた。たいへん素直だ。

――それにしても、東京タワーができたのはいつだ？

「東京タワーは、昭和三十三年にできたの」

心を読んだように言った七緒は、硬い表情に戻っている。和希は、日本史の参考書に載っていた各時代の西暦換算のやり方を思い出した。

「……西暦だと、一九五八年」

「うん」

「一九五八年に、きみは生まれたということ？」

「そう」

しかし現在は二〇一七年で、一九五八年に生まれたとすれば――七緒は今、五十九歳ということになる。

「でも、きみ、十六歳なんだよね」

「……自分ではそう思ってる」

「今年の四月、シマ高に入学したんだよね」

「……私の頭の中では、そうなの」

七緒が彼女の言うとおり一九五八年に生まれ、現在十六歳だとすれば、今は一九七四年でなければならない。

「――そっか」

急に腑《ふ》に落ちた。ノートを持ち上げたら、探していた消しゴムがあったというように。

「だからきみ、入り江で高津さんに『今の西暦はわかるか』って訊かれた時、一九七四年って答えたんだね」

ことさら力をこめてはりつめたような七緒の表情が、その瞬間、ふっとゆるんだ。

泣き出しそうに顔がくずれたのは一瞬のことで、すぐに七緒は全身の力をふりしぼるように表情を取り繕《つくろ》ったが、そのたった一瞬で、彼女がこれまでどれほど心細くて不安で助けを求めていたのかがわかった。

「……私のこと、どうかしちゃってるって、思わない？」

「思わない」

「こんな、すごくへんてこな話、信じてくれる……？」

「うん」

正直なところ信じる信じないの前に頭が追いついていないのかもしれなかったが、それでも七緒が嘘《うそ》をついたり騙そうとしているのではないこと、どれだけ奇妙に聞こえるとしても七緒にとってはそれが本当なのだということはわかる。重要なのは、そこだ。

「私も、本当に、わけがわからないの……私は東京タワーができた年に生まれて、だから何となく東京タワーが好きで、シマ高の修学旅行は東京だから、すごく楽しみにしてた。確かに一九七四年だった。でも、あの入り江で目が覚めて、診療所に運ばれたら、カレンダーに二〇一七年って書いてあったの。あと、昭和じゃなくて『平成』って。高津さんの家のカレンダーもそう。テレビでもそう。これは変だって思って、そこの豊田商店とか、たなかベーカリーにものぞきに行ったけど、やっぱりそうだし」

「のぞきに行ってたんだ」

「それに、島も変わっちゃってる。走ってる車の形が違う、私が通ってたお店がなくなって知らないお店ができてる、道路が広くてきれいになってる。きれいって言えば、高津さんが部屋にテレビを置いてくれたけど薄くて変な形だし、チャンネルを変えるダイヤルがなくてどうしようって思ったし、画面も人にさわれそうなくらいきれいで怖いし」

「そっか……一九七四年はまだ地デジじゃないんだ」

「ちでじ?」

「あとで説明する」

「それにこの島は小さいから、少し歩けば絶対に知り合いと会うのに、知らない人ばかりで——それで、どうしちゃったんだろうって思って、私が住んでた家まで行ったの」

七緒の声が震えた瞬間、診療所で老医師が言っていたことを思い出した。

『住所も番地までしっかり書くし、電話番号もすらすら教えてくれたんですけど——その住所がね、おかしいんですわ』

『昔は何軒か家があったけど今じゃもう誰も住んでない、そういう区域なんです。確かに番地自体は合ってるし、あのへんには秋鹿《あいか》さんっていう家も何軒かありましたけども、もうとっくにみんな亡くなってるし、家も取り壊されてるはずですよ』

とっさに七緒の手を握ったのと、七緒が震える声で続けたのは同時だった。

「何も、なかった。確かにその場所なの。家から見える海とか、山とか、家の裏にあった大きい栗の木とか、はっきり覚えてるから、間違いないの。でも私の家がない。おとなりさんやご近所のおうちもなかった。その時、ああ、って思って——もしかして、本当にここは二〇一七年で、私がいた一九七四年から四十年以上たってて、全部なくなっちゃったのかなって、初めてそう思って」

「——うん」

「でも、じゃあ、どこ行ったの……？　お母さんは？　友達は？　本当にあれから四十年たってるなら、今ここにいる私って何？　幽霊？　だけど私は生きてるし、ここにいる。でも、私、本当にいるって言えるのかな——？」

「いるよ」

七緒の手を握る手に力をこめた。顔をうつむけた七緒は、きっと全身の力でこらえたに違いない。それでも、ついにあふれた涙が、彼女の白い素足の上にぽつりと降った。

「どうしたらいいのか、何もわからないの——」

何か言いたいのに、こちらも何もわからなくて、だから何の言葉もかけられなかった。

どれほど時間がたった頃か、床の軋む音がした。

廊下の少し離れた場所に、高津が腕を組んで立っていた。静かな顔つきから、今の話を聞いていたのだとわかった。

「おまえ、寮の門限まだ平気か？」

「え？　はい……」

泣いている七緒の手を握ったまま頷くと、高津は玄関の戸口に顎をしゃくった。

「靴履いたまま外に出て、離れに来い」

＊

高津のアトリエである離れは制作がひと段落したからか前より片付き、見せてもらった新作の半身像もなくなっていた。たぶん、それを受けとるべき人に渡したのだろう。

高津は和希と七緒をソファに座らせ、小さなキッチンスペースで冷たい紅茶を淹《い》れてくれた。飲んでみるとびっくりするほど香り高くておいしい。その間に、高津は奥の戸棚から何かの書類らしき紙の束を持ってきて、ローテーブルにどさりと置いた。

紙自体はよくあるコピー用紙なのに、文字が独特だ。教科書のような楷書体《かいしょたい》ではなく、筆と墨《すみ》で書かれた古めかしい筆記体で、じっと見てもほとんど読めない。これはまるで、

「……古文書？」

「のコピーだな。原本はうちの蔵にある」

高津は長い指でつまむようにしてグラスを持ち、美しい色の紅茶をひと口飲んだ。

「この島の言い伝えで『神隠し』と『マレビト』ってやつがあるんだが、知ってるか？」

和希は曖昧に頷いた。『神隠し』は入り江に入り浸っていることを耕平に注意された時に聞いたし『マレビト』のほうも委員長のたまきから聞いた。『マレビト』はごくまれに島に現れる正体不明の人間で、未来を予言することもあるという。島で生まれ育った七緒には、両方とも聞きなれた話なのだろう。とまどった顔をしつつも頷き、二人の反応を見届けた高津は、長い指で古文書のコピーをトンと叩いた。

「これは、この高津の家で保護した『マレビト』の記録だ」

言葉の意味がよくわからなくて、これといった反応ができなかった。

「庄屋《しょうや》ってわかるか？　高津は代々この島のまとめ役みたいなもんだった。そういうのもあって『マレビト』が出た時には、うちで一時的に保護して、身元を調べるなり新しい住まいを世話するなりしてたらしい。それで代々の当主が、簡単な記録をとっていた」

絶対に読めないと思っていた大昔の筆書きの文章の脇には、よく見ると、高津のあの意外と達筆な字で補足が書きこんであった。

●『トミ：享保《きょうほう》三年　入り江で発見　自称三十歳』
●『コタロウ：嘉永《かえい》六年　入り江で発見　自称六歳』
●『ヤエコ：明治二年　入り江で発見　自称二十八歳
「大きい戦争が起こる」「一九四五年八月十五日に戦争は終わる」と予言』
●『アヤノ：大正十年　入り江で発見　自称十五歳』

「この享保って……もしかして『享保の改革』のアレですか？」

「えど、江戸時代……？」

「もしかするともっと前の時代の記録もあったのかもしれねぇが、俺が見つけたのは江戸中期からのもので、どっかに紛れたのか、それとも当時の当主が記録をやめたのか、大正で記録は切れてる。今のところ確認できるのはこの四人だけだ。……今度はこっちだ」

高津は、古文書のコピーの下から、別の紙をとり出した。こちらは古文書をコピーした『マレビト』の書類と違って、パソコンで入力したような文書が一枚だけ。しかし字は細かくぎっしりと詰まっている。

●『木島《きじま》トメ：大正十年前後に失踪《しっそう》　当時五十歳　三日間行方不明』
●『沢《さわ》マサユキ：昭和三年に失踪　当時二十七歳　その後見つからず』

●『滝野《たきの》サヤカ：昭和十六年に失踪　当時十歳　四年間行方不明』

「こっちは島で『神隠し』に遭《あ》った人間だ。俺が資料を調べたり、人に話を聞いたりしてまとめたものだからどこまで正確かはわからない。漏れてるケースも相当あるだろうし、中には『神隠し』なんかじゃない犯罪絡みの行方不明だとか、自分から蒸発したケースなんかもあるんだろう。ただそれは置いといて、ここだ」

高津は爪を短く切った指先で、羅列《られつ》された名前の中のひとつを指した。

『田上《たがみ》ヤエコ：昭和二十二年に失踪　当時二十八歳　三カ月行方不明』

最初は気づかなかった。けれど再度読み直したところではっとして、和希は『マレビト』の古文書のほうに目を移した。

「そう、こっちの『マレビト』のほうにもいる『ヤエコ』。名前だけじゃなく年齢も同じだろ。このヤエコの予言、内容からして太平洋戦争のことなんだろうが、もし明治二年に現れたヤエコと、昭和二十二年に失踪したヤエコが同一人物なら、そういう予言ができたのも頷ける。知ってることを話しただけなんだろうからな」

頭が追いつかない。和希は香りのいい紅茶を飲んで、気分を落ち着けようとした。

「高津さんは、そう思ってるんですか」

「ああ。実際、このヤエコに話も聞いた」

え、とこぼした声に、そっくり同じ台詞《せりふ》の七緒の声が重なった。

「そういえば、おまえ知ってるんじゃないか？　『アジアイタリアン田上』の息子、確か今年からシマ高に通ってるはずだ」

「アジアイタリアン……あ、耕平のことですか？　同じクラスです」

「そいつの曾祖母《そうそぼ》だ、このヤエコは」

――あそこ神隠しに遭うって言われててさ。俺のひい祖母《ばあ》ちゃんも遭ったんだって。

そうだ。確かに耕平は言っていた。

「今はもう死んでるが、俺がこのことを調べていたのは十六年前のことで、その頃はまだ田上のばあさんも生きてて話を聞けた。当時でもかなりの歳だったし、認知症ぎみで記憶があやふやになってたけどな。それでも行方不明になっていた間のことを訊くと、田上のばあさんはこう言ってた。『ずっと昔に行ってた』と」

ぞくりと鳥肌がたった。おとぎ話が毛細血管のような細い触手をのばして現実とつながろうとしている、そんな感覚に襲われて。

あくまで推測だ、と高津が静かに言った。

「この島に伝わってる『神隠し』と『マレビト』は、コインの裏表みたいなもんなんじゃないか。島で何かの拍子に行方不明になって『神隠し』と騒がれる者は、別の時間、別の時代にまぎれこんでいて、そこで『マレビト』と呼ばれる。そして二つをつなぐのがあの入り江。たぶんあのへんで行方知れずになる者が続いたから『神隠しの入り江』って呼ばれるようになったんだろうが、高津の家の記録を見れば『マレビト』が発見されるのも、大抵があそこだ。たとえばあそこに何かが、時間のひずみのようなものがあって、そこを通って人が消えたり現れたりする――そういうことなんじゃないのか」

衝撃を受けながら和希がとなりを見ると、青ざめた横顔の七緒は、寒さに耐えるように自分の腕を押さえていた。――そう、彼女も、あの入り江に倒れていた。

「七緒。おまえは一九五八年に生まれて、入り江で俺やこいつが見つけるまでは、一九七四年にいたんだな。一九七四年にいた頃、おまえ、あの入り江に行ったのか？　その頃にはもうあそこは立ち入り禁止になってたはずだぞ」

七緒は頰を硬くして、高津の視線から逃れるようにうつむいた。高津は目を細めたが、それ以上は追及せずに、グラスに残っていた紅茶を飲んだ。

「耕平のひいお祖母さんのヤエコさんって、つまり、こっちに戻ってきたんですよね」

こっち、戻る、という表現が正しいのかわからなかったが、高津は頷いてくれた。

「ここまでのが俺の妄想《もうそう》じゃなく、本当だったらの話だけどな」

「ヤエコさんの話を聞きに行った時、どうやって戻ってきたのか、聞いてませんか？」

七緒が四十年以上前の過去から来たなら、そこが彼女の本当の居場所であるなら、七緒はそこに帰らなければならない。耕平の曾祖母が、本来の場所に戻ってきたように。

高津の唇に隙間《すきま》ができた、と思ったのに彼はすぐにそれを閉じた。

「聞いてねぇ」

「今の間、不自然なんですけど」

「知らん」

「ほんとは聞いたんじゃ」

「しつこいな、知らん」

これまでの高津の説明を聞けば、実は彼が聡明《そうめい》で理知的な人物だとわかる。これだけ資料と実地の行動を踏まえて合理的な仮説を立てているあたり、生き証人から戻ってきた方法まで聞き出す機転だって持ち合わせているはずだ。そして実際何かを知っているようなのに、知らないふりをする高津にイラッときた。

「一九七四年にいた人が、二〇一七年にいたら困るじゃないですか。詳しくは知らないですけど、戸籍《こせき》とかの問題もあるし、学校だってあっちで入学してるのに通えないし、親や友達だって絶対心配してる。何か知ってるなら子供っぽいことしないで教えてください」

「子供っぽいって何だコラ、今年で三十になる大人つかまえて」

「――戻れなくて、いい」

かぼそい、消え入るような声だった。

和希と高津が同時に顔を向けると、視線を避けるように、七緒は肩をちぢめた。

「……ごめんなさい。何でもない」

「戻れなくていいってのは、戻りたくないって意味か？」

高津が手加減せずに問い返すと、さらに七緒はうつむいた。

「――ごめんなさい。高津さんに迷惑かけてることはわかってます。ちゃんと、考えるので。考えて、迷惑をかけないようにするので」

「おまえみたいなガキが何を考えたところで、自分で自分の身の振り方を決めるのは無理だ。この国じゃ未成年が決定権持てる事柄なんてごくわずかなんだよ」

高津の声は鋭く響き、自分でも今のはきつかったと思ったのか、嘆息したあとの高津の口調は今までよりも幾分《いくぶん》やわらいでいた。

「そもそも戻るってのが可能かどうかわからねぇだろ。仮に戻る方法ってのがあったとして、それでうまくピンポイントで一九七四年に戻れるって確証もない。違うか？」

違うか？　と問われた和希は、考えると確かにその通りなので、しぶしぶ頷いた。

「何がどうなるかわからないリスクを負ってまで戻ろうとするよりは、確かにここで暮らしてくのもひとつの方法なんだろうな。かなり手がかかるだろうから、本腰据えてやらないとならねぇだろうが、記憶喪失の身元不明者に新しく戸籍を作った事例もある」

「でも記憶喪失とは違うんじゃ」

「それか逆に、こいつが過去にこの島に住んでた人間と同一人物だって証明すればいい。こいつは島で生まれ育ったんだから、ちゃんとこの島に戸籍が残ってるはずだろ。今のままならたぶん行方不明で死亡扱いとかになってんのかな、とにかく委任状がないと他人がそのへんを確認することはできねぇからわからねえが――おまえ、何か身元を証明できるものとか持ってるか？」

高津に問われて、七緒は力なく頭をふった。

「まあ、戸籍がだめでも、治療痕《こん》とか歯形とかDNA鑑定とか、本人確認する方法はいくらでもある。正直に『なんか四十年とび越えてきちゃって』って説明すりゃいい」

「それで信じる人いるんですか……」

「信じてもらえなくてもその時はそれなりになる。基本的にどこの誰かがはっきりしない身元不明者がいるってのは国にとって具合が悪いから、必ず誰かがどうにかするんだよ。あとは、本当にうちの親父《おやじ》の隠し子になるっていう手もあるな。あの女たらしのクソ野郎は心当たりがありすぎるから、たぶん疑いもしねぇよ」

「……ご厚意はありがたいのですが、それは、ちょっと……」

「冗談だ、本気にすんな。――ともかく、今すぐに戻る、戻らないって思いつめることもないだろ。ついこの間まで部屋に閉じこもってパニックになってたやつが、いきなり身の振り方を決めるのは無理な話だ。もう少し時間をかけて、落ち着いて考えろ。別にうちは腐るほど部屋が余ってるからひとり居候《いそうろう》がいたところで何でもねえ」

高津の物言いはぶっきらぼうだったが、それがいたわるものであることは七緒にも伝わったのだろう。七緒は涙をにじませながら小さく頷いて、ぺこんと頭を下げた。

それからしばらく、黙って三人で紅茶を飲んだ。和希は高津の彫りの深い顔だちをながめて、ふと疑問に思った。

「高津さんはどうして『神隠し』とか『マレビト』のこと、こんなに調べたんですか？」

古文書を読み解いたり『神隠し』の体験者に話を聞くというのは、ちょっと興味があるなんて半端な気持ちでできることではないだろう。かなり合理的でしかも人嫌いの高津が、島の迷信めいたものをここまで力を入れて追いかけたということがふしぎだった。

問いかけた相手は長いこと冷たい紅茶を飲んだり、古文書のコピーを半分にたたんだりしていたので、またスルーされたかと思ったが、ふいに静かな声で言った。

「俺もおまえみたいなやつに会ったことがある。そいつはおまえとは逆で、今より何十年も先から来たやつだったけどな」

あまりに唐突な言葉だったから、おまえと言われた七緒はきょとんとしていたし、和希もとっさに意味を理解できなかった。

「そいつもおまえと同じで、あの入り江で倒れてた。見つけたのは俺だ。そいつは意識をとり戻すと、はっきり名前も言ったし住所も電話番号も細かく言えた。だが島の住人だというから役場で調べてみても、そいつみたいな人間はこの島に存在しない。家に帰らせようにもそいつは島に住んでるんだと言い張って埒《らち》が明かないし、身内に引きとらせようにも本人がそんな調子だから親類の居所もわからない。診療所もあとがつかえてて、ずっと入院させるわけにもいかねえし、それで、一時的にこの家で保護することになった」

「……それ、いつの話ですか？」

「十六年前、俺が中二の時だ。二十一世紀になったばかりの、八月の終わり。そいつが言うには、入り江で俺が見つける前は二〇七九年にいたそうだ。俺は当時、全然信じてなかった。単なるイッたやつだと思ってたよ。だけどそいつは自分がいるのが二〇〇一年だと知ると、まっ青になって言った。『九月十一日にアメリカでテロが起きる』ってな」

「――アメリカ同時多発テロ」

　自分の生まれた年の出来事なので、それはするりと口から出た。七緒が眉尻を下げて、わからないと訴えてくる。そう、一九七四年から来た彼女は知るはずがない出来事だ。

「二〇〇一年の九月十一日に、アメリカでテロが起きたんだ。飛行機が四機ハイジャックされて、二機は世界貿易センタービル、もう一機はペンタゴンに突っこんで、残りの一機は郊外に墜落《ついらく》した。三千人以上の人が亡くなったって」

「詳しいな。おまえ、あの時は生まれたばっかりだろ」

「おれは十二月生まれなので、まだ生まれてないですけど。でも、最近まで高校受験のために勉強してたから」

「ああ……おまえらにはもう教科書の中のことなんだな。俺はたまたまテレビをつけたらあの映像が流れて、しばらく現実なのか作りごとなのかわからなかった」

ただ、その『予言』が現実になるのを目の当たりにしたことで、高津はその人物の言うことを完全にではないながらも信じるようになった。高津の家に保護されたその人物は、二〇七九年に戻る方法を探したいと言い、高津はそれを手伝うことにした。その過程でやがて二人は島の言い伝えである『神隠し』と『マレビト』に着目するようになり、調査するうちに二つの現象の関連に気づいた――そういうことらしい。

「その人は、元の時代に戻れたんですか？」

外はだいぶ日が暮れ、黄金《こがね》色の光が、窓からアトリエにさしこんでいた。

その光に目を細めてから、高津は和希のほうを向いた。高津の瞳は、ほとんど黒に見えるほど色が深い。その暗色の瞳に一瞬、底知れない翳《かげ》りを見た気がした。

「――ああ、たぶんな」

気づくと寮の夕食に遅刻しかねない時間になっていたので、和希は席を立った。見送りに来た七緒と外に出ると、夕焼けの西の空に空中要塞みたいな入道雲が浮かんでいた。

「戻りたくないって思うようなことが、何かあったの?」

さよならを言う前に問いかけると、金色の光のなかで七緒は頬を硬くした。

あの入り江で会ってからずっと、彼女に訊きたかったことがある。

「覚えてないかもしれないけど、きみ、入り江で少しだけ目を覚ました時に言ったんだ。『どうしてまだ生きてるの』って。——もしかして、一九七四年で、死のうとしたの?」

ヒグラシの澄んだものがなしい鳴き声が、細く尾を引きながら響いた。

「……逃げてるって、わかってるの」

七緒の声は、耳をすましていなければ聞きとれないほどに小さく、かすれていた。

「今、こんなふうにしてること、正しくないって、本当はわかってるの。うまく言えないけど、これは本当じゃないって。でも——」

「責めてないよ。少なくともおれは、とやかく言える立場じゃないから」

七緒が顔を上げ、小さく眉をよせた。

「おれも、ここに逃げてきたから。たぶん、本当はどこにも逃げられないんだけど、それでも遠くに行きたくて、この島に来たから」

ヒグラシがまた鳴いた。細く、せつなく、かなしい声で。

黙ってこちらを見つめる七緒の、そのよく光をはじく瞳は、リストに似ている。昔からの友達だった茶トラ猫は、家を発つ時、何かを察したようにしきりに足にまとわりついて何度も鳴いた。リストは歳だから、きっともうそれほど長くは生きられない。それなのに、その老いた家族も振り捨てられるくらい、とにかく遠くへ逃げたかった。

「……いつか、何があったか、聞いてくれる？」

七緒の声は、風にゆれる木々の葉音みたいにかすかだった。

「それから、あなたのことも、聞かせてくれる？」

和希は、小さく顎を引いた。

「うん」

「あとまたピアノ聴かせてくれる？」

「……んー、うん」

七緒が笑った。同族に心をゆるしたように、金粉を散らしたような光のなかで。

本当にきれいなものを見た時、こんな胸がやぶけそうな気持ちになるんだということを、生まれて初めて知った。

3

「それまだ使い終わんないの？」

機嫌の悪い声をかけられたのは、放課後、模擬裁判で使う毒リンゴを紙をくしゃくしゃまるめてセロテープで留めていくという方法で制作している時だった。ん？　と顔を上げた和希は、すぐ横のスペースで作業していたヨシキと目が合った。

一年一組の展示班が催《もよお》す模擬裁判は、裁判になじみがない人にも興味を持ってもらえるように童話を題材にすることに決まった。題材はみんなが知ってる『白雪姫』で、白雪姫の美しさに嫉妬《しっと》した継母《ままはは》の王妃が何度も白雪姫の殺害をくわだてるものの失敗に終わり、最終的には王子と結婚した白雪姫の披露宴《ひろうえん》の席でまっ赤に焼けた鉄の靴を履かされて死ぬまで踊らされる、というストーリーだが、模擬裁判は物語のその後から始まって、王妃と仲のよかった妹が白雪姫を告発する。確かに王妃は何度も白雪姫の命を狙ったがそれらはすべて未遂に終わっており、対して白雪姫はかなりむごいやり方で王妃の命を奪っているので殺人罪だ、というわけだ。かくして裁判員裁判が開かれるのだが、裁判員は島の人たちにゲスト出演してもらい、笑いもとれるように傍聴席から王子と七人の小人が乱入してくるなどの趣向も用意してある。

和希と同じく展示班のヨシキは、白雪姫と小人が暮らしていた森のセットを段ボールを組んで作っている最中だった。茂みの形に切った段ボールを合体させたいらしい。和希はヨシキのすぐ近くにガムテープが転がっているのに気づいて、そっちを指した。

「それ、ガムテープのほうがよくない？」

「アレルギーがあるんだよ。ガムテープの接着剤さわると湿疹《しっしん》できる。それに仮止めだからセロテープのほうがいい」

　だからさっさと寄こせというように手を出される。そうか、大変そうだなと思いながらセロテープをのせると、ヨシキはさっさとあっちを向いて作業を再開した。

「あの」

「は？」

「セロテープの接着剤は大丈夫なの？　ガムテープだけまずいの？」

　気になったので訊いてみたのだが、ヨシキは「うざい」と「うんざり」が混ざった顔をしかめて、思いきり無視されてしまった。そういえばおれ嫌われてるんだっけ、と思い出して、若干しんみりしながら和希も作業に戻った。

　その日はタイムカプセル委員の会合もあった。今年のタイムカプセルを開封するシマ高卒業生の中には仁科先生と高津の名前もあって、二人が未来の自分への手紙なんて書いたのかと思うとちょっと笑えた。しかしその後、卒業生から返信されてきた出欠確認のハガキから名簿を作成する係を仰せつかってしまい、集計作業でぐったり疲れた。

　期末試験後の全国模試も乗り切り、授業と宿題に追われながら文化祭の準備を進めていたらあっという間に七月も下旬になって、明日の金曜日が終業式というところまで来ていた。終業式は午前で終了し、その後は夏休みとは名ばかりの夏期講習と文化祭準備の日々が始まるから、明日の午後と土日は休みにしようと今朝のホームルームで決定した。

明日の午後は、高津の家に行こう。ときどき顔は出しているものの、忙しくてしばらく七緒とゆっくり話ができていない。絶対行くぞ、よし決めた、と心の中で正拳《せいけん》突きしながら教室に向かっていた和希は「月ヶ瀬くん」と声をかけられて、ん？　とふり返った。

「ちょうどよかった、味見してみて。『びっくり☆揚げシュー』の試作品」

駆けよってきたのは、たまきだった。鎖骨までの髪を三角巾でつつんで、エプロンをつけている。クラス委員長のたまきは、展示班と調理班の両方に籍を置いてまとめ役をし、そのうえ生徒会や実行委員会との取次役もこなすというクラス一の働き者だ。

ほら、とたまきがさし出した皿には、ころころと愛らしい薄茶色の球体がいくつも転がっている。これが調理班隊長である耕平が考案した『びっくり☆揚げシュー』で、チョコレートやカスタードクリーム、バナナやウィンナーという変わり種までシュー生地でつつんで揚げるという代物だ。粉砂糖をかけた試作品は見た目もきれいで、どれどれとひとつもらって口に入れると、とろりとチョコレートが流れてきた。

「おいひい」

「あ、熱いよね。ごめんね、揚げたてだから」

熱い揚げシューを飲みこんでから改めておいしいですと頷くと、たまきは少しはにかみを含んだ笑顔になった。そこでまったく唐突に、以前幹也に言われたことを思い出した。ヨシキはたまきが好きで、しかしたまきは——という例のアレを。

「ヨシキにも、食べさせてあげて」

そんな言葉が口をついて出て、たまきが虚《きょ》をつかれた顔をする。それはそうだ。脈絡がないにも程がある。意味もなく前髪をさわってしまう。

「さっき、ヨシキと一緒に作業してたんだけど。大道具作りがんばってたから」

これもまったく説明になっていないと、言い終えてから気づく。たまきは、じっとこちらを見ていた。そうして短い間のあと、いつもの委員長のほほえみを浮かべた。

「じゃあ、須加《すが》くんにも食べてもらわないと。行ってくるね」

たまきの背中を見送ってから、和希は額のまん中を指の関節でぐりぐり押した。さっきのたまきは、明らかにこちらの意図を見透かしていた気がする。その上で笑ってくれた気がする。自分がすごく無礼なうぬぼれた男のような気がして、急にぐったり疲れを感じながら廊下を歩いた。……明日は本当に、高津の家に行こう。早く明日になればいい。

その晩の夕食を終えて、トレーを配膳口《はいぜんぐち》に返却しようとした時のことだった。

「あ、ちょっと。ちょっと待って」

片付けをしていた食堂のおばさんに呼びとめられた。白い三角巾をつけたおばさんは、エプロンのポケットから一枚のＣＤをとり出して、目をまるくする和希にさし出した。

「このまえ、七十年代はどんな歌が流行《はや》ってたのかって知りたがってたでしょ？　うちにＣＤがあったから。貸してあげる」

あ、と思い出した。そうだ、食堂のおばさんの生まれた年が七緒と近いと知ったので、高校生の頃はどんな歌が流行っていたのか訊いてみたのだ。それを覚えていて、CDまで貸してくれるなんて。「ありがとうございます」と感動して頭を下げると「文化祭の発表がんばってね」とおばさんは笑った。使い道は違うのだが、黙って笑顔で頷いた。

「幹也さま」

「え、なに、気持ち悪いな」

「パソコン貸してもらえないでしょうか」

ベッドの前に正座して頼むと、寝ころがって本を読んでいた幹也は眼鏡の奥で目をまるくしてから「どうぞ?」と机に置いたノートパソコンを指した。寮ではパソコンの持ちこみ自体は自由なのだがインターネットにつなぐことはできないので「ネットにつながらないパソコンなんて炭酸のないコーラと同じだぜ!」とほとんどの寮生は興味を持ってない。ただ、映画が好きな幹也はDVDプレイヤー代わりに自前のパソコンを使っている。

幹也の机に座ってパソコンの電源を入れ、CDをセットする。イヤホンで聴こうと思ったのに「何聴くんだ?」「七十年代ポップス?　和希くん渋いねー」「てかなんで七十年代?」と顕光、修治、幹也が背中にはりついてのぞくので、ほかの寮生の迷惑にならないようにボリュームを絞って流すことにした。

CDには初めて耳にするような歌から、山口百恵《やまぐちももえ》やフィンガー5《ファイブ》などの聞き覚えのある有名曲まで、オムニバス形式で二十曲以上が収録されていた。七緒が前に口ずさんでいた『翼をください』もあって、合唱曲のイメージしかなかったそれが、七十年代のポップスだったことを初めて知った。しかも原曲は合唱とはかなり趣《おもむき》の違うドラムやエレキギターも入ったソフトロック調で、めちゃくちゃカッコいい。「えーこれこんな歌だったのか！」「これお父さんがよく鼻歌してるやつ！」とルームメイトたちが盛り上がるなか、和希はルーズリーフにシャーペンと定規で線を引いて、即席の五線紙を作った。

二〇〇一年生まれの自分も知っているメジャー曲は、七緒も知っている可能性が高い。そういうものからさらにピアノで弾いて映えそうな曲に絞り、まずはこれも合唱で知っていた『あの素晴らしい愛をもう一度』をもう一回再生した。最初はメロディに集中して、五線紙に音符を書きこんでいく。最後まで聴いたらまた頭まで戻して、今度は楽器演奏だけを耳で抽出し、分析し、音符に変換していく。

「なんだ？　こいつ何やってんの？」

「耳コピってやつじゃない」

「え、でもそういうのって、こんなにスラスラできるものなの……？」

本来は人の声が奏でるものをピアノで表現するわけだから、物足りなくないようにアレンジも必要だ。どうしてくれようかと考えながら、楽しくなっている自分に気がついた。楽しいなんて、もう、感じることはないのではないかと思っていたのに。

その夜は、ベッドに入ってからも、頭の中のピアノを弾いていた。

翌日、終業式を終えて寮で昼食の冷やし中華を食べた和希は、さっそく高津邸に向けて出発した。しかし、途中で何やらおかしな気配を感じてふり返ると、毎日同じ部屋で寝ているルームメイトの顔が三つそろって塀の角からのぞいていた。

「おまえら埋めるぞ」

「月ヶ瀬、最近ガラ悪くなってきてないか？」

「今の言い方ちょっと彫刻界の異端児に似てた」

「昨日あんなにノッて楽譜書いてたら、まあ次の日どこに行く気かは簡単にわかるよね。暑いし日焼けしちゃうから行くならさっさと行こうよ」

ふざけたやつらにそのへんに生えていた臭い草をむしってぶつけて「わあっ」「クサっ」「やめてよ服汚れるじゃん」と追い払ったが、ふり返るとまた三人ともついてきている。ひまな男子高校生は夜に耳もとで羽音をさせる蚊《か》みたいにしつこくて、結局和希は余計なものを三つくっつけたまま高津邸の通用口をくぐることになった。

「なんだ、勢ぞろいだな」

高津は風通しのいい縁側で柱にもたれ、砂色の表紙のスケッチブックに鉛筆で庭の風景を描いていた。「こんちはっす」「おじゃまします」「和希がいつもお世話になってます」

と外から頭を下げる三人組に、高津はさっさと上がれというようにぞんざいに手をふった。

「高津さん、ピアノ、借りてもいいですか」

　屋内に上がってから訊ねると、高津は意外そうに眉を上げて「ふうん」と呟いてから、好きにしろという感じでピアノが置いてある西の廊下を指さした。

　ピアノの部屋に向かう途中には七緒が使っている部屋があり、話し声を聞きつけたのか、板チョコみたいなドアから七緒がひょっこり顔をのぞかせた。「どもども」「こんにちは」とぞろぞろと現れた男子高校生たちにぱちくりする七緒に、和希は小さく礼をした。

「ピアノ、聴かせに来ました」

「……覚えててくれたの?」

「だって、約束したし」

　七緒は信じられないみたいに目をまるくして、それから信じられないくらいうれしいというような笑顔になった。……だから、本当に困るのだ、そんな顔は。

　ピアノの部屋に入ると「ほんとどこまで広いんだ、このお屋敷」「お掃除どれくらいかかるんだろう……」とワイワイ言いつつ観客はソファに座った。高津まで砂色のスケッチブックを持ったままやって来て、ひとり掛けのソファに悠然《ゆうぜん》と座る。七緒はどうしてなのか、ピアノ椅子に腰かけた和希から少し離れて立った。「座ったら?」と後ろのソファを指しても「弾いてるところが見たい」と力説された。まあ、いいことを思いついたので、そこに立ってもらうのは好都合かもしれない。

さて、と指をほぐして、スローテンポに前奏を始めると、七緒が「これ知ってる」というように顔を明るくした。『あの素晴らしい愛をもう一度』だ。原曲はアコースティックギターを使う軽快な曲調なのだが、今はしっとりと、卒業式みたいにセンチメンタルに弾く。この前のような技巧は必要ないので、その分ピアノが一番きれいな音で歌うように。

後ろのほうで「ええ曲や……」「泣ける……」と顕光と修治がささやく。かたわらの七緒も、ゆるくまぶたを閉じてピュアな旋律に耳をすましている。まずまずの反応だ。

しかしこれで終わってはつまらない。

ことさらスローに二番を弾き終えた瞬間、鋭く息を吸い、原曲イントロのアコースティックギターの速弾きを再現する。一変した曲調にあっと驚く観客に息つくひまを与えず、疾走するような軽快なテンポでピアノを歌わせる。ノリのいい顕光がヒュー！　と声をあげ、弾きながらちょっと笑ってしまった。手拍子まで始まったからこちらもノッてきて、フィナーレに向けて華やかにテンポを上げていく。勢い余って多少音が増えたりイカサマしたところもあったが、締めくくりに「ジャジャジャーン」と最高に景気よく弾き鳴らすと、盛大な拍手とヒューヒュー囃《はや》す声をちょうだいした。

となりを見ると、七緒も頬を上気させて、顔いっぱいの笑みで手を叩いている。今だな、とすぐに次の曲を弾きはじめた。

シンプルだけどメッセージの詰まった美しい旋律。あ、という顔をする七緒に頷く。

「『翼をください』。歌ってよ」

「え!?　ど、どうして……!?」

「このまえ歌ってたの、声きれいだったから。また聴きたい」

いたって正直な気持ちを述べたのだが、どうしたことか七緒は耳まで唐辛子《とうがらし》のように赤くなって固まってしまった。「あいつ今さらっと口説いたな」「さすが王子」と後ろのほうで顕光と修治がよくわからないことをひそひそささやいていたが、放っておく。

「おれは弾いたわけだし、次はそっちが」

「もしかしてこの前の復讐してる……!?」

「へえ。いいね、聴かせてほしいな。言っておくけど俺は歌には少しうるさいよ」

「やばい、尾崎が嫁の採点する姑《しゅうとめ》の目をしてる」

一九七〇年代で七緒が実際に耳にしていたはずのソフトロックの原曲の前奏を再現すると、七緒はいよいようろたえたが、ぎゅっと目をつむって歌い出した。やっぱり、ぴんと透きとおった気持ちのいい声だ。ピアノの音みたいに。

しかしやはり二番になると歌詞があやしかったらしく、七緒が情けない顔でハミングを始めると、おもむろに幹也がピアノの横にやって来てハモり出した。即興にしてはかなりうまかった。最後のサビをもう一度くり返して弾きながら首をめぐらせて顕光と修治に合図を送ると、二人もすっくと立ち上がって肩を組み「この大空にぃ〜」と誰でも知ってる歌詞を元気に歌った。いつもしかめ面の高津も、この時ばかりは失笑しながら男子高校生たちと少女一名の大合唱を聞いていた。曲が終わって盛大な拍手が起こると、幹也と七緒は「よかったですよ、きみの声には光るものがある」「あ、ありがとうございます……！」とどこかの敏腕プロデューサーと新人歌手みたいなやり取りをしながら握手した。

「てか月ヶ瀬、ほんとちゃんと弾けるんだな。すげーよ。文化祭出たらいいのに」

高津が「あとはガキどもでやれ」と冷たい麦茶とせんべいを置き土産《みやげ》に出ていったので、みんなでおやつをしていると、顕光が感心した口調で言った。余計なことを、と息をのんだがもう遅く、七緒が首をかしげた。

「文化祭？」

「俺と組んでステージ発表でピアノ弾かないかって先生に言われてるんだ。だけど和希はシャイだから、うんって言ってくれなくて」

幹也が芝居くさいため息まじりの口調で言うと、七緒はますます目を大きくした。

「どうして？　出たらいいのに。きっとみんな喜ぶし、私も聴きたい。すごく」

一ミリも邪気のない笑顔で迫られ、うっとたじろぎ、何も言えなくなった。策謀家の顔でほくそ笑んでいる幹也に気づき、帰ったらこいつのベッドに虫を入れてやると決めた。

冷房の効いた部屋は快適で、その後も文化祭の話をした。七緒は修治の温和な語り口にほほえみ、顕光のジェスチャー付きの説明におかしそうに笑いながら、ときおり、ほんの一瞬、ふっと表情を沈ませることに和希は気づいた。

考えてみれば当たり前かもしれない。七緒はどういうわけか一九七四年から二〇一七年にやって来て、家族や友達と離ればなれになっている。学校にだって行けない。まわりにいる高津や和希は男だし、お手伝いのシノさん（いまだに姿を見たことがない）は女性でも歳が違うし、こんなふうに友達をつれてきたってやっぱりむさくるしい野郎ばかりだ。

七緒は、そうとは言わないけれど、さびしいのかもしれない。

4

夏休みの夏期講習は通常の授業と同じ時間に始まるが、終わりは早い午後三時だ。

暑さと睡魔との戦いでもある午後の講習を終え、教科書をしまった和希は、たまきの席に向かった。やはり相談するなら頼れる委員長だと思ったのだ。

「三島《みしま》さん、調理班でも展示班でも、手が足りなくて困ってることってあるかな」

たまきはいきなりの質問にきょとんとしつつも、彼女らしくしっかりと答えてくれた。

「うん、模擬裁判の衣装。白雪姫とか王子とか、理想はいかにもっていう感じのドレスやマントなんだけど、島じゃ衣装のレンタルも難しいし、本土まで行けばできるだろうけど予算が厳しくなっちゃうし、かと言って手作りしようと思っても、みんな家庭科の授業くらいしか手芸の経験ってないから、そんなに大掛かりなものは作ったことないんだよね。だったらいっそ登場人物の服装をみんな現代の洋服にしちゃえばいいんじゃないかっていう意見もあるんだけど、でも今回の模擬裁判って、すごく厳粛《げんしゅく》な法廷に場違いな衣装を着た人たちがぞろぞろ出てくるのがおもしろいでしょ？」

「確かに」

「だからどうしようって、展示班の女の子たちが悩んでる。六人しかいないし、ほかにもやらなくちゃいけないこともあるし」

なるほど、手芸。どうなんだろうと考えつつ和希はたまきにお礼を言って席に戻った。

その日は早めに作業を切り上げて、高津邸に向かった。通用口を抜けると七緒は夕陽の中でいつかのように芝生に水を撒いていて、和希を見ると目をまるくした。

「今日、学校じゃないの？　こんな遅い時間に来て、門限平気なの？」

「うん、とりあえず。ところで裁縫《さいほう》とか手芸って得意？」

七緒は目をまんまるくしてから、自分の着ている水色のワンピースの襟《えり》をつまんだ。

「これ、作った」

「うそ」

「高津さんのお母さんが使ってたミシンがあって、ときどき使わせてもらってるの。私、今、ひま人だから……シノさんも洋裁が好きだからって、いろいろ教えてくれて」

　思わぬ逸材がここに。和希は天の配剤に感謝した。

「あさっての土曜日、十時くらいに迎えに来る。それまでに根回しはしとくから」

「え、な、何？　根回し？」

「文化祭の準備で困ってることがあって、手伝ってほしい」

　七緒は猫みたいな目をみひらき、注意深くその瞳をのぞいてみたが、とくに不快そうな色はなかった。むしろ胸がときめいたように表情が明るくなった。いい反応だ。もう少し話したかったが、帰寮の時間が迫っていたので、じゃあと手を上げてとんぼ返りした。

　そして土曜日。高津邸から七緒をつれて学校に行くと、待ちかまえていた衣装係の女子たちが「師匠！」「ご指導のほど！」「お願いしゃす！」と七緒を囲んだ。夏期講習がある平日だとみんな制服を着ているので私服の七緒がいると目立ってしまうが、休日の今日はみんなラフな恰好《かっこう》なので違和感なしだ。初対面の少女たちにやっぱり少し緊張しているのかぎこちない七緒に、たまきが近づいて、双方を紹介し合うように言った。

「えっと、七緒ちゃんでいい？　月ヶ瀬くんの知り合いで、本土から島に引っ越してくる予定で、今は親戚の人の家にいるんだよね。私、三島たまきです」

「たまきちゃん」

「うん」

さっそく女子たちは教室のすみを対策本部として話し合いを始めた。大丈夫だろうかと気になって和希も作業をしながら様子をうかがっていたが、ものの数分で女子たちは楽しげな声を響かせはじめた。七緒も笑っている。ほっと息がもれて、唇がほころんだ。

「よかったね、楽しそうで」

ベニヤ板に裁断するための線を書きこんでいた幹也が、突然言った。手もとがくるって板に押さえつけていたメジャーをずらしてしまうと、おかしげに口角を上げる。

「おまえって実は、好きな子のために一生懸命何かしてあげたいタイプだよね」

「……何言ってんのかわかりません」

「いいんじゃない？　キャラかぶってるだけで腹は黒いって感じじゃなくて、本当に性格いい子みたいだし、ちょっとおっとりしてるあたり、おまえと合うと思うよ」

きょとんとしてしまった。今まで、幹也は七緒に好意的ではないと思っていたので。

「もしかして、このまえの歌聴いて気に入ったとか？」

「まあね、歌には心が表れるからね。それに和希、あの子といると楽しそうだから。俺がいくら言っても渋々しか弾いてくれなかったピアノ、じゃんじゃん弾いちゃうし」

思わず手をとめて、作業をする幹也のつむじを見つめた。ベニヤ板にまっすぐきれいな線を引いた幹也は、ゆっくりと顔を上げて、真顔で眉をひそめた。

「ねえ、そういえば、今日はステージ設営の集まりがあるとか言ってなかった？」

「あ」

「ちゃんと自分のタイムテーブルは把握《はあく》しとかないと。ここはいいから、早く行きな」

手をふられて立ち上がったものの、何となくもたもたしていると、小首をかしげた幹也は、ああと察した顔になって「あの子のことなら気をつけとくよ。ひとりになるようだったら話し相手になるし」と言った。そういうことではなかったのだが、でもどういうことなのか説明もできないので、うん、と頷いて和希は教室を出た。

設営係の集まり自体は、文化祭前日からの準備の手順説明と各作業の分担を決める程度のもので、一時間もかからなかった。幹也ひとりに仕事を押しつけているのが申し訳なかったので、早足で教室に戻ってきたが、

「和希は」

と突然自分の名前が耳に飛びこんだので、とっさに足をとめた。

教室をのぞくと、幹也が線を引くベニヤ板に七緒がメジャーを固定して手伝っている。

「小六の時に俺が転校した学校の同じクラスにいて、そこで仲良くなった……ていうか、俺のほうが和希につきまとったんだけど」

「つ、つきまとった？」

「昔は俺、今よりかなり尖った嫌なやつだったんだよね。世の中の大半のやつは頭悪くてくだらない、くらいに思ってて。そういうやつだったから転校してすぐにクラスのボスに

目つけられちゃって、孤立したんだ。実際に嫌なやつだったから誰も助けてくれないし。でも和希だけは『のり忘れたから貸して』とか『わかめ食べない？』とか、フツーに話しかけてきてさ。まあ、あれは友情とかいうより単にクラス情勢がまったくわかってなかっただけだと思うけど。あの人、ほんと人間関係の機微にうといから」

七緒がおかしそうに笑う。うといと言われてむっとしたが、実際に幹也が孤立していたことを今初めて知ったので反論できない。というか、出ていきにくいじゃないかこれは。

「それで好きになったんだ」

「うん、でもそれだけじゃなくて——和希はさ、どんな時でも自分の態度を変えないんだ。どこでも誰にでも、和希のままで。普通だったら自分の利益になりそうな相手には下手に出て機嫌とろうとするし、自分より立場が下の人間には横柄になったりするものでしょ。少なくとも俺の親はそうだった。けどあいつはそういうとこなくて、すごいと思う。だから、まあ抜けてるとこもあるけどいいやつなので、和希をよろしくお願いします」

「え!?　いえっ、そんな……!?」

どうしよう、ますます出ていきにくい展開だ。和希は壁のかげで顔を押さえた。

「あと何か手伝えることある？」

「いや、もう十分。ありがと」

「大変だよね、人数が少ないのに仕事たくさんあって……」

「うん、まあ。でも夏休みもずっと出てくるつもりだから、大丈夫だよ」

「ずっと？　家には帰らないの？」

「夏休み限定らしいけど、休みの間も寮に残らせてくださいって一定数の署名を集めると許可されるんだ。今年はそれで希望者は残れることになって」

「でも、ご両親とか、帰ってきてほしいんじゃ」

「そのへんは大丈夫、うち今ほとんど絶縁状態だから」

　え、と七緒がこぼしたのと同じ台詞を、和希も頭の中で呟いた。

「うちの親、見栄っ張りっていうかブランドが好きなんだよね。だからわざわざ中学受験のために小六で転校までさせられたんだけど、俺が高等部に進まないでシマ高に入ったのが心底気に食わないんだよ。受験の時なんてちょっとした戦争みたいになっちゃって」

「……そうなの」

「だから、まあ問題はないんだよ。和希だって一緒に残るし」

　それから七緒は衣装係のメンバーとシノさんのところに相談に行くと話し、教室を出ていった。七緒に姿を見られて今の話を聞いたと幹也に伝わるのはよくない気がして、七緒がたまきたちと楽しげにしゃべりながら廊下に出てきた時、和希はとっさにとなりの教室に隠れて、作業していた生徒たちに変な目で見られてしまった。

「おかえり、けっこう遅かったね」

教室に戻ると、ベランダに出てベニヤ板を裁断する作業に入ろうとしていた幹也は汗をぬぐいながらそう言った。けっこう遅くなった原因の、学校近くにある大吉商店で買ってきた棒付きアイスを無言でさし出すと、幹也は目をまるくしてアイスを見た。

「これ、もしかしてあの子に買ってきたやつ？　あの子、ついさっき三島さんたちとシノさんって人に会いに行くって出てって……」

「違う、幹也の分」

幹也は不意をつかれたみたいな顔をすると「そ？　ありがと」と呟いて、アイスの袋を開けた。和希もとなりに腰を下ろして、夏の空と同じ色のソーダ味のアイスを齧った。

中学三年の頃、内部進学をせずにシマ高に進学すると決めた時、幹也にはそれを話さなかった。黙って行こうと思っていた。けれど幹也は、どこから情報をつかんだのか、いきなり自分もシマ高に行くと言い出した。

『俺だって前からあの高校いいなって思ってたんだよ。ユニークだし、進学も問題なさそうだし、島の風景きれいだし、何より寮に入れば親の顔見ずにすむし』

中高一貫校で内部進学を蹴るというのはわりと大事《おおごと》で、しかも幹也は明らかに和希がシマ高に行くと知ったことで進路を変更したので、何を考えているんだと問いつめたらそんな言い分が返ってきた。確かに幹也が親と不仲なことは知っていたから、あの時はとまどいつつも、最終的には納得した。それに幹也が一緒だと思うとやはり心強かったのだ。

けれど、それが親とほとんど絶縁状態になってまで決行したことだったと、そうまでして幹也はこの島に来たのだと知って、またわからなくなる。

幹也は、いったい何を望んでいるんだろう。

*

翌日の日曜日も七緒は学校にやって来て、衣装係の女子たちと被服室で熱心に作業していた。ごみ捨てに行きがてら様子をのぞいてみたが、七緒は昨日初めて会った女子たちと昔からの友達みたいに打ち解けていたし、とくにたまきとは「たまきちゃん」「七緒ちゃん」と呼び合って親しげだった。大変よいことだ。

しかしうまくいっている七緒とは裏腹に、和希のほうはひとつやらかしてしまった。

事のきっかけは、どうしても物理的な作業が多いためにスケジュールが滞《とどこお》りがちな展示班に、調理班から顕光が応援にやって来たことだった。

「いや道具とかって俺たち身内の仕事で、究極いくら遅れてもあとで徹夜でも何でもして片付ければいいだろ。それより島の人に出演してくださいって頼んでんなら放置してちゃだめなんじゃないの？　依頼はされたけど音沙汰《おとさた》ないなって、絶対思ってるって。相手は働いてる大人なんだから、迷惑かけないように作業が遅れてても遅れてるなりの対応しないと。学校に来てもらって稽古《けいこ》するなら、まずその日程決めて連絡しようよ」

昼のミーティングで模擬裁判の脚本が遅れていることから出演を頼んでいる島の人たちへの連絡がまったくされていなかったことが明らかになって、顕光がこんな発言をした。顕光は望んで調理班になったのに展示班が困っていると聞けばみずから進んで応援にやって来る、そういう性格で、根が生まじめだからやるべきことはしっかりやろうとするし、他者にもそれを求める。かなり強い語調だったが顕光の指摘はもっともで、そうだよなあと目先の作業ばかり見ていて島の人たちへの配慮を忘れていた和希も反省したし、ほかのメンバーも「だよね……」としょんぼりしていた。その後はまず稽古の日程を決め、さらに幹也の提案で現在できている分の脚本をコピーして、出演予定の人たちに状況説明もかねて届けに行くことが決まった。それには顕光が「俺が言い出しっぺだから」と炎天下のなか出かけていき、幹也も同行した。

そして、顕光と幹也が出かけていってすぐのことだ。

「……うっざいよな、ああいう人種」

教室のあちこちに展示班が散らばって作業する中でも、その声は聞こえた。和希だけではなくほかのメンバーにも聞こえていることは、その時一緒に展開を考えていた脚本係の女子もちらりと不安な目をしたことからわかった。

「たかが文化祭でさ」

「ただでさえ暑いのに余計暑苦しいって」

忍び笑いするのは、窓際で大道具の作業をしているヨシキと、いつもつるんでいる男子二人だ。顕光を「うざい」と言ったヨシキが、唇をゆがめるのが見えた。

「あと俺、尾崎もうざいわ」

「あー、わかる」

「でしゃばりだよな。目立つの好きー、って感じ」

「こんなちっちゃい島の学校なら俺の天下とか思ってそう、なんか」

ぼそぼそと身内の内緒話をしているようでいて、実は自分たちの声が周囲に聞こえているとわかっているしゃべり方だ。誰に話しかけているわけでもないから咎《とが》められる謂《いわ》れもないというように、陰気で強気な笑い声をまたあげる。

「つかあいつ、いっつも野郎とベタベタしてマジ気持ち悪い」

気がついたら和希は椅子から立ち上がっていた。

向かいに座った脚本係の女子は目をまるくしていたし、実は自分も驚いていたが、立ち上がったからには言うしかない。

「うるさいよ」

ぴたりとヨシキたちのグループの話し声がやみ、三人分の目がこっちを向く。ただ和希はヨシキだけを見ていたから、目の合ったヨシキも応戦するように顔をしかめた。

「は？　何？　こっちの話なんですけど」

「そっちの話だっていうならそんな陰口こっちは聞きたくないから外行ってやれよ。どうしても教室でやりたいなら筆談にしてメモはあとでシュレッダーにかけろよ」

ひと息に言ったら、ヨシキもほかの男子も水をかけられたみたいな顔をした。どうして驚かれるんだろう。長い文章はしゃべれないとでも思われていたのか。心外だ。

「うざいって言うけど、顕光がやってることは誰かがやらなきゃいけなかったことだよ。それを自分は棚上げしてこそこそ笑ってんのを聞かなきゃいけないこっちのほうがうざい。あと幹也がでしゃばりで目立ちたがりなのは本当だけど、あいつは気持ち悪くない」

カラスの気の抜けた鳴き声が聞こえて、そんなものが聞こえるくらい教室が静まり返っていると気づいたのは数秒後だ。

ヨシキは黙っていたが、やがて舌打ちしながら立ち上がって、教室を出ていった。

和希はまた椅子に座ったが、教室中から注目されているのを感じたし、向かいに座っている脚本係の女子もぽかんとこっちを見ているし、いたたまれなくなって、教室を出た。

「……少し休ませてもらっていいですか」

「え？　どうしたの？」

とぼとぼと被服室に行って椅子に座りこむと、ドレスの型紙らしいものを作製していた七緒は目をまるくした。そのあどけない表情に心がゆるんで、ため息がもれた。

「……ちょっと、バカなことやってしまって」

「バカなこと？　どんなこと？」

七緒は目の前に椅子を引いてくると、生まじめに居ずまいを正して話を聞こうとする。

しかし語って聞かせるのも恥ずかしい出来事なので、またもやため息が出る。

「なんか……波風立てずにやっていきたいなって思ってたんだけど、思いっきり立てることしたっていうか……腹が立ったから、思わず」

「もしかして喧嘩《けんか》？」

「喧嘩……とは、ちょっと違うかもしれないけど……」

歯切れが悪く要領を得ない話に七緒は困っていたが、確かめるようにまっすぐ訊いた。

「後悔してるの？」

琥珀色の瞳に、自分が映っている。後悔。しているのだろうか、さっきの自分を。

「……後悔、は、してないかも」

「じゃあ、いいじゃない」

あまりに確信に満ちた口調で断言するので、ぽかんとしてから笑ってしまった。

「強いね」

「昭和パワー。……なんちゃって」

これには腹筋がよじれるほど笑ってしまって、あまりに笑ったから七緒が「失礼！」と怒ってしまい、被服室を追い出された。思いきり笑ったおかげか少し気分が上向いて教室に戻ると、気まずい空気はまだ残っていたがみんな何事もなかったようにしてくれたし、目の前の作業に没頭しているとそれも気にならなくなった。ヨシキも途中で戻ってきたが、和希とは決して目を合わせなかった。

「俺のことでヨシキとやり合ったたって？　王子ご立腹って教室騒然だったらしいぞ」

顕光はだいぶ遅くなってから寮に帰ってきて、開口一番にこう言った。二段ベッドの上段で寝ころんでいた和希は、木製の柵に腕をのせた顕光を気まずく見た。

「……別に、やり合ったってほどじゃ」

「いいのに、気にしなくて。俺はこんなだからさ、煙たがるやつもいるって知ってるし、実際そういうの言われたこともあるし、けどもう慣れて気にならないからさ」

「顕光のためってわけじゃないよ。単におれがムカついただけだから。あいつ幹也のこともいろいろ言ってたし」

顕光が目をまるくして、まじまじとのぞきこんできた。

「ついに両想いか？」

「ほんとやめてそのネタ」

それから顕光は、ベッドの柵に腕をのせたまま笑った。なんだか――妙にやわらかく。

「なに？　なに笑ってんの？」

「や、なんか、やっとおまえがどういうやつなのかわかった気がして」

意味がわからなくて顔をしかめたが、顕光はやさしいと言ってもいい顔で笑い続ける。

「おまえって別に愛想《あいそ》も悪くないし、マイペースだけどちゃんとやることはやるし、話してればおもしろいんだけど……何つうのかな、なんかバリアあるっていうか、いつも遠くにいるみたいな感じがしてたから。それで尾崎は、そういうおまえのこと、何とかこっち側に引っぱろうって苦労してるみたいに見えたからさ」

声が出なかった。確かに、遠くにいた。いつも外からみんなをながめていた。それを顕光が知っているとは思わなかった。見くびっていたのだ、そんなつもりはなくても。

「けどおまえたち、いいよな。親友っつうの？　うらやましい」

「何それ、やだよ」

「そうか？　俺あこがれてるんだよ。あんまり友達と深く付き合ったことなかったから、ほんと言うといないんだ、ちゃんと仲がいいって思える友達って。だから、うれしいわ、うん。おまえがかばってくれて」

顕光が笑うので、あれっぽっちのことでとてもうれしそうに笑うので、居心地が悪くなって和希はプイと顔をそむけた。顕光ともあろう者が、そんなにチョロくていいのか？

「じゃあ俺、洗濯してくるわ。さっき見たら洗濯機空いてたから」

「あ。……さっきのやつって幹也も知ってる？」

「どうだろ？　尾崎とは途中で別れたんだよ、テニス部に顔出すって言うから。それで俺は教室行ったんだけど、もう三島しか残ってなかったし、三島もすぐに戸締まりして帰るって言ってたから、クラスのやつに会ってないならまだ知らないんじゃないか？　けど、いいだろ、知ってたって。あいつ喜ぶと思うぞ」

「絶っ対やだ」

「あーはいはい、王子は照れやだな」

それから間もなく、園芸部の部活に出ていた修治と一緒に幹也が「ただいまー」と帰ってきた。幹也と目が合った時、和希は身構えてしまったが、幹也はとくに表情を変えるでもなく「脚本どこまで進んだ？」と訊くので報告したら「もっと進めらんなかったの？」とケチをつけられてイラッとした。

その夜は顕光がご機嫌で、食後にへそくりのポテトチップスをご馳走してくれた。それをつまみながら四人で本気のオセロバトルをして、消灯時間になってベッドに入ってからも、だらだらとくだらない話をした。こういう時はたいてい最後まで起きている幹也が、その夜はまっ先に寝落ちして、顕光と修治と一緒に笑った。

第三章　嵐に消える

1

次の日はいずれ降りそそぐ雨を予告するように空が暗く、湿った風が吹いていたことを除けば、平和な朝から始まった。

いつものように幹也《みきや》に六時四十五分に起こされ、それでもタオルケットと離れがたくてぐずぐずしていたら顕光《あきみつ》に怒られ、それを心やさしい修治《しゅうじ》がフォローしてくれて、制服に着がえて食堂に向かった。大盛り海藻《かいそう》サラダにげんなりしつつ、いよいよ迫ってきた文化祭のあれこれを話し合いながら朝食をすませ、食堂のおばさんたちに「あざっす」「いってきます」と挨拶《あいさつ》して弁当を受けとってから、夏期講習を受けるために歩いて五分もかからない学校へ出発した。何か起きるという予感の影さえない、いつも通りの朝だった。

一年一組のドアを開けた時にその朝は一変した。

後ろにいる幹也をふり向く恰好《かっこう》で話をしながら教卓側のドアを開けた和希《かずき》は、教室に足を踏み入れた瞬間、空気が凍りつくのを肌で感じた。

電源ボタンを押したみたいに一瞬で消えた教室のざわめき。いっせいにこちらを向いたクラスメイト二十数人分の視線と、その緊張をはらんだ表情。

「――何だよ」

顕光も異様な空気を感じたようで、ひるんだように声をもらした。あ、と修治が声をあげた。黒板、と喉《のど》に引っかかるような声で言う。

「黒板……見て」

言われたとおりに、顕光も、幹也も、すぐそばにある黒板に顔を向けた。和希も。

月ケ瀬《つきがせ》和希は犯罪者の息子

黒板の中央に、危険を知らせるような黄色のチョークで、執拗《しつよう》に、何回も鋭い線を重ねながら荒々しく書き殴られた文字。

その下にはA４用紙が、几帳面にちぎられた布ガムテープで、何枚も整然と貼られていた。十枚を超えるコピー用紙にはすべて無機質な英数字や記号の羅列《られつ》が印刷されている。どれも『http』から始まるウェブページのURLだ。

和希は黒板から目を移し、クラスメイトたちを見た。誰もがスマホを手にして、侵入者を警戒するような目を自分に向けている。彼らのその顔を見れば黒板に貼られたURLを検索してみるまでもなかった。すべてはもう、暴かれたのだ。

ふしぎなほど動揺はなかった。心臓に血が通ってないんじゃないかと思うほど平坦な気分だった。それとも、自覚がないだけで、本当はとり乱しているんだろうか。

ただ、ずっと頭のどこかで思ってはいたのだ。

こんな平穏な毎日が、いつまでも自分にゆるされるはずはないと。

「すげー神経だよな」

痛いほどの沈黙を、低い声が破った。スマホを片手に、開け放した窓の枠にもたれていたヨシキが、蔑《さげす》む目つきでこちらを見ていた。

「人殺しの息子のくせに、何でもない顔して毎日学校来て、笑って、普通に文化祭の準備とかまでして。そういうやつと毎日同じ場所で飯食って寝てたのかと思うとゾッとする」

ヨシキの言葉に腹が立ったりはしなかった。傷ついたり、かなしくなることも。ただその通りなんだろうと、この場の誰もがそう思っているんだろうと、平坦な意識で思った。

「――尾崎《おざき》！」

顕光の声と、目の端を人影がすり抜けたのは同時だった。

風のように机と教卓の間の通路を突っ切った幹也は、いっきに距離をつめてヨシキのワイシャツの胸もとをつかむと、力まかせに横にふった。応戦が間に合わなかったヨシキがアルミサッシの窓枠に側頭部をしたたかにぶつける。女子の短い悲鳴があがり、どよめきが広がり、顕光が「尾崎待て！」と険しい声をあげて駆けよる。修治も走って続く。

「昨日の報復か？　それとも和希に好きな子とられた仕返しか？　つくづくおまえコンプレックスの塊《かたまり》で卑屈《ひくつ》な野郎だな」

「は!?　何のことだよ！」

「尾崎やめろ！　落ち着け!!」

公家《くげ》っぽくてひょろっとしているくせに、幹也は押さえようとする顕光を腕の一振りではねのけて「尾崎くんッ！」と必死の声をあげながら肩をつかむ修治には目もくれない。

和希は立ちつくしていたが、幹也に押されたヨシキの上体が窓の外へ落ちそうにせり出したのを見て走り出した。夢の中にいるみたいに足の感覚がおかしかったが、ヨシキにこぶしを振り上げようとしていた幹也に駆けより、手首をつかんだ。こっちを向いた幹也の目は殺気立っていて、けれど見つめ合ううちに、じょじょに激情が薄れていく。

幹也の敵意が静まるのを確かめてから、和希は窓の外にずり落ちそうになっていたヨシキの腕を引っぱった。ヨシキは目を大きくしたが、抵抗せずに体を起こして床に下りた。とても静かだった。誰も息をしてないいんじゃないかと思うくらい。

「あのさ」

背の高い幹也を見上げて、なるべく食堂でごはんを食べている時みたいに話しかけた。

「おれ、ちょっと頭痛いから、今日は寮に戻る。先生にそう言っといて」

あとは返事も待たずにスクールバッグを肩にかけ直して、廊下に出た。もうじきホームルームの時間で、仁科《にしな》先生がやって来る。そうなったらきっと目も当てられない騒ぎになるから、その前に教室から消えたほうがいい。……ああ、でも、寮ってまだ開いてるんだろうか。舎監《しゃかん》の先生も出勤したはずだし、もう施錠《せじょう》されているかもしれない。そうだったら、どうしよう。なにせこの島には映画館もネットカフェもコンビニもない。

「和希っ」

いきなり腕を引っぱられてよろけた。幹也。どうしてそんな、思いつめた顔をしているんだろう。犯罪者の息子はおまえじゃないのに。

おれのことはいいから教室に戻れとか、そういうことを言うつもりだった。だけど口をついて出たのは、まったく違う、今までずっと不可解だったことだった。

「おまえ、どうしてここに来たの?」

腕をつかんだまま、幹也が眉根をよせた。

「どうしてって?　何が?」

「受験の時、シマ高受けること決めたの、おまえは親と離れたいとか、寮で暮らしたいとか言ってたけど、本当は違うよな。おれがこの島に行くことにしたから、だからおまえもそうしたんだよな。どうして?」

「……和希が、心配だったから」

ふは、と思わず笑ってしまった。

「心配って、そんな」

「嘘《うそ》じゃない」

「だっておれのことが心配で、だから内部進学も蹴《け》って？　こんな遠くてコンビニもない島の高校に入って？　それで親とほとんど絶縁状態になって？　乳母《うば》とか言われるくらい毎日おれの世話焼いて甘やかして？　いくら友達だってそこまでしないよ。――おかしいよ。おかしすぎて、おまえは何か別の目的があるのかもって思ってた。あっちで、横浜《よこはま》で何があったのか、おまえは全部知ってるし」

幹也の頰《ほお》がこわばり、瞳《ひとみ》が険しくなった。

「俺のこと疑ってるのか」

切りつけられたような顔をする友人を無言で見返す。今のは本音を見せない幹也を挑発するために言ったつもりだったが、口にしてみれば自分は本当に前からそういう疑いを抱いていたような気もしてくる。――わからない。なんだか今は、何も深く考えたくない。

「和希」

何か意を決したように腕をつかむ幹也の指に力がこもった瞬間、自分が口を割らせようとしたくせに急にひるんで、反射的に幹也の胸を押しのけた。背を向けるのと同時に切実な声で名前を呼ばれたが、ふり返らなかった。今はもう何も聞きたくない。とにかく寮のベッドに戻って眠りたい。五分でいい。ひとりになって、意識をなくしたい。

自分では動揺していないつもりだったが、やっぱり少し変になっていたのだろう。寮に帰ろうとしていたはずなのに、自分がまったく別の場所に向かっていたと気づいたのは、田んぼに囲まれた道の向こうに、大名屋敷みたいな高津《たかつ》邸が見えた時だった。

七緒《ななお》は、どうしているだろう。

会いたい、と思った。だけどもう、会うことはない。もう終わったのだ。平穏でつくりものみたいに楽しかったあの毎日は。

「……何やってんだ、おまえ？　学校どうした」

低い声にふり返ると、高津が立っていた。

やっぱり今日も黒服にくたびれたジーンズで、サンダル履きで、くわえ煙草《たばこ》で黒い傘をさしている。手にさげているビニール袋は見覚えがあった。あのおしゃべりなおばあさんが営んでいる豊田《とよだ》商店のものだ。煙草のカートンのほかにおにぎりや饅頭《まんじゅう》が入っているのが透けて見える。また「ガリガリなんだから！」と持たされたのかもしれない。

「なんで傘持ってねえんだ。雨降ってんだろうが」

高津は煙草をポイ捨てしながら大股で近づいてきて、傘をさしかけてくれた。そこで初めて、雨が降っていることに気がついた。自分がかなり濡れていることにも。

「サボりか？　ほんとにおまえ自由なやつだな。とりあえず来い、風邪ひくぞ」

顎《あご》で促す高津に何か答えようとしたが、頭が錆《さ》びついたみたいに何も出てこなかった。どうして自分がここに来てしまったのかわからない。けど、自分がいれば迷惑になることはわかる。すいと身を引いて、黒い傘の外に出た。

「大丈夫です。問題ないです」

「は？」

「学校戻ります。ありがとうございます」

おい、という声を背中に聞きながら、無意識に歩いてきてしまった道をまた戻る。方向は学校と同じだから、高津には信じてもらえるだろう。

草や野花が気ままに生い茂った道を歩くと、雨が頭皮や頬を冷たく打った。ぽつり、まぽつりと、それはじょじょに速度と強さを増して、本格的な雨脚《あまあし》になる。頭上を仰ぐと、鉛《なまり》を流したような重苦しい空から、細かなガラスの破片のようなしずくが降ってくる。

しばらく忘れていたあの空想が生々しくよみがえる。

この世のすべてを滅ぼす洪水は、こんな雨からはじまる。

＊

思い出せる一番古い記憶は、母に抱かれて、ピアノを弾く父の魔法みたいな指の動きを見つめているシーン。曲はリストの『愛の夢第三番』。おそらく一歳くらいの頃のことで、はっきり覚えていると話したら「うそだろー」と父は笑ったが、間違いない。

横浜の家にはグランドピアノがあった。鏡みたいに自分の顔が映るぴかぴかの黒い肌、金の爪をつけた三本足で凛《りん》と立つかっこいい姿、高くも低くも自由自在にきらめく音色が、とても好きだった。しかも黒く光るふたを上げれば、かがやくような純白の鍵盤《けんばん》と、謎めいた法則で並ぶ黒鍵《こっけん》。完璧だ。父や母によれば、まだよちよち歩きの頃からピアノを鳴らして遊んでは、リストと一緒にピアノの下でまるくなって寝ていたらしい。ピアノの下はテントみたいで好きだったのだ。

「和希はピアノに子守りしてもらってたんだよ」

父は笑ってそんなことを言ったが、そこまでピアノを好きになったのは、生まれた時から父が奏でるピアノを聴いていたからだ。

父はとにかく小さい頃から音楽バカでピアノのことだけ考えて生きたいがために東北の田舎から出てきて東京の音大に入ったという人で、そういう父が母と出会った時のエピソードは、うんざりするほど聞かされた。父は、毎年大学の仲間と都内の病院が小児《しょうに》病棟の子供たちのために開くクリスマス会でボランティアのコンサートを開いていたのだが、別の都内の大学で合唱サークルに所属していた母も同じくそのクリスマス会に参加しており、そこで父が母にひと目惚《めぼ》れしたらしい。

「お母さんは、控えめに言って小野小町《おののこまち》や楊貴妃《ようきひ》も嫉妬《しっと》の炎を燃やすに違いない美人で、その声は天使みたいに美しかった。しかし息子よ、誤解しないでほしい。父さんは決してお母さんの顔とか声とかが好きだったわけじゃない。楽器をチューニングしてるとピタッと音が決まった時に『キターッ』と思うだろ？　こう、頭からつま先まで光がピカーッと走るような感じがするだろ？　お母さんを見た瞬間まさにそうなった。つまり運命だ」

父は音楽バカゆえか会話に擬音が多かった。ちなみに母のほうは「あの時のお父さん、いつでもじっとこっちを見てるし、どこに行っても後ろについて来るから、ちょっと気持ち悪くて怖かった」と証言しているのだが、これを聞かせたら泣いてしまうかもしれないので結局父には話していない。

ただ父は、母を愛したためにピアニストになる夢を断念することになる。

父の猛烈《もうれつ》なアプローチに根負けする形で母も父を受け入れ、二人はやがて結婚を考えるようになったが問題がひとつあった。母の生家は代々市議会議員や県議会議員、時には国会議員も出してきた政治家の一族で、しかも母はひとり娘だった。母の父親、つまり和希の祖父は、娘と一緒になりたければ自分のあとを継げと父に要求したのだ。

父は要求に従った。卒業間近の音大を中退して、苦労して祖父が指定した大学に入り直し、勉強のかたわら現役の県議だった義父の秘書として昼も夜もなく働いた。とにかくやれと言われたことはやり、行けと言われたらどこへでも行き、ようやく母と結婚できるという時にも、言われたとおり婿《むこ》養子になって月ヶ瀬の姓を名乗った。そうして和希が物心つく頃には、父はすでに県議会議員として働いていた。

そういう自分が生まれる前の両親の歴史を初めて知ったのはピアノのレッスンが楽しく

て仕方がない小学生の時で、だから母と引き換えにピアノを捨てろと父に迫った祖父には憤慨《ふんがい》した。自分だったら絶対に嫌だ。けれど父は、のんびりと笑って言うのだ。

「父さんはピアノを弾くのは大好きだったけど、じゃあそれでごはんを食べていけるくらいだったかっていうと、残念ながらそうじゃなかった。大学ですごい人をたくさん見て、うすうすそのことがわかってきて、将来どうしたもんかなあって悩んでたんだ。だから、お祖父《じい》ちゃんがそう言ってくれたのは却《かえ》ってありがたかったんだよ。おかげでお母さんと一緒になれたし、それで和希にも会えたんだから」

本心かどうかはわからない。ただ、父は決して他者を悪く言わない人だった。同居していた祖父は孫の和希には甘かったが、仕事の関係者にはかなりきつい面があり、それは義理の息子に対しても同じだった。それでも父はいつも気難しい祖父に敬意と親しみをこめた笑顔で接していたし、母のことはいつまでも恋に落ちたばかりのように大好きで、息子には年下の親友のように対等に接した。

「なんか、絵に描いたみたいな家族だね」

小学六年の時に仲良くなった幹也を家に招いて、そう言われた時にはきょとんとしたが、確かに今思えばしあわせな家族だった。とくに父は、家族を笑顔にすることを生きがいにしているような人だった。世間的には権威あるような仕事をしていても、本当は家族とすごす時間と、たまの自由なひと時にピアノを弾くこと以外、何もほしがらない人だった。

そんな父が犯罪者になるなんて、誰も思っていなかっただろう。きっと父自身も。

中学二年の、風が涼しくなった十月初旬。土曜日だった。

そのつい一週間前、和希は出場したピアノコンクールの中学生部門で第一位になった。三カ月以上かけて地区予選、本選、ファイナルと進む規模の大きいコンクールだったので、優勝した時はぽかんとしてしまった。これには「ピアノなんぞ」と今までいい顔をしなかった祖父もニコニコし、母も「よくやった！」と手放しで喜び、しかし二人よりもさらに、はるかに、爆発的に喜んだのが父で「わあー！」と中学二年になった息子を抱き上げようとし、それで腰を痛めて「おおお……」とうずくまるありさまだった。

「よし、お祝いだ。土曜日は和希の好きなところに行って、好きなものを食べよう」

その約束の土曜日だった。ただ父は前日になって急な仕事が入り、ひどくすまながったが、昔からよくあることだったので、いいよと和希は手をふった。「夕方までには帰るからな」と何度も言う父を、わかったわかったと玄関まで見送って、少し笑った。

どうしてあの時、去っていく父の背中に何も感じなかったのだろう。虫の知らせとか、胸騒ぎとか、親子ならそんなものがあってもいいはずなのに。

その日はピアノのレッスンもなく、コンクールにかかりきりでサボっていた中間試験の勉強をした。午後四時くらいになると勉強にも飽きて、寝ころがって漫画を読んだ。そのうち部屋に遊びに来たリストが腹に寝そべり、重いと笑いながらも温かくて気持ちよくてそのまま眠ってしまった。目覚めた時に何が起きているかも知らずに。

　昼寝から起きるともう夜の七時をすぎていて、リストと一緒に階下のリビングに向かった。父がまだ帰宅していないことはわかっていた。父が帰ってくるといつも家の中が明るくにぎやかになるのだが、その時は変にしんとしていた。

　リビングのドアを開けた瞬間、何かあったとわかった。

　隣室から誰かと電話しているらしい祖父の険しい声が聞こえ、ソファに座った母はこわばった表情で固く手を組んでいた。立ちつくす和希に気づくと「あ、もうこんな時間？」と笑おうとして、失敗したちぐはぐな表情のまま、数秒黙りこんだ。そして、落ち着いて聞いてね、と細い声で話し出した。

　仕事で出かけていたはずの父が、今、警察署にいること。

　理由は父が人にけがをさせたらしいこと。その人は病院に運ばれたこと。

「まだ詳しいことはわかってないの。でも私たちにできることは今のところないし、とりあえず、ごはんにしましょう。大丈夫よ。大丈夫だから」

　母の笑顔は痛々しくて、くり返す「大丈夫」は自分に言い聞かせているようでもあった。

　何の味もしない夕食を終えて、うわの空で風呂に入っても、父に関する情報は入ってこなかった。「もう休みなさい」と母には言われたが、眠れるはずもなく、リビングに残ってテレビを点《つ》けた。ずっとレッスンと勉強で手いっぱいで、テレビなんて何を見ればいいのかわからなかったから、たまたま放送されていた洋画をながめた。ノアの方舟《はこぶね》を題材にした映画。途中でリストが膝に乗ってきて、それきりそばを離れなかった。リストも異変を察して、幼なじみの面倒を見てくれていたのかもしれない。やわらかい茶トラの毛並みをなでて、どうにか膨れあがる不安を抑えた。

奪い合い、争い合い、同族を虐《しいた》げる人間を見た神は、人をつくり出したことを後悔し、この世の一切の生物を洪水で洗い流すことを決める。ただノアとその家族と選ばれたつがいの動物だけが、方舟に乗って生きのびることをゆるされる。

大洪水のシーンにさしかかった時、電話が鳴った。すばやく母が出て、長い長い沈黙のあと、小さな悲鳴のような声を喉の奥からもらした。

その電話が、父に突きとばされ階段から落ちた男性が死亡したという報《しら》せだった。

そのあとのことは、しばらく記憶が虫に食われたみたいに断片的になっている。ただ、しょっちゅう家に人が出入りして祖父と低めた声で話していた。傷害致死、裁判員裁判、ともれ聞こえる言葉に不安になって母に詳しい話を聞こうとすると「大丈夫だから」とひどくはりつめた顔で言われて、それ以上訊《き》けなかった。気づくといつもリストが足もとにいて、大丈夫かと問いかけるように琥珀《こはく》色の瞳で見上げていた。

父はあの日、人通りの少ない歩道橋で、三十代前半の男性と口論になった。

その男性と面識はなかったと、父は警察で語ったという。しかし父は仕事柄新聞やその他のメディアに顔を出すことがときおりあったので、相手の男性は父のことを知っていたらしい。歩道橋で遭遇した父を男性は非難しはじめ、やがて二人は言い争いになり、父は立ち去ろうとしたものの男性はあとを追ってきて、下りの階段付近で突きとばされそうになった父は逆に彼を突きとばした。バランスを崩した男性は階段を転げ落ち、父はすぐに救急車を呼んだが、男性は病院で死亡した。

ただ、不可解だったのは、父はその日急な仕事が入ったと話していたのに、実際は何もなかったらしいこと。そして、家から近いわけでも、仕事に関係する施設が近くにあるわけでもないその歩道橋に、なぜ父がいたのかということ。けれどなぜと訊《たず》ねようにも父は身柄を拘束されてそれきり家に帰ることがなく、最後までわからなかった。

人が死んだことに加えて、父が県議だったことでニュースはかなりの規模になった。

祖父が雇った弁護士にテレビやネットはしばらく見ないほうがいいと言われたが、それは無理だった。情報が流れるとすぐに家の外は報道関係者でいっぱいになり、さらにその様子をスマホで撮影する一般人も後を絶たない。まるでドラマや映画の一シーンみたいだったが、それを見ていると父がどうなっているのか、自分たちがどうなっているのか、確かめずにいられなかった。テレビは祖父や母の目があったから、自分の部屋でスマホを使ってネットを検索した。一時間で限界が来て吐いた。新聞社やインターネット関連会社が流すニュースだけではなく、無数の掲示板や個人のサイトでも父の事件が取り上げられ、父を罵倒《ばとう》する言葉が連なっていた。プライバシーという言葉が意味を失うほどの個人情報もさらされていた。中にはよほど近しい人間しか知らないような情報まで。

そして、さらし者になっているのは父だけではなかった。

父が逮捕されてから学校はずっと欠席していたが、ある夕方、クラスの連絡網がわりに使っているメッセージングアプリのグループに、とあるウェブページのＵＲＬが投稿された。ほかには文章も何もない。何なのかと思ってそのページへアクセスした瞬間、心臓に氷を押し当てられたような気がした。

『人殺し県議の息子は未来のピアニスト？』

そんな見出しの下に、この前のコンクールのトロフィーを抱いた自分の写真が載っていた。表彰式のあと、ホームページに掲載するからと運営スタッフにピアノの前で撮影されたものだ。どんな顔をすればいいのかわからなかったから困って曖昧《あいまい》にほほえんだ、その礼装の自分の姿が見知らぬ人間の作ったサイトにでかでかと貼りつけられている。そして見知らぬ何人もの人間が、人殺しの息子がおこがましいと、こいつもいずれ父親と同じことをするだろうと、罪人に石を投げるような言葉を連ねている。

頭というより、肌身の感覚として理解した。人は、平穏な日常をすごしている時はたいして足もとを気にすることもなく、平らな道を歩いているつもりでいる。だけどその道は思っていたよりも狭く、つまずきそうな石も、落とし穴も無数に用意されている。そしてひとたび道から転落すれば、もう元の場所には戻れない。落ちた者に喜んで上から石を投げる人間もいる。自分が生きるのは、本当はそんな過酷な場所だったのだ。

「こんな時なんだから、無理しなくていいのよ。先生も、試験はレポートなんかで代替《だいたい》できるように相談してみるって言ってくださってるし」

十月の下旬は学校で中間試験があった。学校に行って試験を受けると言うと、母は顔色を変えた。暗にやめろと言われているのはわかったし、母が自分を心配しているのもわかっていたが、引き下がるつもりはなかった。自分で学校に電話して、クラス担任に登校すると伝えた。担任は母よりも露骨にやめたほうがいいと言ったが、聞かなかった。

自分でもうまく説明できない。不安だったし恐れだって強かった。ただ胸の底に怒りのようなものが、このまま屈するわけにはいかないという思いがあったのだ。父の行為によって人が命を落とした、それは事実だ。命は何にも代えようがなく、父も含めて自分たち家族は償《つぐな》っていかなければならない。ただそれでも父は、顔の見えない人々が言うように邪悪で生きる価値もないゴミくずのような人間ではない。だからたとえ石が飛んでこようと、息子の自分はここで顔をうつむけているわけにはいかないのだ。

試験初日の朝、言われたとおりに教室ではなく職員室に行くと担任はあからさまに持て余した顔で和希を見たが、一応同情的な言葉をかけてくれつつ、校舎一階の奥にある特別教室につれていった。四日間ここで試験を受けることと、なるべくここを出てはいけないという説明を受けた。隔離されることに反発がないでもなかったが、生徒を動揺させたくない学校側の気持ちもわかるので、大人しく頷《うなず》いた。

ずっと授業を休んではいたが試験の出来は上々だった。いい点をとってやろうと思って臨《のぞ》んだので当然だ。試験を受けている間は何も感じなかったのだが、最終日、最後の科目のテストが終わって答案を回収した担任が教室を出ていった瞬間、そのまま崩れ落ちそうになるくらいの疲労と頭痛に襲われた。家に帰ろうにも動けなくて、しばらくぐったりと椅子《いす》にもたれていると、どれほどたった頃か、突然ドアが開いた。

「うわ、ほんとにいる」

無遠慮に中をのぞいたのは同じ制服を着た男子生徒だった。胸章を見ると三年生。ほかにも二人仲間をつれている。にやついた彼らの顔を見ればここに来た目的はわかったので、和希は冷えた気持ちで彼らを一瞥《いちべつ》したあと、スクールバッグを持って立ち上がった。

普通教室は教卓側と後ろ側の二カ所にドアがあるが、試験を受けていた特別教室は教卓側に一カ所しかなかった。「どいてください」と出口をふさぐ彼らに感情をこめずに言ったが、リーダー格の三年生は身長の差を見せつけるように上から顔をよせてきた。

「すごいじゃん、お父さん有名になっちゃって」

うすら笑う三年生を、和希は見返した。真っ向から、しかし無言で。

「あ、月ヶ瀬も有名人だよね。ネット見た？　女の子のファンいっぱいいるみたいだよ」

挑発するように三年生は言い、仲間も笑い声をあげるが、けして目をそらさずに沈黙をつらぬく。何も難しいことはない。ホールを埋めつくす聴衆とひとつのミスも聴き逃さない審査員の注視のなか、誰の助けもないステージでただひとり、曲を弾き切るあの緊張とプレッシャーに比べれば。そのうち長すぎる沈黙に三年生は落ち着かなげに視線をゆらし始め、居心地の悪さを否定するように声を荒らげた。

「よくのこのこ学校来れるよな。親父《おやじ》が人死なせたのにテストなんか受けてさ。やっぱ親父があああだと息子も図太いわけ？　何も責任感じないの？　謝ったらどうだよ」

「謝るって、あなたにですか？」

語尾にかぶせて言い返したのはわざとだ。人には思考や発声の固有のリズムがあって、それを乱されると一瞬ひるむ。三年生もやはりひるみ、その隙《すき》にさらに言葉を撃った。

「あなたはあの人の知り合いなんですか？　友達とか？　それとも生き別れの弟とか？」

「……は？　何言って」

「あの人があなたの大切な人で、だからおれや父に腹を立ててるっていうなら話を聞く。けどそうじゃないなら、あんたには一切何も言われる筋合いはない」

言いながら、今感じている怒りの根底にあるものはそれだと気づいた。

家の門の前に群がっていた報道関係者。何があって事件が起きたのかを取材し、真実を伝えることが彼らの仕事だ。それはわかる。だけど、では、父と敵対的だった仕事上の関係者や、家族でも一度も名前を聞いたことがないような知人を名乗る人間が父の欠点を語った話をことさら誇張して、父が悪人であるかのように匂わせるのは何なのか。

そしてそんなすでに誰かの意図によって選別された情報を鵜呑《うの》みにし、さらに曲解《きょっかい》して、父をクズだと、死んで償えと、その家族も同罪だから殺してしまえとネットに書き立てる顔も見えない人々は何なのか。

父がどんな人間で、何が起きたのかを自力で調べた上で父を糾弾《きゅうだん》する人の声ならばこちらも懸命に耳をすまそう。だが相手がそうではない、ただ騒ぎに便乗して人を殴ることを楽しんでいる連中なら、膝を屈するつもりはないし、父を侮辱《ぶじょく》することもゆるさない。

しばらく絶句していた三年生は、血の色を顔にのぼらせながら怒鳴った。

「犯罪者の息子のくせに偉そうなこと言ってんじゃねえよ！」

「父はまだ犯罪者じゃない。父が犯罪者かどうか、それならどういう罪を犯したのかは、これから裁判で決まるんです。あと、いい加減どいてもらっていいですか」

「おまえ、今のぜんぶ、死んだ人の家族に言えんのかよ」

心を防御していた壁に亀裂《きれつ》が走った。

顔がこわばったかもしれないし、瞳がゆれたかもしれない。とにかく内心の動揺は表に出たのだろう。急所を突いたことを悟った三年生が、勝ち誇った笑みに唇をゆがめた。

「死んだ人の家族、今どんだけかなしいんだろうな。いきなり家族殺されてさ、わけわかんないし殺したやつが憎くてしょうがないし、返してくれよっておまえの親父に言いたいだろうな。そういう人たちにおまえ、さっきみたいなこともう一回言えんのかよ」

亡くなった男性の家族は、父親ひとりだけだという。

母親やきょうだい、ほかの家族のことはわからない。ただ祖父が、示談させろと弁護士に言っていた。金で息子の死を納得させろと言っているみたいで、胸が鋭く痛んだ。

その父親も、息子を愛していたんだろうか。父が自分にそうしてくれたように。もしも自分が死んだら、きっと父は救いようもなく嘆く。だったら息子を突然失ったその人も、今どうやっても救われないほどのかなしみに打ちのめされているのだろうか。

「今おまえ、親父は犯罪者じゃないみたいなこと言ったけど、その人たちからしたら十分犯罪者だろ。家族奪った世界で一番憎いやつだろ」

「――父は悪い人間じゃない」

頭が痛くて、割れるように痛くて、それ以上に胸が痛くて、声は頼りなくかすれた。

わかってほしい。息子を失ってかなしんでいるだろうその人に、父を糾弾する人々に。

父の罪を否定はしない。だけど、父は、やさしい人なのだ。

「おまえら加害者のくせに、親父のことかばったりとか、おれたち悪くないみたいなこと言ったりとか、そんな権利ねえんだよ」

加害者という名にすべての言葉を剝奪《はくだつ》された気がして、声が出なくなった。

嗤《わら》った三年生が耳もとに口を近づけて、ひと言ささやいた。

耳に吹きこまれたその言葉が、ナイフのように心を裂いた。

ガァンとすごい音がしたのはほんの数秒後だ。

ドアを叩いたなんて生易しいものではない、たぶんドアを思いきり蹴りつけたに違いない音に、三年生とその仲間も「おわ」とか声をあげてあわててふり返った。

三年生たちの後ろに、冬服のブレザーを着た幹也が立っていた。背すじが凍りつくような目で上級生たちをにらみながら。

「俺たちより一年も長く生きてんなら、もっと生産的な時間の使い方覚えたらどうですか」

幹也が教室に踏みこむと、気圧《けお》されたように三年生たちは左右に割れた。幹也は和希の手首をつかむと、一瞥すらする価値はないというように三年生たちには目もくれず廊下に出た。腕を引かれるまま、和希も重い足を動かした。

「あんなやつらの言うこと、気にすることない」

だいぶ遠くまで来てから幹也が低い声で言ったが、和希は黙っていた。

ダメージを受けているのは、あの三年生の言葉にその通りだと思わせるものがあったからだ。父の罪はまだ確定していない。けれど、人がひとり死んだのは確かだ。彼を突き落としたのは父だ。失われた彼の命という事実がある限り、かなしんでいる人がいる限り、加害者とその家族である自分たちには、もはや何を言う権利もないのではないか。

その翌週から教室に復帰した。クラスメイトの反応は沈黙と無視だったが、攻撃されるよりはマシだと思うことにした。担任も気を遣ってくれるし、幹也が何も変わらずに接してくれるから、まだ何とかやっていけると思っていた。あの日までは。

十一月に入ったある朝、となりの席の男子に挨拶しながら席に着いた。するといつもは気まずそうに無視していた彼が、物言いたげな目をこちらに向けた。何だろうと首をかしげると、彼は周囲をはばかるように低く抑えた声でささやいた。

「動画のこと、月ヶ瀬あれ、知ってんの？」

「動画？」

何のことかわからなかった。彼は同情の混じった苦い顔をすると、とある有名な動画投稿サイトで自分の名前を検索してみろと言った。

その日の昼休みだった。教室はやはり居心地がいいとは言えないので、幹也と音楽室で弁当を食べるのがその頃の習慣だった。朝に言われたことを思い出してスマホで例の投稿サイトにアクセスし、自分の名前を検索して、すっと血が引くのを感じた。

「どうかした？」

幹也も手もとをのぞきこみ、目つきを険しくした。やめたほうがいいと頭ではわかっているのに『話題の人殺し県議の息子、月ヶ瀬和希』とタイトルされた動画を再生した。

中間試験を受けたあの特別教室。スクールバッグを肩にかけた制服の自分がいる。アングルは正面ではなく少し左側、そしてやや下から見上げるように撮影されていた。小さな機械の中にいる自分を自分でながめているのはひどく奇妙だった。画面の外にいるはずの三年生を見据える自分の表情が、じょじょに悲痛なものに変わり、かすれた声で言う。

『父は悪い人間じゃない』

誰がこんなものに興味を示すのか不可解だったが、再生回数はすでに五千回を超えていた。画面の下には視聴者が自由に書きこみできるスペースがあり、びっしりとコメントが連なっていた。読み進めるうちに耐えられなくなり、トイレに行ってそれまで食べていた弁当を残らず吐いた。胃が空っぽになっても何度も空嘔《からえずき》をくり返した。

あの感覚は何だろう。自分の意志のないところで自分を好き勝手にされたすさまじい嫌悪と、恐怖と、それを咎《とが》めるでもなくむしろ楽しんでいる人間がいるという絶望的な混乱。目にした無数の悪意が皮膚《ひふ》から体内に侵入して、内臓を腐敗させていく気がした。

「和希」

意識が遠くなっていて、ドアをノックする幹也の声に気づいたのはずいぶん時間がたってからだった。個室を出ると、よほどひどい顔をしていたのだろう、もともと険しかった幹也の表情がさらにこわばった。

「先生に言おう。撮ったの、あいつらだ。顔は覚えてるし名前も調べればすぐわかる」

「――いい」

「いいって、いいわけないだろあんなの」

「いいから、ほんとに」

人は罪を犯す。けれど、どんな立場になったとしても損なわれない人間の尊厳があると思っていた。しかし違うのかもしれない。少なくとも違うと考える人々が、この世界には大勢いる。罪を犯した者とその家族はもはや人としての扱いを受ける権利はなく、どんな罵倒も攻撃もうつむきながら甘んじて受けろ、それが当然の報いだと考える者が。そんな場所で助けを求めたところで、どうにかなるとは思えない。たとえ手をさしのべてくれる人がいたとしても、さっき自分の中で砕けてしまったものは、もう戻らない。

動画はサイトに依頼して削除した。幹也は手ぬるいと言ったが、あの三年生たちについては何もしなかった。行動を起こしても却って反発を招くだけだろうし、そういう気力もなかった。学校ではなるべく感情のスイッチを切ってすごすことにした。

そんなふうに暮らしていた反動だったんだろうか。十一月の終わりの寒いある日、突然、無性にピアノが弾きたくなった。ピアノは、中学に入ってから東京の音大で教員をしている男性ピアニストに師事していた。穏やかで、豊富な知識を持っていて、その人柄のとおりに深い理解に裏打ちされた美しいピアノを弾く、とても好きな先生だった。

なにもレッスンを再開しようと思ったわけではない。それが不謹慎《ふきんしん》だとわかるくらいの分別はあった。ただ外から教室をながめるだけでよかったのだ。横浜駅から電車とバスを乗り継いで、住宅地にある煉瓦《れんが》造りの教室まで来ると、懐かしさに胸が痛くなった。しばらくたたずんでいたら「月ヶ瀬くん？」と声をかけられた。庭木の陰に隠れて見えなかったが、セーターを着た先生が立っていた。

庭と道路を区切るフェンス越しに顔を合わせた先生は、和希が挨拶するより先に、困惑した硬い表情のまま口を開いた。

「申し訳ないが、ここにはもう来ないでくれないかな。きみも——お父さんのことで大変だろうし、ピアノどころじゃないだろう」

数秒、いろんな言葉が嵐みたいに頭の中を駆け抜けて、けれど最後には、和希は黙って頭を下げた。冷たい風の吹く道を、マフラーを引き上げながら歩いた。もしかしたらあの先生なら、何があっても音楽は誰にも平等だと、そう言ってくれるのではないかと期待していた。でも、もうそういうことはやめなければいけない。そういう甘い期待をしてはならない立場に、今、そしてこれからも、自分は立っているのだ。

傷害致死罪で起訴された父の裁判は、裁判員裁判で審理されることになった。その際、裁判を迅速《じんそく》にするために争点や証拠を整理する公判前整理手続《こうはんぜんせいりてつづき》というものが行われて、裁判が始まるまでには半年もの時間がかかった。ただ裁判が始まってしまえばあとは速く、和希が中学三年に進級したばかりの頃、わずか一週間の審理で判決が出た。

懲役三年、執行猶予《ゆうよ》五年。

父と死亡した男性が口論になった歩道橋は使い勝手の悪さから通行者が少なく、証人を捜すのが大変だったが、運よく二人を目撃したという中年の女性がいた。彼女は犬の散歩をしている時に現場を通りかかり、男性が父を突きとばし、よろけた父が体勢を直す前に何度も体を突くのを見ていた。男性に押されながら父は歩道橋の階段付近まで後退して、なおも突きとばそうとした男性を逆に突きとばし、男性は階段から落ちて死亡した。そういう経緯と、父がすぐに救急車を呼んで男性を救助しようとしたこと、そして男性の父親が示談に応じたことが考慮された判決だった。

半年の間にほとんど忘れられていた父の事件は、また騒ぎを起こした。「人を殺しておいて執行猶予なんておかしい」「議員だから特別扱いされた」「金を積んで遺族を黙らせた」と非難する声が飛び交ったが、感情のスイッチを切って耐えた。とにかく、これで終わったのだ。人が死んだことは変わらない、父が背負ったものも変わらない。それでもとにかくこれで自分たち家族は元に戻れるのだと、そう思っていた。

だから父と母が離婚し、父が東北の実家に帰ると聞いた時、わけがわからなかった。祖父が不祥事を起こした父への怒りをおさめられず、母に離婚を迫っていたことは知っていた。でも母が応じるわけはないと思っていたし、父だって何があっても母と息子から離れたりしないと思っていた。だからこそ自分たちも、これまで懸命にやってきたのではなかったのか。それなのにどうして今になって二人が離れてしまうのか。なぜ母は祖父の言いなりになって、父もそれを受け入れるのか。

何よりショックだったのは、父が自分には何も言わずに行ってしまったことだ。

それ以来母とはほとんど口をきかなくなった。父とも連絡は取らなかった。クラスメイトに無視されようが、ネットに何を書かれようが、もう全部どうでもよかった。あれほど好きだったピアノさえ、弾きたいという気持ちが消え失せた。

洪水の夢を見るようになったのは、その頃からだ。すべてが荒れくるう水の底に沈み、一艘《いっそう》の方舟だけが生き残る夢は、恐ろしいのに、ひどく美しくもあった。

新聞紙みたいに色褪《あ》せた毎日を送っていたある日、たまたま点けたテレビで、シマ高の特集を見た。過疎《かそ》に苦しむ離島が島ぐるみで高校を改革し、島外からの生徒も受け入れて入学者を増やし、今では海外から視察が来るほどになっているというもの。千年前から変わっていないような深い森と山と青い海を見て、あそこに行きたい、と思った。

内部進学をやめて離島の高校へ行くと言うと、祖父は卒倒しそうなくらいに猛反対し、母も何度も考え直せと言ったが、もう二人の言葉に耳を貸す気はなかった。

ここにある何もかもを置いて、誰も自分を知る者のないずっと遠くへ行こうと思った。

＊

雨が入り江の水面に小さな無数の棘《とげ》をつくる光景は、ふしぎできれいだった。

膝を抱えながら、和希はぼんやり波の音を聞いていた。海辺で傘もささずに雨に打たれているなんて、かなりイタいことをやっているという自覚はあるのだが、実際問題としてほかに行くところもないし、豊田商店で傘を買おうとしたものの置いてなかったし、一度ここに来て腰を下ろしたら、もう立ち上がるのが億劫《おっくう》になってしまった。

高津が言っていた。この島で起こる『神隠し』は、この入り江がキーになっているのではないかと。ここに時間のゆがみのようなものがあって、そこに取りこまれた者がどこか別の時間に移動し、そこで『マレビト』と呼ばれるのではないか、と。

その時間のゆがみが本当に存在するとしたら、どこにあるのだろう。

それを見つけたら、自分もどこかに行けるんだろうか。この島よりもずっと遠くへ。

ふと、頭皮を打つ雨の感触が消えた。

一瞬雨がやんだのかと思ったが、目の前の海にはやはり雨がそそいでいて、おかしいなと目線を上げてみると、頭の上に青空色の傘がさしかけられていた。

ふり向くと、淡いグレーのワンピースを着た七緒がいた。

眉はつり上がり、唇はへの字に曲がり、猫みたいな目は鋭く、かなりご立腹の形相だ。

「何やってるの？　風邪ひくじゃない」

腕を引っぱった七緒の手がびっくりするほど温かくて、一拍たってから自分の体が冷えているのだと気づいた。今は夏だし、寒さは全然感じていなかったのだけれど。

七緒に手首をつかまれて連行されるみたいに歩いていると、砂浜の向こうの雑木林《ぞうきばやし》から、黒い傘をさした高津が現れた。高津は和希をながめて目を細めると、ジーンズの尻ポケットから旧式の携帯電話をとり出した。

「……俺だ。見つけた。ああ、何ともない。これからつれて帰るから、おまえはそっちのゴタゴタ片付けてから来い」

短い通話を終わらせた高津は、携帯電話をポケットに突っこむと、いつもの大股であっという間に近づいてきて、

「バカか、おまえは」

ガラの悪い口調で言いながら、腕にさげていた傘をさしかけてくれた。

2

「まず風呂入って、飯食って、寝ろ。話はそれからだ」

高津邸に到着すると家主はそう命令した。和希は押しつけられた清潔なバスタオルと、高津のものらしい着がえの服をながめた。

「高津さん、さっき電話してた相手って仁科先生ですよね。先生から聞いてるんじゃない

んですか。おれ、犯罪者の息子なんですよ」

高津は独特のオーラを放つ三白眼《さんぱくがん》でこちらを見下ろした。

「だから何だ？」

「何だって訊かれるとちょっと困るんですけど、高津さんに迷惑がかかったり、不愉快にさせたりすると思います」

「は」

高津は鼻を鳴らした。いかにも嘲笑《ちょうしょう》という感じで。

「おまえみたいなガキが俺にどんな迷惑かけられるっつうんだ？　俺はこれまでいろんなやつから散々迷惑をこうむってきたが、おまえなんざ足もとにも及ばねえよ。くだらないこと言ってないで、さっさと行け。ここの廊下、突き当たりで曲がってすぐだ」

世にも美しい彫刻をつくり出す指で和希の肩を突いて、高津はさっさと背中を向けた。

少ししてから、今やさしくされたのだということに気づいて、胸がつまった。

風呂で温まり（石造りの半露天風呂でさすがの高津邸クオリティだった）高津の大きすぎるTシャツとズボンを身に着けて廊下に出ると、高津と七緒の話し声が聞こえた。声を追ってぺたぺたと裸足《はだし》で歩くと、障子《しょうじ》を開け放した居間に着いた。

「高津さん、唐辛子入れすぎ。体によくない」

「うるせえ。俺は食事にごちゃごちゃ言われんのが大っ嫌いなんだよ」

「前から思ってたけど、高津さんツッパリみたい」

「教えといてやる、ツッパリはこの時代だと死語《しご》だ。あと一昨日おまえが使ったアベックも死語だ」

「その死語って何なんですか？　死語認定委員会とかがいて決めてるんですか？　死語になる基準って何ですか？　委員は何人いてどういう方法で採決してるんですか？」

「おまえ、しゃべり出すようになったらなかなか面倒くせぇな……」

湯気をあげるどんぶりと箸《はし》を並べたちゃぶ台で言い合う二人は、歳《とし》の離れた兄妹《きょうだい》みたいにも見えた。戸口でぼんやりしていると、こっちに気づいた高津が「早く座れ、伸びんだろうが」と自分のとなりの座布団を叩くので、のろのろとそこに正座した。

どんぶりの中身は味噌《みそ》煮込みうどんだった。人参《にんじん》、大根、たまねぎ、ゴボウ、豚肉と具だくさんで、豚汁《とんじる》にうどんを入れたような感じだ。温かい汁を飲むと、ふっと味噌とごま油の香りが鼻に抜けて、冷えて硬くなっていた内臓が息を吹き返すような気がした。

「おいしい……」

「ふっふっふ」

「おまえだけの手柄みたいな顔すんな。八割がたは俺が作った絶品味噌の力だ」

「高津さん……大人げない」

「俺はな、その大人げってやつが、満員電車と粉薬に並んで嫌いなんだよ」

うどんを食べながらしゃべる高津と七緒は、いつもよりにぎやかに思えた。もしかするとそれは、ずぶ濡れでやって来た男子高校生のためにしていることだったのかもしれない。壁にかかった古い時計を見ると午後二時半近く。もう昼食には遅い時間で、つまり二人は食事そっちのけで自分を捜していたんだと、今さら気がついた。

食事が終わると高津と七緒は「さあ寝ろ」「お布団敷いたから」と和希をとなりの空き部屋に追い立てた。まるで風邪をひいて学校を休んだちびっこみたいな扱いだ。

「別に病人じゃないんですけど……」

「でも、病人みたいなものだと思う」

見張り番のように布団の横に正座した七緒は、とても静かに言った。

「すごく疲れた顔をしてるから、眠って、休まないといけないと思う」

和希は、長い歴史を吸いこんで木が黒ずんだ天井をながめた。開け放した雨戸と障子戸の向こうから、絶えずひそやかな雨音が聞こえる。部屋のすみで慎ましく首をふる扇風機がこちらを向いた時だけ、やわらかく涼しい風を感じた。

「ノアの方舟って知ってる?」

「え?　うん……何となくだけど」

「もし大洪水が起きて、みんな滅茶苦茶になるとしたら、方舟に誰を乗せたい?」

七緒はぱちくりしてから、哲学者のようにおごそかな顔つきで、じっくり長考した。

「大工さん」

「え。……なんで？」

「だってきっと舟が壊れたらすぐに死んじゃうような状況でしょう？　だからまず舟に何かあってもきちんと直してもらえる人。それから、食べ物の備蓄も限界があるから家畜も乗せたいけど……場所に限りがあるならヤギかな。乾燥にも強いし、餌《えさ》が少なくても大丈夫だし、ミルクもとれるし。あと、やっぱり赤ちゃんやお年寄りはいつ何があるかわからないから、お医者さん。あと、ただ黙って舟に乗ってるだけじゃ息が詰まっちゃうから、音楽家とか小説家とか、みんなに楽しみをくれる人。あとやっぱり教師もいたほうがいいかも。いつ舟を降りられるかわからないし、教育はやっぱり大事だから……」

　指を折りながら七緒はどんどん熱を帯びてきて、盛大にふき出してしまった。

「どうして笑われるのか理由が知りたい。私、真剣なのに」

「ごめん。ものすごく頼もしいなと思って」

「それ褒めてるの？」

「うん。おれの三億倍はすごい」

　なかなか笑いをおさめられなくて、仰向けのまま手の甲を目もとに当てる。――なんてことだろう。七緒の方舟は、みんなを乗せているのだ。洪水に呑《の》まれる人々を見捨てていくのではなく、手の届く限りすくい上げて、ともに嵐が明けるまで生きのびる舟なのだ。

「でも、どうして方舟のことなんて訊くの？　何かのクイズ？」

手を額の上にずらすと、七緒と目が合った。胸がいたむほどきれいな、琥珀色の瞳。

答えられずにいると、同じ歳のはずの彼女は、いくつも年上の大人の女性のように慈《いつく》しみ深くほほえんだ。

「目が覚めたら、教えてね」

じゃあね、と七緒が部屋を出ていく。その背中をながめ、和希はまぶたを閉じた。


次に目を開けた時には、部屋の中は完全に暗くなっていた。本当に一瞬目をつむったくらいの感覚しかなかったので、和希はびっくりしてまばたきをくり返した。足の下敷きになっていたタオルケットを引き上げながら、開け放した障子戸を見やると、美しい庭園はビロードみたいに深くてなめらかな島の夜闇《よやみ》にくるまれていた。

もれ聞こえる話し声から、となりの居間に人がいるのがわかった。それが誰なのかも。

顔を出さないわけにはいかないだろう。一応失礼のないように寝ぐせのついた髪をなでつけてから、隣室に続く襖《ふすま》を開けた。

「だから、悪いけど今夜ひと晩は――」

高津とちゃぶ台をはさんでいた仁科先生は、襖の開く音に言葉を切った。

最初は驚いてこちらを見た表情が、次に安堵《あんど》のそれに変わり、最後にくたびれた笑みになるのを見て胸がちくりとした。考えてみれば生徒が姿をくらますのは担任教師からすれば責任問題にもなりかねないわけで、しかも和希はスマホも持っていないから連絡手段もない。高津から通報を受けるまで仁科先生は相当頭の痛い状態にあっただろう。やっぱり寮に帰っておくべきだったのだ。申し訳ないので、きちんと正座して謝ることにした。

「どうもこのたびは、ご面倒をおかけしまして」

「何じゃそら」

あきれ半分に苦笑した仁科先生は「腹へっただろ、まあ座りなさい」と手招きした。壁の時計を見るともう八時をまわるところで、なんと五時間は寝ていたことになる。確かに少しひもじい感じだったので仁科先生のとなりに座ると、ちゃぶ台には根菜の煮物、新鮮そうなイカとアジの刺身、簡単に切ったトマトとゆでた枝豆が並んでいた。

高校生をパシリにするような高津が「飯、持ってきてやる」とじきじきに腰を上げた。それはもしかすると、気を遣ってくれたのかもしれない。話がしやすいように。

「たぶん大変だったとは思うんですけど、あれからどうなったんですか?」

「いやー、どうもこうも……俺が教室に行った時には尾崎と須加《すが》の大戦争で。尾崎あいつ、そつのない優等生かと思ったら心にオオカミを飼ってるな」

「昔はわりと尖ってたんです。今は三割くらい手加減して生きてると思います」

「俺もまだまだ生徒観察が足りないなあ。――それで、本題だけど」

先生は声音《こわね》に翳《かげ》りをにじませて、小さく息を吐いた。

「結果から言うと、あれは、須加がやったらしい」

「……ヨシキが？」

「昨日、おまえと須加でひと悶着《もんちゃく》あったんだって？　それでムカついたんだと言ってる。昨日の夜、ひまつぶしに知ってる人間の名前を検索して遊んでたら、おまえの名前で例の事件がヒットしたんだそうだ。それでお父さんのことを知って、仕返しのためにああいうことを――こんなことになって、本当にすまない」

「どうして先生が謝るんですか？　それに書かれてたこと、本当のことだし」

「本当のことだとか、そういう問題じゃないよ。あれは明らかにおまえにダメージを与える目的でされたことで、誰もそんなふうに人を傷つけるべきじゃない。月ヶ瀬も傷つけられることを受け入れてはだめだ。腹を立てていいんだ」

諭《さと》す口調はやわらかかったが、まっすぐに見つめる仁科先生のまなざしは強かった。

わかっているのだ。本当に先生は自分を気にかけてくれているということ、そういう人もいるのだということ。でも、世の中を支配しているのは、そうではない大勢の人間だ。

「おれはいろんな人に、それとは反対のことを言われました。何回も。父は加害者で、だからおれたち家族も同罪で、何をされても文句を言う資格なんかないって」

「そいつらは義憤《ぎふん》からそう言うんじゃなく、もとから誰かに当たり散らしたい欲求があって、それでタイミングよく目についた月ヶ瀬たちに勝手な論理を振りかざして攻撃してるだけなんだよ。本当は被害者や遺族のことさえ考えてない。顔も名前も隠しながら、メールを打つくらいの気安さで人をいたぶって、しばらく楽しんだら、あとはもう自分が何を言ったかさえ忘れてる。そういう人間の言葉をまともに取り合わなくていい」

「でも多いんです、そういう人たちは、とても」

今でもまざまざと思い出す。十月の終わりの頃。たったひとりで中間試験を受けた校舎の奥の特別教室。立ちふさがる三年生たちと、嗤いながら耳にささやかれた言葉。

「中学で、上級生に言われたことがあるんです。『責任とっておまえが親父殺せよ』って。ひどいですよね。いくらおれが犯罪者の息子でも、さすがにひどいと思う。でも同じこと言う人がいるんです。誰かが勝手に作ったおれの記事を読んだ人とか、勝手に撮影されて勝手にアップされたおれの動画を見た人とか、たくさん」

「月ヶ瀬にはみんながそう言っているように思えるかもしれないけど、それはごく一部の人間だ。そうは思っていない人も、それが間違ってると思っている人もいる」

「そうですね。──けど、いいんです、もう」

かつては理不尽に腹を立てもした。自分と家族のために湧きあがる、濁《にご》りのない怒りに突き動かされて闘《たたか》おうともした。けれど自分たちをとり囲む相手はあまりにも膨大で、そして次々に見せられる悪意の底知れなさに次第に絶望した。世界には敵しかいないような気がして人を信じられなくなり、生きることのかがやきが見えなくなった。

そして今はもう、闘う理由すらない。父は去り、母は沈黙し、自分たちはバラバラになった。家族なのだからと耐え、闘っていたことは、本当は何の意味もなかったのだ。

「——誰が言ったの、そんなひどいこと」

急に聞こえた声はすごく低くてドスがきいていた。

いつの間にか戸口にいたTシャツとスウェット姿の七緒は、肩にタオルを広げて濡れた髪を垂らし、おにぎりをのせた皿を持っていた。後ろで高津が「話の途中だろうが」と声をひそめて叱ったが、七緒は耳を貸さずにずんずん歩いてくると、皿をちゃぶ台に置くなり和希のそばに正座して、その怒りにきらめく眼光に和希は思わず背中を反らした。

「その上級生の電話番号ってわかる？」

「番号？　ってなんで……」

「電話して文句を言うに決まってるじゃない。大丈夫、私、得意だから。家の電話番号がわからないなら、あれの番号でもいいよ。みんなが持ってる……ヌマホ」

「ヌマホじゃねえスマホだ。スマートフォンの略だ。ネットの文章そのまま覚えんな」

「番号がだめなら、住所は？　箱にぎっしり牛のフンを詰めて、そいつ宛《あ》てに送りつけてやろう。私、明日の朝一番で裏のおうちの牛小屋からもらってくるから」

「箱ぎっしりの牛糞が届くって地味に恐ろしいなぁ……」

なぜか本人以上に腹を立てて復讐《ふくしゅう》をもくろむ七緒は、狩猟《しゅりょう》本能に目覚めた猫みたいに鋭く瞳をかがやかせており、和希はしばらくみとれてしまった。

「牛のフンは、配達の人が臭くて困るから、いいよ。もう昔の話だし」

「そう……和希がいいなら、いいけど。じゃあ、その教室の黒板に嫌なこと書いたやつのベッドにカメムシを百匹入れに行こう。私、明日そこの森で集めてくるから」

「ごめん、須加も俺の生徒なので、それはゆるしてもらいたい……」

手を上げてとりなそうとした仁科先生を、七緒がキッとにらみつけた。

「学校側は今回の事態をどうお考えですか？　もちろん黙って見過ごすことはありませんよね。今後どうやって和希を守るつもりなのかきちんと説明していただきたいです」

「おまえは何キャラなんだよ」

「──うん。今夜は、それを伝えるために来たんだ」

仁科先生は小さく息をついたあと、和希を正面から見つめた。

「今日の職員会議で決まったことを話す。まだ夏期講習期間は残っているけど、月ヶ瀬は特別に帰省してもらうことになった。今、台風が近づいてるらしくて天候が微妙だけど、フェリーがちゃんと運航するようなら、明日にでも俺が本土に送っていく。このことは、もうお母さんにも連絡してあるから」

話しながら仁科先生は、不本意だとよくわかる苦い色を目に浮かべていた。

七緒が、バシンとちゃぶ台を叩いた。

「それは解決じゃない、問題の後回しです！　学校という閉鎖社会の事なかれ主義と隠蔽《いんぺい》体質……むぐぐ？」

「さっきから何なんだ、おまえは。もしかしてアレか、学園闘争とかテレビにかじりついて見てた手合いか」

「椿《つばき》、何言ってるんだ？　学園闘争ってあれ、七十年代までの話だろ。俺たちだって生まれてないし、この子なんて影も形もないよ」

「……こいつは昔のもんに凝《こ》ってて詳しいんだよ」

高津におにぎりで口を封じられた七緒は、憤懣《ふんまん》やるかたない様子で雄々《おお》しくおにぎりを頬張り、その勇姿にみとれる和希に気づくと「なぜおまえは食べないのか？」というように目をみひらいておにぎりを突き出してきた。空腹というよりは七緒の迫力に気圧されてあわてておにぎりを受けとり、同様に勧められた仁科先生も「あ、どうも」と急いでおにぎりを齧《かじ》り、高津だけが台所から持ってきた缶ビールをゆうゆうと飲んでいた。

学校から言い渡された決定自体は、和希も予想していたものだ。夏休みが生徒の記憶を薄れさせる冷却期間になってくれるだろうし、それはたぶん自分への配慮でもあるはずだ。横浜の家に帰らなければならなくなったのは気が重いが、わがままが言える年齢でも身分でもないことはわかっている。ただ——夏休みが終わったあとはどうなのだろう。

「夏休みが終わったら、おれ、学校に来てもいいんですか?」

「当たり前だ」

仁科先生の言葉は、今までで一番強かった。

「月ヶ瀬が戻ってくるまでに、ちゃんと態勢を整えておく。もうこういうことは絶対に起こさせない。戻ってきたら、まずは一緒に文化祭を楽しもう。あ、ちゃんと家でピアノの練習しとけよ。『ツッキー・アンド・ミッキー』でステージ発表登録されてるからな」

最後は冗談めかした先生に、和希も小さく笑い返した。本当に笑えるかどうかではなく、思いやりを向けてくれる人にそうやって応えたかった。

やがて時刻は八時半をまわり、許可はとってあるから今夜は高津のところに泊まるようにと説明された。確かに寮に戻るのはさすがに気まずいので、和希は頷いた。それから、帰宅する仁科先生を玄関まで見送った時、ずっと気になっていたことをそっと訊ねた。

「先生。幹也、どうしてますか?」

靴ベラを使って革靴を履いていた仁科先生の表情が、ふっと曇《くも》った。

「尾崎な……実は今、俺の実家にいるんだ。ちょっと調子を崩してて」

何かの虫の知らせみたいに、古い屋敷のどこかで家鳴《やな》りがした。

「微熱もあるし、しんどそうで……たぶん精神的なものだと思う。あいつ、飄々《ひょうひょう》としてるように見えるけど、実はずっと気を張ってたんじゃないかな。糸が切れたって感じで、ぐったりしてる。寮に帰りたくないって言うから、学校に許可をとって、しばらく俺のところで預かることにしたんだ。確かに寮にいれば、みんなにあれこれ訊かれるだろうし」

「尾崎って前にうちに来たやつか？　ここにつれてきてもいいぞ。部屋なら余ってる」

「俺もそう思ったんだけど……本人が嫌がるんだよ。月ヶ瀬が見つかるまでは尾崎もかなり気を揉《も》んでたから、一緒に泊まったほうが安心するかと思ってそう言ってみたんだけど『いいです』ってその一点張りで」

でも心配いらないから、今夜はゆっくり休め。そう言って仁科先生は帰っていった。和希は立ちつくしながら、自分が疑われたと知った時の、幹也の傷ついた顔を思い出した。

幹也は、今どんな顔をしているんだろう。

＊

小学六年の二学期に転校してきた幹也は、自己紹介の時に「何をじろじろ見てやがる」という感じに挑戦的な目つきをしていて、それがかっこよくて好きになった。

友達として完全にうまくいっていたわけではないと思う。幹也が言うようにこちらは人間関係の機微にうといし、一緒にいると急に幹也がピリッとする瞬間があって、だけど自分の何が幹也をピリッとさせてしまったのかわからない、ということがときどきあった。

ただ幹也はそれを引きずらないし、大人びて少し斜にかまえた幹也と一緒にいるのは単純に楽しかったし、かと思うと「俺が歌うからピアノ弾いてよ」と意外にノリのいいことを言うこともあって、中学二年の文化祭で二人で組んで披露した尾崎幹也による尾崎豊《おざきゆたか》バラードメドレーは大好評を博した。

父の事件が起きたあとも、幹也だけはそばにいてくれた。

ただ、父が去ったあとには、そういう幹也が無性にうっとうしく思えた時期があって、かなりひどい態度をとった。話しかけられてもろくに答えず、無視して、避けて、衝動的にスマホを捨てた時もひと言も教えなかった。それで幹也も腹を立てて離れていけばいいと思った。もう誰もいらない。ひとりになりたい。そればかり思っていた。

高等部へは進まず離島の高校に行きたいと話すと、中学二年から持ち上がりで担任をしていた男性教諭は、意外なことに本気で心配してくれた。ただ和希の決意が固いのを見ると、シマ高の資料を取り寄せたり面接の傾向を調べたりと親身に協力してくれた。そして六月下旬の日曜日、都内でシマ高の出張説明会があるというので、出かけることにした。

その会場で幹也と遭遇した時には心底ぎょっとした。幹也は、しらっとしていたけど。

「あれ、奇遇だね？　こんなとこで会うなんて」

「奇遇なわけあるかバカ。なんで……あっ、先生から聞き出した？」

「それよりそろそろ始まるから座らない？　寮に入る気なら、そのギリギリ行動の習慣、直したほうがいいよ」

　この時はまだ冷やかしだろうと思っていた。しかし、夏休み中に采岐島《ときしま》で開かれるシマ高のオープンスクールのパンフレットを持って「チケットとか宿とか手配どうする？」と幹也が訊いてきた時、まさかこいつは本気なのかと青ざめた。

「ほんとに何なのおまえ、何が目的なの？」

「何その、俺が何かたくらんでるみたいな言い方。俺の繊細な心が傷ついたよ？」

「黙れストーカー」

「自意識過剰だな。俺だって前からあの高校いいなって思ってたんだよ。ユニークだし、進学も問題なさそうだし、島の風景きれいだし、何より寮に入れば親の顔見ずにすむし。それに島外生には寮費と食費と交通費の補助も出るでしょ。それがあれば、親にでかい顔されずにすむしね」

　幹也が何を考えているのか、本気でわからなかった。

　中高一貫の私立校に入学したということは、生徒も保護者も最初から内部進学を前提にしている。外部進学する生徒がいないわけではないが、かなりの例外的ケースだ。ましてや幹也の両親は息子をこの学校に入れたいがために引っ越してきたという話は聞いていたし、それなら親の猛反対は目に見えている。幹也だって、何もせずにいれば苦労なく一応名門と言われる大学まで進むことができるのに。——そもそも、幹也はわかっているのだろうか？　その島がどれだけ遠くにあるのかを。距離の遠さは、すなわち必要とする覚悟の強さだ。寮暮らしがしたいだけならもっと程よい距離で快適なところがいくらでもあるのに、なぜわざわざシマ高を選ぼうとしているのか。

わけがわからなすぎて途方にくれていると、幹也がそっと言った。

「一緒に行こうよ。ひとりじゃ、心細いから」

それから受験に向けて準備を進めるうち、幹也が本気だというのはわかったので、なぜという疑問は消えないものの、もう何も言わなかった。何か言ったとしても、一度こうと決めたら幹也はもう自分の気持ちを曲げない。そして皮肉なのだが、幹也が同じ高校に進学を考えているということが、反対を続けていた母と祖父の態度を軟化させた。「幹也くんが一緒なら……」と最終的にはしぶしぶ願書に署名してもらうことに成功し、入学試験も無事にパスして、四月の初旬、入寮の日が来た。

「なんか、三回目になるともう慣れたもんだね」

まず羽田《はねだ》から飛行機で移動し、それからフェリーを二つ乗り継いで采岐島に向かう途中、甲板《かんぱん》席で海風にあおられる髪を押さえながら幹也が言った。和希は黙っていた。この時は気が滅入っていたのだ。家を発つ時にリストに悲痛な声で鳴きつかれたのと、自分でそれを望んだはずなのに、これからまったく違う環境で暮らすことになるのだと骨身に迫って実感したのとで。こっちをのぞきこんだ幹也が、いきなり言った。

「歌う？」

「……はっ？」

「尾崎でいい？　やっぱり一番歌いこんでるから得意なんだよね」

「ちょ、待て」

止める間もなく本当に幹也はいい声を響かせて歌い出し、甲板席にぱらぱらと座っていたおばさんやおじいさんや女性二人づれが「何だ何だ」というように注目するので他人のふりをしようとしても遅かった。終わるとやんやと拍手が飛んで、幹也は胸に手を当てて芝居がかったおじぎをした。「にいちゃん、うまいのー」「次は津軽海峡《つがるかいきょう》歌ってよ」とリクエストまで出る始末で、しかも幹也も気安くそれに応えるものだから、あきれ返って見ているうちに気が滅入っていたことも忘れてしまい、あっという間に島に着いた。そして寮でルームメイトの顕光と修治に会って、にぎやかな学校生活になりそうだと思った。

『一緒に行こうよ。ひとりじゃ、心細いから』

あれは、幹也のことではなかった。

遠くへ行くんだと、誰もいらないと言いながら、本当はよるべない思いに息をつまらせていた自分のことを、幹也はたぶん誰よりもわかってくれていた。


「……大丈夫？」

そっと声をかけられて、和希はわれに返った。

高津邸の庭園を望む縁側で、膝を抱えていた。庭園の木々は雨に濡れて、まだそこまで強くはないが不穏な気配をはらんだ風に枝葉をゆらしている。今朝、仁科先生から連絡を受けた高津に、今日の帰省はとりやめになったと聞かされた。台風が予報とは違う進路をとってこちらに接近しているとかで、今日のフェリーが欠航になったのだ。大事をとって学校の夏期講習も今日は休みになるらしい。

七緒は板敷きの床にぺたんと正座し、小さく眉をよせた。

「顔色、よくない。昨日雨に濡れてたし、風邪ひいたのかも。休んだほうがいいよ」

「ん……平気」

太陽の光が届かない灰色の景色に、鈍《にぶ》い銀色に光る雨が降る。何度も空想した大洪水のはじまりのように、島に嵐が訪れようとしている。

「昨日、方舟のこと話したよね」

「え……？　うん」

「父さんが逮捕された日、映画を見てたんだ。ノアの方舟の話。たまたまテレビでやってて、だからたまたま見てただけなんだけど。人間は愚《おろ》かだから根絶やしにするって、神様が洪水を起こす。空が夜みたいに暗くなって、すごい雨が降り出して、どんどん、どんどん降って、洪水になって、世界中が深い海みたいになる。ノアたちは方舟にいるから助かるけど、最初はずっと、舟の外から悲鳴が聞こえるんだ。舟に乗れなくて、溺《おぼ》れて死んでいく人たちの悲鳴が。——みんなああなればいいって、本当はずっと、思ってた」

父が罪を犯し、家族も同罪だと迫害された時、加害者なのだから仕方がないのだと思う一方で体の奥底には怒りがたまり、腐った水が毒を持つみたいに、それは憎しみに変わった。人を言葉という凶器で切りつけ、なぶるおまえたちの行為は罪ではないのか？　相手が罪を犯した者とその家族なら、それは暴力ではなく被害者の恨みを晴らす正義になるとでも？　自分たちに浴びせられる無数の悪意を止める者は誰もなく、罰《ばっ》する者もどこにもいない。この世界全体が、そんな残酷《ざんこく》なあり方を容認しているみたいに。

だったらおまえたちこそ死ねばいい。

この世界もろともすべて破滅すればいい。

そう思いながら、何度もくり返される夢のなかで、洪水に呑まれる人々の悲鳴を聞いていた。その中には自分に何もしていない人も大勢いるとわかっている。だが助けようとは思わなかった。誰もゆるしはしない、何もかも壊れろと、夢のなかの自分は心を持たない者のように何もせず惨劇《さんげき》をながめている。

「和希の方舟には、誰が乗ってるの？」

澄《す》んだ七緒の声は、凍えている人にそっと上着をかけるみたいだった。

「……顕光と、修治。仁科先生と高津さん。両親は保留で、祖父ちゃんは、トイレくらいなら乗せてもいい」

「お年寄りは、大事にしないとだめだよ」

「でもほんとワンマンでうるさいから。リストは特等席で、……それから七緒と、幹也」

自分の名前が出て七緒はほほえんだが、それは青いガラスみたいにかなしげだった。

「和希は、舟に乗ってないの？」

七緒からゆっくりと目をそらし、膝を抱えた自分のつま先をながめる。いつも夢は、大切な人たちを乗せた方舟が水の彼方《かなた》に消えるのを見送って終わる。あとに残った自分は、水に沈んでいきながらやすらいだ気持ちで思う。これでやっと、自由になれると。

「幹也くんは、和希が舟に乗るつもりがないこと、知ってたんだと思う」

七緒がいきなり幹也の名前を持ち出したので、心を読まれたみたいで、ぎくりとした。

「……いや、こんな中二全開の話、あいつにしたことありませんけど」

「中二？　何言ってるの、和希は高一でしょう？　――そういうことじゃなくて、和希があまり自分を大事に思ってないことや、洪水になっても舟に乗らないでどこかに行っちゃいそうなこと、幹也くんはわかってて、だからいつも和希のそばで心配してたんじゃないのかな。私、文化祭の手伝いに行った時に幹也くんと話をして、そう思ったよ」

七緒の手がのび、そっと手の甲に重ねられた。かすかに石鹸《せっけん》のにおいがした。

「事情はわからないけど、幹也くんのことが気になってるなら、ちゃんと話をしたほうがいいと思う。和希を大切にしてくれる人のこと、和希もちゃんと、大切にしなきゃ」

諭すような琥珀色の瞳に見つめられて、自分が小学生かそれくらいの幼い少年になったような気がした。——女の子って、何なんだろう。スカイツリーと張り合って子供っぽくふくれたり、すぐに機嫌を損ねたり直したり。くるくるめまぐるしい感情にぽかんとしてながめていると、超能力者みたいに鋭くこっちを見透かして、一瞬で十歳も大人びたような顔になる。なんだか、とても敵《かな》いそうにない。

そんなことを思っている間に七緒が膝を前に進めて、ちょっとたじろぐほど距離をつめた。真顔で額に手を当ててきて、不覚にもどぎまぎしてしまったが、ひんやりとした手は心地いい。しかし七緒は「熱い！」と眉を吊り上げた。

「やっぱり熱ある！　だめじゃない、熱あるくせにこんなとこでぽやーっとしてたら！」

「いや、熱あるとか知らなかったから……」

「お布団敷いて、おじや作ってくる。ここじゃ風が当たるからだめ。ピアノの部屋に高津さんがいたから、そこに行ってて。ごはん出来たら呼びに行くから」

仁王立ちになって早口に指示をとばす勇姿にみとれていたら「はやくっ」と怖い顔をされてあわてて腰を上げた。七緒は運動中のリストみたいなすばやい動きで台所に向かい、和希もピアノの部屋に向かおうと歩きかけたが、足をとめて庭園に目をやった。

吹きつけただけで服が水気でしっとりと重くなるような、湿った風が木々をゆらしている。また少し強くなった雨を見て、馬鹿《ばか》みたいな考えが頭をよぎる。何もかも破滅しろと呪った自分の心が、本当に嵐を呼んで洪水を起こそうとしているんじゃないかと。

「……なんだ、ピアノ弾きに来たのか？」

ピアノの部屋に行くと、高津はソファに長い体をのばして文庫本を読んでいた。やっぱり今日も素足で、足の先がソファからはみ出している。蛍光灯《けいこうとう》の光を映す美しいグランドピアノの前を通りすぎ、和希は高津のそばで足をとめた。

「高津さん、仁科先生の実家の場所、教えてもらえませんか」

こちらを見上げた高津は眉をひそめて、本を閉じながら体を起こした。

「仁科は電話番で学校行ってるぞ。あいつシマ高の教師の中で一番若いから、そういう雑用よくやらされんだよ。用があるなら夕方ここに来るらしいから、それまで待ってろ」

「先生じゃなくて……」

うまく言えなくて言葉を途中で切ると、高津の目に察したような色が浮かんだ。

眉間《みけん》にしわを寄せて数秒後、高津がため息をついた。

「おまえ、住所言ったらどこかわかんのか？」

「全然わかんないです」

「早く覚えろ、地名をよ。少なくとも三年はこの島で暮らすんだろ。紙、持ってこい」

戸棚で見つけたメモ帳とペンを持ってくると、高津はさらさらと地図を描いてくれた。

彫刻界の異端児は、地図を描くのもうまい。しかも「面倒くせぇな」とぼやいていたわりに、完成図を見せながら詳しく道順も説明してくれた。

「あとこれ、持ってけ」

高津が地図と一緒に突き出したのは、自分の使っている旧式の携帯電話だった。

「昨日みたいにどこにいるんだかわからねぇ上に連絡もつかないんじゃ困るからな。中にこの家の固定電話の番号が入ってるから、何かあったらすぐかけろ。それから俺が呼び出しかけたらすぐに帰ってこい。午後から本格的に荒れるらしいから長居はすんな」

「はい」

「あと実家に帰ったらスマホ買ってもらえ」

「考えてみます」

「『はい』って言えよ、そこは」

高津に頭を下げて、ピアノの部屋を出た。極力音を立てないように廊下を急いで玄関に向かい、下駄箱にかけてあった高津の黒い傘を拝借して外に出る。

きっと七緒は、カンカンに怒るだろう。熱があるのにと、帰ったら叱られるだろう。

だけど、今すぐにでも幹也と話さなければいけない。そう思ったのだ。

3

仁科先生の実家は、島の西側の、海辺の近くにあった。

規模は高津邸と比べるべくもないが、丁寧《ていねい》に手入れされた心地よさそうな家だ。ただ、玄関前の赤いポストに錆《さび》が目立って、それは潮風が吹きつけるための塩害なのだろう。

チャイムを押すと「はーい」と女性の声がして、カラカラと玄関の引き戸が開いた。ひと目で、仁科先生の母親だとわかった。本当にそっくりだったので。

「突然すみません。仁科先生のクラスの月ヶ瀬といいます。先生にはお世話かけてます」

「あら、葵《あおい》の。どうも、こちらこそお世話になってますね。葵の母のシノです」

髪にふんわりとパーマをかけた小柄な人だった。今年で三十歳の仁科先生の母親だからそれなりの歳のはずなのに、すごく若々しい。あっと思うほど笑顔が魅力的で、引きこまれる。ん？　と思ったのは数秒後だ。シノって、どこかで聞いたような。

「……あの、まさか高津さんの家で働いてたりしますか？」

「椿くんとも知り合いなの？　あっ！　もしかして七緒ちゃんのことを気にかけて、よく遊びに来てくれてる男の子ってあなた？　あらー、そうなの！」

高津家のお手伝いさんである彼女は屈託《くったく》のない笑顔で、そうなの、まあ、とくり返した。

シノという名前から勝手にやさしいおばあさんのような人を想像していたのだが、まさかこんな若くてパワフルな女性で、しかも仁科先生の母親だったとは。世間せまいなと思ったが、よく考えるとせまいのは世間ではなくてこの島で、なるほどそうすると高津は仁科先生とその母親、仁科親子にそろって世話になっているのだ。

「葵に何かご用だった？　申し訳ないけど、葵は学校のほうに行ってるの」

「いえ、そうじゃなくて……昨日こちらに泊まった尾崎幹也、いるでしょうか」

シノさんは目をまるくしてから、ふわりとほほえんだ。

「お友達の様子を見に来たのね。でも、ごめんなさい。尾崎くん、さっき出かけたのよ」

「そうですか……行き先、言ってましたか？」

「いいえ、気分転換に少し歩いてくるって、それだけ。でも、台風が近づいてて危ないからお昼までには帰っていらっしゃいって言ってあるの。上がって待っててちょうだい」

どうぞ、と誘ってもらったが、少し考えて、そのへんを捜してみると答えた。昼までにはここに幹也が帰ってくると決まっているなら、それまで捜して、見つからなかったらまた戻ってくればいい。シノさんは、赤い傘をさして道路まで見送ってくれた。

まだ島の地理も覚えてないくせに捜してみると言ったのは、この界隈《かいわい》だけは歩き慣れていたからだ。仁科先生の実家は、あの神隠しの入り江の近くだった。島にはファミレスやコンビニなど、気軽に時間をつぶせる場所はない。だから道の脇に建つ神社だとか、看板が古びた個人商店なんかをのぞいてみたが、幹也の姿はなかった。

入り江に足を向けたのは、幹也の頭にもあの場所があるかもしれないと思ったからだ。

入り江に和希が入り浸っていたことも、そこで七緒を見つけたことも、幹也は知っている。外に出てそれを思い出し、ふと足を向けてみる気になったかもしれない。入り江に向かって海沿いの道を進んでいると、小さくめまいを感じた。高津の家で七緒に言われた時にはまったく自覚症状はなかったのだが、やっぱり熱があるのかもしれない。肌や耳の感覚が、いつもより過敏になっていてヒリヒリする。

そんなふうに体調が変わっていたせいなのか、雑木林で入り江への道をふさぐ注連縄《しめなわ》を前にした時、初めて畏《おそ》れのようなものを感じた。雨に濡れ、先もよく見通せないほど薄暗い雑木林は、咳《せ》きこみそうなくらい濃密な植物と土のにおいが充満している。人間の力がおよばない異界に足を踏み入れるような感覚をおぼえながら、注連縄を乗りこえて、道とも言えない細い草の切れ間を歩いた。鬱蒼《うっそう》と木々が茂った林の中は、枝葉で雨がさえぎられて、傘もいらないくらいだった。

林は唐突にとぎれ、まったく違う映画のフィルムをつないだみたいに砂浜が現れる。海の水をすくいとろうとしている巨人の両手みたいに湾曲した崖《がけ》が囲む、秘密の隠れ家のような海。望遠鏡の覗《のぞ》き穴のような岩間から見える、小さな遠い水平線。いつもは水底の砂や小魚さえはっきりと見えるほど透きとおった海が、今は灰色にくすんでいる。不穏に、ゆっくりと、白いしぶきを上げながら大きく波うっている。

入り江に幹也はいなかった。

ここがだめならもうお手上げで、大人しく仁科先生の実家で待たせてもらったほうがいい。ため息をつき、雑木林に戻ろうとしたその時、あざやかな赤い色が視界に入った。

とっさには視界のどこに映ったのかもわからないくらいに、小さな赤い何か。一瞬停止してから、和希は入り江を囲む左手側の崖をふり仰いだ。

ごつごつとした岩を緑の草が覆《おお》う入り江の崖は、正確な高さはわからないが、三階建てのシマ高の校舎よりも高く見えるから、二十メートル以上はあるだろう。その崖の上、海に向かってせり出した岩場に、赤い点が見えた。赤い傘が。

冷静になって考えれば幹也が赤い傘なんて使うはずがないとわかるのだが、その時は思いこんでしまっていた。シノさんが見送ってくれた時に赤い傘をさしていたから、幹也も彼女の傘を借りたのだと、熱に浮かされた頭がそんな早とちりをしたのかもしれない。

その左手側の崖には、崖の頂上まで続く階段が設置されている。階段といっても、岩の間に無理やりねじ込んだ木片の連なりといった感じで、手すりさえない。使うにはかなりスリリングな思いをしそうな見た目だったから、今まで入り江に通ってはいても、それを使って崖の上に行こうと思ったことはなかった。

けれど今はただあの赤い傘のことだけが頭を占めて、階段に足をかけた。晴れの日でさえきっと不安定なのに、今はさらに雨と風が吹きつけて、ときおりスニーカーの裏がすべってひやりとした。それでも、息を切らしながら、何とか崖の上にたどりついた。

「幹也」

呼んでから、赤い傘の下からのぞくのが、スカートをはいた少女の足だと気づいた。

違う、とやっと悟るのと同時に、彼女がふり返って、ひそやかに笑った。

「月ヶ瀬くん」

蜂蜜《はちみつ》みたいに、甘い声で呼びながら。

赤い傘の下でほほえむ三島《みしま》たまきを、頼れる一年一組の委員長を、和希はしばらく言葉もなく見ていた。停止していた頭が何とか動き出して、最初にこぼれた言葉が、

「ここで、何してるの」

「海、見に来たの。ここ、人が来なくて眺めがいいから。私ね、こんな島大嫌いだけど、台風の時の海は好きなんだ。すごくきれい」

たまきが立つ崖のふちには、転落防止のための鎖がめぐらされている。杭《くい》に鎖をつなげただけの簡単なもので、高さも彼女の腿《もも》くらいまでしかない。切り立った崖の向こうに広がる海は、今は灰色に濁り、不吉な低い音を立てながらうねっていた。それをたまきは、きれいだと言った。そして確か、本当になにげない口調で、こんな島大嫌いだ、と。

「月ヶ瀬くんは、尾崎くんを捜してたの？　さっき、幹也って言ったよね」

「……まちがえた」

「いなくなっちゃったの？　尾崎くん」

たまきは、まだほほえんでいる。誰からも好かれるやさしい目で、歌うような声で。

「昨日の尾崎くん、すごくショック受けてたもんね。月ヶ瀬くんを追いかけてって、でもひとりで戻ってきた時、とてもつらそうな顔してたよ。尾崎くんでもこんな顔するんだなって新鮮だった。いつもは余裕たっぷりに月ヶ瀬くんのことガードしてるから」

たまきは感じたことを話しているだけだし、いつもどおりに笑っているだけなのに、それがひどくちぐはぐで、うっすらと肌が粟立《あわだ》った。

ずっと、もしかしてと考えていたことが、やはりその通りだったのだと知った。

「昨日のあれ、やっぱり、やったの三島さん？」

「やっぱりって、月ヶ瀬くん、わかってたの？　みんなは須加くんだって思ってるのに」

わかっていた、と言えるほどではなかった。わかっていたとすれば、あれをやったのはヨシキではないということだけで。

「昨日、ネットのＵＲＬを印刷した紙が黒板に貼ってあったけど、あれはガムテープを使ってた。けどヨシキは、ガムテープがだめなんだ。接着剤でアレルギーが出るって」

「そうなんだ……知らなかった。でも、それですぐに私だってわかったの？」

「わかったってほどじゃないけど、一昨日夕方に顕光が教室によった時、三島さんだけ教室に残ってたって聞いたから。ああいう作業を誰にも見られずにできるのは、前の日の誰もいなくなってからか、朝のまだ誰も来てないうちだと思うけど、朝っていつ誰が来るかわからないから、おれだったら前の日のみんなが帰ったあとにする。それに、ヨシキが自分がやったって嘘ついてるのは、もしかしたら誰かをかばってるかもしれなくて、だったらヨシキがかばいたいのは、三島さんなんじゃないかって」

ごうごうと、海が鳴っている。それが夢の洪水の音とそっくりで、もしかして今自分は夢を見ているんだろうかと、小さなめまいの中で思う。

「私のことかばったのかな、須加くん。そんなの別に頼んでないのに。私、自分がやったって知られてもかまわないし、かまわないからやったのに」

「ヨシキは、三島さんのことが好きなんだと思う」

「うん、何となくそうなのかなって思ってた。感謝したほうがいいんだよね、私。好きになってくれてありがとうって。正直全然ありがたくないし、どうでもいいけど」

たまきが、傘を買ってもらったばかりの小学生みたいに赤い傘をくるくるまわす。傘を流れていた水滴があたりに散って、一瞬、小さな水晶の粒みたいに宙で光る。

「どうして？　おれにムカついてた？」

「私ね、月ヶ瀬くんのこと、ずっと待ってたの。本当は本土の高校に入るつもりだったけど、月ヶ瀬くんがシマ高を受けるって聞いたから、島に残ることにしたの」

言われたことの意味が、しばらく理解できなかった。

「おれがこの島に来るの、知ってたってこと……?」

「うん。月ヶ瀬くん、学校の裏サイトとか見る? 見ないかな、ピアノの練習で忙しかっただろうし、お父さんのことがあってからは、そういうのは見るのも嫌になったかもしれないね。だからスマホも持ってないんだよね? 月ヶ瀬くんの通ってた学校の裏サイトに、クラスメイトだっていう人がしょっちゅう書きこみしてたの。月ヶ瀬くんがどんな様子なのか、月ヶ瀬くんが何をされてるのか、ほかの人たちが煽《あお》るから、その人も調子に乗っていろいろ書いて、だから私、月ヶ瀬くんの中学の出席番号まで知ってるよ」

鳥肌がたっていた。忘れようとしても忘れられない、自分の意志のないところで自分を好き勝手にされるあの嫌悪と恐怖と絶望。喉の奥に吐き気が押しよせる。

「シマ高のこともその人が書いたの。『あいつ内部進学やめてトキ島とかいうすごい田舎の高校に行くらしい』って。島流しとかいろいろ言われてたけど、私、本当に驚いた。その時はまだ信じられなかったけど、夏休みのオープンスクールに月ヶ瀬くんが尾崎くんと一緒に来たから、本当なんだって泣きそうなくらいうれしかった」

「どうして……」

「どうしてって、どうしてうれしかったのかってこと? 月ヶ瀬くんが好きだからだよ」

ひたすら柔和《にゅうわ》なたまきの微笑に、かすかに苛立《いらだ》ちのようなものが混じる。まるでときおり幹也が見せる、理由のわからないピリッとした一瞬みたいに。

「会ったこともないのにって思う？　確かにそうだよね。私も最初は、好きっていうほどじゃなかった。お父さんの事件が騒がれて、それで月ヶ瀬くんまでターゲットになって、いろいろ写真とかピアノのコンクールで一位になったこととかがネットで流れて、それを見て少し興味を持っただけ。ちゃんと好きになったのは、動画を見た時」

動悸《どうき》がした。手が、指先から凍りついていくみたいに冷たくなる。

「月ヶ瀬くん、学校の人に絡まれて、すごくかなしくてつらそうな顔をして言ったよね」

──父は悪い人間じゃない。

「それから月ヶ瀬くんのことが忘れられなくなったの。あの動画もダウンロードして毎日見てた。そんなふうに誰かを好きになったのは生まれて初めてで、初めて私、生まれてきてよかったかもしれないって思った」

数秒気が遠くなって、気づくとたまきが目の前に立っていた。クラスメイトの体調を心配する委員長みたいに、小さく頭をかたむけてこちらをのぞきこんでいる。

「大丈夫？　顔色よくないね。……好きだったらどうしてあんなことしたんだって思ってる？　そうだよね。好きな人のことは、大事にしたくなるのが普通だよね。私も、そうだったらいいのにって思う。でも私、残念ながらそうじゃないみたいなの。ねえ月ヶ瀬くん、たとえば、この崖から今にも飛び降りそうな人がいたらどうする？　月ヶ瀬くんは、声をかけてやめさせようとしそうだね。でもね、きっと私は、気づかないことにする。そしてその人がどうするのか見てると思う。本当に飛び降りられるのか、知りたいから」

大きなめまいに襲われて、膝が折れてしゃがみこんだ。たまきも、スカートを丁寧に折りたたみながらしゃがみ、大丈夫？　とささやく。

「月ヶ瀬くん、入学したばかりの頃は誰かと笑ってても少し壁がある感じで、よく遠くを見てたよね。本当はもっと目立つ人なのに、一歩引いてみんなの中に埋もれようとしてたよね。今までつらかったんだろうなって、お父さんのことで本当に苦労したんだろうなって思って見てた。でもだんだん月ヶ瀬くんがよく笑うようになって、親切に文化祭の係も引き受けたりして、尾崎くんたちをかばって須加くんと喧嘩《けんか》したりもして、よかったなって思ってたの。これは月ヶ瀬くんにはいい変化で、よかったって思うべきことなんだろうなって。でも、なんだかまるで心に傷を負った人がのどかな田舎の島に来て、そこで素敵な仲間に出会って、恋をして、傷を癒《い》やしていくって、そんなありきたりでつまらない話の主人公に月ヶ瀬くんがなっちゃったみたいで——嫌だったの。だから、したの」

ごめんね、とささやく声に顔を上げると、たまきはかなしげにほほえんでいた。すさんだ翳りの落ちる、本当にさびしそうな顔だった。

「私の両親も、お祖父ちゃんやお祖母《ばあ》ちゃんも、みんな普通の人だよ。愛情深くて、ときどき無神経な、本当に普通の人。私がこういう人間だってことに気づかないし、疑いもしない。それなのにどうして私、こんな人間なのかな？　好きな人なんて世界で月ヶ瀬くんしかいない気がするのに、どうしてその人にあんなことするのかな？　どうしてクラスのみんなが月ヶ瀬くんのこと見て空気が凍ったり、尾崎くんが須加くんを犯人だと勘違いして食ってかかったりするのを見るとぞくぞくして、月ヶ瀬くんが傷ついた顔するとかわいそうって思うのに、もっと好きになるのかな。どこかがおかしいんだと思う。これっていつか治るのかな。それともずっと、やっぱり死ぬまで、私はこうなのかな」

　風が強くなっている。それとも崖の上だから風が強いのか。濡れたガーゼを貼りつけられるような重く湿った風に打たれて、体がひどく冷たい。もうきっと幹也も戻ってきている。七緒だって待っている。帰ろう。そう思うのに、体が、動かない。

「顔、まっ青。具合悪いんだね。立てる？」

　手首にふれられて、体がこわばった。それはたまきにも伝わり、彼女は睫毛《まつげ》をふせる。

「私のこと、怖い？　気持ち悪い？　そうだよね。私だってそう思う。あんなことしたんだからきっと二度と信じてもらえないと思う。でも月ヶ瀬くん、お父さんの事件があってひどいことたくさんされてから、自分が変わってしまったと思わない？　明るいところよりも暗いところにいるとほっとしない？　みんなと一緒にいると自分だけ分離してるような気がしない？　きれいなものより醜《みにく》いもののほうが本当だって思わない？　あの動画で月ヶ瀬くんのつらそうな声を聞いた時、この人ならそういう話ができるんじゃないかって思ったの。だから、好きになったの。今でも好き。たぶん生きてる間ずっと」

好きなの——

呼吸さえ感じるほどの近さから切なげにささやかれて、何か言おうとしたが、喉が痛いくらい渇いていて声が出なかった。——けれど、そうだ。

明るい場所よりも暗い場所にやすらぎを感じる。みんなと笑っていても自分だけが世界から剝離《はくり》したような気がする。人の善良な笑顔を見ていると、だがこの人だって絶対的に弱い獲物が目の前に投げ出されたらただ楽しむためにいたぶるのではないかと疑う。誰かを思いやる姿よりも、生《い》け贄《にえ》を求めるあの悪意こそが人の本当の姿なのではないかと。

「そんなの、好きって言わない」

鐘を鳴り響かせたみたいに、突然その声は空気をつらぬいた。

頰をたたかれたような心地で顔を上げると、灰色にくすんだ景色にあざやかに映える、夏の青空と同じ色の傘が目にとびこんだ。そして、勇ましい足どりで歩いてくる人影も。

傘とレインコートと長靴で完璧に武装した七緒だった。

七緒はずんずんとたまきに近づき、たまきが思わずという感じで立ち上がって後ずさると、和希を背にかばうように仁王立ちになって、決闘を申し込むみたいにくり返した。

「そういうの、私は好きって認めない」

和希はあっけにとられて、まっ青な傘をさして戦士のように立つ七緒を見上げた。あまりに驚いたので、しばらく人間の言葉を忘れてしまった。

「え……どうしたの？」

「どうしたの？」

そんな質問をする神経が信じられないというように眉を吊り上げて七緒がふり向いた。

「どうしたのって、何？　こっちが聞きたいのに。どうして熱があるのに出かけるの？　どうして台風が来てるのに出かけるの？　どうして高津さんが電話したのに出ないの？」

「電話？　そんなの来てな……」

ジーンズのポケットから出した高津の携帯電話を開くと『不在着信8件』と表示されていて、続きの言葉を呑みこんだ。どうも高津の携帯電話はマナーモードに設定してあったようで、ほかのことに気をとられていて気づかなかったのだ。

「ごめんなさい」

「おじやだって作ったのに」

「すみません。……けど、どうしてここが」

「昭和をなめるな」

戦闘力が全開になっている七緒は何を言っているのかちょっとよくわからなかったが、こくこくと頷いた。とりあえずここは恭順《きょうじゅん》を示しておくべきだと本能が告げていた。

「七緒ちゃん」

赤い傘を肩で支えるたまきは、そんな七緒の迫力にも一ミリも動じていなかった。ただし、もう笑ってもいなかった。

「さっき、認めないとか言ってたけど、それどういう意味？」

「たまきちゃんが和希を好きなのは本当かもしれないけど、でも和希を傷つけたり苦しめたりするなら、好きだなんて言わないで。絶対にそんなの認めない」

「なんで七緒ちゃんに認めてもらわないといけないの？　七緒ちゃん、神さま気取り？」

「だったら言い方を変える。自分のしたことに『好き』っていう言葉をつけ足して、まるで仕方がなかったことみたいに話すのはやめて。あなたがしたことは卑怯《ひきょう》な嫌がらせだし、和希はこれから学校で大変な思いをするかもしれない。そう仕向けたのは自分だって、自覚して。和希に悪いと思って。そしてもう絶対にそんなことはしないって誓って」

傘が押されるほど強い風が吹き、対峙《たいじ》する二人の少女の髪をあおる。まさしく一触即発の剣呑《けんのん》な気配に、ふらふら立ち上がりながら和希は止めるべきではないかと考えたが、二人の間に入ったとたん吹き飛ばされそうでどうにも勇気が出ない。

「すごいね、七緒ちゃん。本当に神さまみたい。それか道徳の教科書みたい。自覚しろとか誓えとか、人に言えちゃうほど偉いんだ」

「偉いから言うわけじゃないよ。そうしてもらわないと困るから頼んでるの」

「七緒ちゃんみたいな自分に苦労したことがない人にはわからないよ。わからないでしょ？　そういうきれいな考えしか頭に浮かばなくて、自分を疑ったこともないんでしょ？　私が言ったことなんか、考えてることなんか理解できなくて、せいぜい気味が悪いって思うくらいでしょ？　わからないなら放っておいて」

「わからないよ。好きなのにどうしてひどいことするのか、ぜんぜん理解できない」

無表情のたまきに、七緒は突きつけるようなまなざしで言う。

「わかってほしいなら、説明してよ。説明しないなら『わからないでしょ』なんてこれ見よがしに言わないでよ。だいたい、わからないなんてそんなの、お互いさまじゃない。たまきちゃんだって私のことなんか何も知らないしわからないでしょう？　何が不満でそんなにすねるの？　きれいで、人気者で、頭のいい委員長で、ちゃんと平成生まれの本物の十六歳だし、スマホだって持ってるし、スカイツリーだって見たことあるんでしょ。自分が十六歳の皮をかぶったおばさんなんじゃないかって悩んだことなんてないでしょ」

「……七緒ちゃん、途中から何言ってるのか全然わからない」

「たまきちゃんにもいろいろあるのはわかる。でも和希にだっていろいろあるし、私にだってあるし、だからそんなのは和希を傷つける理由にならない。ありきたりのつまらない話で何がいけないの？　仲間ができて、傷がなおって、和希がしあわせになるならそれでいいじゃない。それでいいって思うことが好きってことじゃないの？」

「――だから私はそういう人間じゃないの。私だって我慢してる。毎日、毎日、何年も、自分はおかしいって思いながら、本当の自分じゃない人間のふりしながら、すごく我慢してきたの！」

「だったらすごくすごく我慢してよ！　少なくても和希のことだけは絶対に傷つけないように。それができないなら、私のほうが百億倍好きだから、もう和希に近づかないで！」

嵐さえも切り裂くような七緒の声に、たまきが口をつぐみ、後ずさった。そして腿の裏に転落防止の鎖が当たって、たまきはそのまま鎖に腰かけた。すとんと、力なく。

二人の迫力に口をはさむことすらできず、無能な男になった気持ちで立ちつくしていた和希は、ズボンのポケットが震えていることに気づいた。携帯電話をとり出すと『家』と表示されている。鈍った頭のまま電話を耳に当てる。

「はい」

『てめえ、いい加減にしねぇと鑿《のみ》で削って赤く塗るぞ』

彫刻界の異端児はいたく腹を立てておいでで、ガラの悪さが普段の数倍になっていたが、それでも七緒とたまきに比べたら穏やかなもので、ほっとしてしまった。

『七緒がおまえを捜して外に出た。会ったか？』

「会いました。今、ここに……」

キシッ、という何かが軋《きし》むごく小さい音を聞いた気がして言葉がとぎれた。

空耳のようにも思えたが、あたりを見回す。『おい』と耳もとで高津の声が大きくなる。

『聞こえてんのか？　仁科んちに連絡して、尾崎ってやつもうちに来させた。七緒と一緒なら、あいつをつれてすぐに帰ってこい。これからどんどん天気がやばくなる』

「――たまきちゃん、そこ危ないよ。こっちに来て」

「放っておいて。七緒ちゃんの言うことなんか聞きたくない……」

三人分の声と、雨と、風と、荒い波音。それらの中から、さっきの音のありかを探る。聴音のレッスンのように、オーケストラの演奏からひとつの楽器の旋律だけをえり分けて聴くように、聴覚をありったけ研《と》ぎすませる。まだその音の正体もわかっていないのに、何かよくないことが起きようとしているという不吉な予感だけはくっきりと強かった。

そして、キシッ、とまた音がした。

銃弾の飛んできた先を追うように瞬時にふり向き、赤い傘をさしたまま転落防止の鎖に腰かける、たまきが目に飛びこんだ。

「三島さん、そこ離れて！」

七緒が驚いたようにこちらをふり向いて、たまきも同じように目をみはり、その一瞬後、がくんとたまきの体が沈んだ。

転落防止の鎖が杭から抜けて、外れる様子が妙にくっきりと見えた。びっくりした顔のまま、たまきが後ろ向きに倒れる。赤い傘がひらりと宙を舞い、崖の下へ吸いこまれる。

鎖が外れるのとほぼ同時に駆け出していた和希は、たまきの手首をつかんだ。

だが踏ん張った足が、雨に濡れた草の上で大きくすべった。

落ちる、としっかり認識はしているのに、体はまったく動かせない妙にゆっくりとした一瞬。それから完全に崖の外に自分の体が投げ出された浮遊感。

七緒が悲鳴のように自分の名前を呼ぶのを聞きながら、とっさにたまきの体を抱いて、そこでブラックアウトした。

*

耳の中に水が入る、身震いするくらい嫌な感触で目が覚めた。

左の頬を雨が打ち、右頬にはチクチクする草と硬い岩の感触がある。数秒、何が起きたのか思い出せずに和希はまばたきをした。次の数秒でいっきに思い出し、起き上がろうとした瞬間、胸を激痛がつらぬいて呼吸がとまった。心臓さえ一瞬とまった気がした。

目を上げると、三、四メートル上に先ほどまでいた崖の頂上が見える。杭から抜けて、垂れ下がった錆びた鎖も。さっきは気づかなかったが、崖の下には階段の踊り場みたいなスペースがあり、運よくそこに落ちたのだ。ただスペースといってもできることは大人しく寝ころんでいることくらいの広さしかなく、下に目をやれば崖にぶつかっては砕ける波が見える。精神衛生的によくない眺めなので、和希は目を閉じて顔の向きを変えた。

たまきは、わきに抱えられた恰好のまま気を失っていた。見たところけがはない。ほっと息をついた時、雨にまぎれる小さな声に気づいた。

「……早く、お願いします。何度も呼んだんですけど、まだ目を覚まさない。はい――」

七緒は、和希たちのいる奇跡的なスペースの端でしゃがみこんでいた。耳に当てているのは高津の携帯電話だ。さっきたまきに駆けよる時、無意識に投げ捨てたのだろう。

「……高津さん、いろいろ迷惑かけてごめんなさい。今日までありがとうございました」

膝小僧を抱えてうつむく七緒は、傷ついて泣いている幼い少女みたいだった。

「……私、帰らないと。できるかどうかわからないけど、帰らないと。本当はもっと早くそうしなきゃいけなかったのに……妹だって言って家に置いてくれて、ありがとうございました。私、きょうだいがいないから、本当はうれしかった。――だめ、できないです。すぐに帰らないと。私がいなくなったあと、もしかしたら騒ぎになるかもしれない。そうしたら私は家に帰ったって説明してください。最後まで面倒をかけて、ごめんなさい」

さよなら、とささやくように言った七緒は、携帯電話を下ろした。

そして顔を上げて、和希と目が合うと、安堵を通りこして泣き出しそうな顔になった。

和希は体を起こそうとしたが、また胸から脳天に突き抜けるような激痛が走ってくずおれた。七緒がすばやくかたわらに膝をついて、肩を押さえた。

「動かないで。高津さんに連絡したから。すぐに助けに来てくれるから、じっとしてて」

「……今の、帰るって、なに……?」

声を出す振動さえ体をバラバラにするようで、切れぎれにしか話すことができない。それでも訊かないわけにはいかなかった。さよなら、と七緒は言ったのだ。

七緒は苦しそうな顔で黙っていた。頬を幾《いく》すじも水滴が伝いおちて、それは雨のせいなのか、泣いているのか、わからない。

「私、帰らないといけないの」

「……どこに?」

「私が来たところ」

一九七四年。同じ島なのに、まったく別の時間に存在する場所。

「……なんで? 帰るって、どうして、そんな……」

めまいと体の痛みで頭が働かない。だけど考えなければいけない。どうして七緒は急にそんなことを言い出した? 何が起きた? ほんの少し前、崖の上でたまきと対峙していた時はいつも通りの七緒だった。普段はそんなでもないのに、いざとなったら強く勇敢な彼女だった。あれから今までの短時間に、いったい何が起きた?

「一九七四年で、私は悪いことをしたの」

七緒の、リストと同じ琥珀色の瞳が静かにうるみ、透明なしずくが頬に落ちた。

「和希が危ない目に遭《あ》ったのも、けがをしたのも、そのせい。私のせい。だから、どうしなのおかしいよ。どうしてそんなふうに思いこむの」
「……待って。何言ってるの？　そんな何十年も前のことで、おれがけがするとか、そん
ても帰らないといけない」
「思いこみじゃない」
また七緒の瞳から、雨ではないしずくがこぼれる。帰らないと。小さな声がささやく。
「帰るって、だってそんな、どうやって」
「死のうと思って、この崖から飛びこんだの。でも死ななかった。それで、目を覚ました
ら、和希がいた」
七緒は立ち上がり、崖の下の海へまっすぐな目を向ける。ざっと冷気が背中を駆け下り
た。たぶん胸のどこかで骨か何かがおかしいことになっている、その激痛も忘れて和希も
岩につかまりながら立ち上がり、力まかせに七緒の腕を引きよせた。
「だから、もう一度同じことをしたら、帰れるかもしれない」
「何言ってんの……？　帰るとかじゃなくて、死ぬだろ普通に！　だいたい、なんで急に
意味わかんないこと言って帰るとか――ここにいればいいだろ、ずっとここで暮らしてい
けばいいだろ、なんでそれじゃだめなの？　夏休みだから一緒にいれるし、文化祭もある
し、きみが聴きたいって言うから地味にピアノも練習してたし、なのにどうして――」
声がとぎれた。七緒のほほえみがあまりにも大人びていて、もう彼女はどんな言葉にも

心を変えないほど強く決心しているのだとわかった。

「私も、そう思ってた。ずっとここにいたいって。和希と一緒に文化祭を見てまわって、そのうちシマ高で一緒に勉強もできるようになって、これからの秋も、冬も、春も、ずっと和希といられたらどんなにいいかって。もしかしたら、そうできるんじゃないかって。……でも、やっぱりそれ、うまく言えないけど、本当じゃないの。ここは私がいるべきところじゃないの。私は、逃げて、このまま逃げられるんじゃないかって思っていたけど、やっぱりそうはいかなくて、罰を受けた。しかもそれは私自身じゃなくて和希に向いた。わかってる？　私たち今ここに立ってしゃべってるけど、これってすごくギリギリのことなんだよ。たまきちゃんも、和希も、ここじゃなくて海に落ちてもおかしくなかった。死んじゃってもおかしくなかった。もしそうなってたら和希はもうピアノも弾けない、勉強もできない、将来なりたいものとか、そういうものも全部だめになる。お父さんも、お母さんも、お祖父ちゃんも、幹也くんも、高津さんも、仁科先生も、和希のことを好きな人がたくさんいるのに、私のせいで、みんなが和希を失うところだった」

「……でも死ななかったよ。それでいいじゃん。さっきはおれが勝手に落ちたんだ」

「そうじゃないの」

「石頭だな。じゃあ台風のせいだよ。あとで仕返ししとくからとりあえず落ち着いてよ」

涙目のままふき出した七緒は、それからまた、はりつめた静謐《せいひつ》な瞳に戻った。

どうあっても行く気なのだと悟って、もう片方の七緒の腕も力ずくでつかんだ。説得が通じないならもういい、実力行使だ。男でよかった。正直腕力にそこまで自信はないが、少なくとも七緒よりは強い。助けが来るまでここを一歩も離れさせない。暴れるようなら手荒な真似《まね》だってする。とにかく七緒が、馬鹿げた考えを捨てるまで。

けれど七緒は、予想していたどんな動きとも違うことをした。

ふわりと羽みたいにかるく身をよせて、不意をつかれた隙に、そっと唇にあたたかくやわらかいものがふれた。

どうして手をゆるめてしまったのだろう。お互いの虹彩《こうさい》の輪郭《りんかく》もわかるほどの距離で、恥ずかしそうにほほえんだ七緒は、どんなにしっかり抱いていてもその気になれば簡単に逃げてしまう猫みたいに、するりと腕から抜け出した。

「さよなら」

小さなささやきの意味を理解したときには、もう、そこに彼女の姿はなかった。

人間は、見たくないものは見ないし、聞きたくないものは聞かないことができるのだと何かで読んだことがある。その通りなのだろう。その瞬間を確かに見たはずなのに、まったく覚えていない。たぶん小さな別れの言葉を聞いた時から、脳が停止したのだ。その時に起きたことも、その意味も、もうそれ以上何も考えずにすむように。

「和希」

正気に戻ったのは、パンと頰を軽くはたかれた時だった。痛くはなかった。目の前に、高津が立っていた。いつの間にか草が茂った崖の頂上にいて、高津に黒い傘をさしかけられている。周囲にはレインコートや長靴を身に着けた大人が何人もいて、外れた転落防止の鎖を見て大きな声で話したり、崖の下をのぞきこんだりしている。

「七緒はどうした」

暗い鉛色の空の下でも高津の三白眼はくっきりと強く、声も風雨をつらぬいて響いた。

答えようとしても、ひくりと喉が震えただけで、何の音も出なかった。

高津の眉根が一瞬きつく寄せられ、それから、グイと頭にタオルをかぶせられた。

「──もういい、今は何も考えるな」

頷いて、言われたとおりにした。心を守るために感情のスイッチを切って、そのとたんに体をつらぬく胸の痛みを思い出し、高津に倒れかかって意識を手放した。

第四章　未来よりも遠い場所

1

ねっとりとした泥の中から、地上に顔を出そうともがくように目が覚めた。

黄味をおびた光が弱く部屋を照らしている。光源はベッドの頭側の壁にとりつけられたサイドランプで、顔に直接光が当たらないように、壁のほうを向いてセットされている。

仰向けになったままぼんやりとした和希《かずき》は、手が温かいことに気づいて首をめぐらせ、そこで初めてベッドのわきの椅子《いす》に人が座っていたことを知った。

自分が目覚めるまでずっと手を握っていた人影は、眠っているか、あるいは何かに打ちのめされたみたいに頭を垂《た》れている。

「……ここ、診療所？」

ぴくりと頭をもたげた幹也《みきや》は、友人が目を開けているのが錯覚ではないことを確かめるみたいに凝視して、数秒後、小さく頷《うなず》いた。

状況を把握《はあく》しようと少し体を動かしたら、また痛みに襲われてうめく羽目になった。机に突っ伏して長時間寝てしまった時のゴキゴキに硬くなった体、あれを何十倍もひどくしたみたいに体中が痛い。人の手でここに運ばれたはずなのに、何も思い出せない。

「おじさんは、俺を助けてくれたんだ」

夜の水道からぽつりと水滴が落ちるような、そんな声だった。

「──なに？」

「中二の夏休みに、ソーシャルゲームのオフ会に参加した。集まったのは十人くらいだったけど、大人が多くていろいろおもしろい話が聞けたから、そのあとも集まりがあったら参加してた。とにかく家で親といるのは嫌だったし。ただ、やっぱりネットで知り合った人間は信用できないから、本名は言わなかったし、歳《とし》も成人してるって嘘《うそ》ついて、集まりに行く時は個人情報の載ってるものは一切持ってかないようにしてた。連絡先を交換する時も、何かあったらすぐにブロックできるやつだけにした」

静かに、静かに言葉を紡《つむ》ぎ続ける幹也の声に、和希は黙って耳をかたむけた。

「変な感じになったのは、九月の終わりくらい。その時はカラオケに集まったんだけど、メンバーの一人が『いいもの買わないか』って言い出したんだ。サプリとかああいう感じの袋に入ったハーブみたいなやつで、早い話、ドラッグなんだけど」

「だめじゃん、そういうの」

「うん、俺はやってない。ただメンバーはみんな乗り気で、ここでひとりだけ拒否すると面倒なことになるかもって空気だったから、とりあえず買うだけ買って解散したあとすぐに捨てた。やばい感じになってきたからもう顔出すのはやめようって思った。──それで終わる話だと思ってたんだ、その時は」

そいつは『キクチ』って名乗ってた——幹也は抑揚《よくよう》のない声で言った。

「俺より前からオフ会に出てた男で、もちろん本名じゃない。本当の名前も、歳も、おじさんのことがニュースになった時に初めて知った」

心臓がリズムを乱した。幹也が何を語ろうとしているのか、やっと悟って。

「さっき話した日は塾で模試があって、その帰りにオフ会に寄ったんだ。塾で使った荷物は駅のコインロッカーに預けたけど、塾の会員証をポケットに入れたまま忘れてた。いつ盗まれたのかわからない。俺も最初はどこかで落としたんだと思って、塾で再発行してもらった。けど何日かしてから塾が終わって外に出たら、キクチが待ち伏せしてた」

「……なんで？」

「俺を脅《おど》すため。その時にはもうキクチは俺の家も、俺が通ってる学校も調べてた。ドラッグを買ったことを親や学校にバラされたくなかったら金を払えって、そう言われた」

語り続ける幹也の全身が、夏だというのに冷凍したみたいに冷えてこわばっているのが、ふれたわけでもないのにわかった。

「もちろん断った。確かに買ったけど、俺は使ってないしすぐに捨てたんだから。だけどキクチは、今は買っただけで罪になるんだって言った。証拠は何もないって言っても、じゃあオフ会のやつをつれてきて証言させよう、一緒におまえの学校に行ってやるって言う。俺のしたことが本当に罪になるかどうかは別にしても、もしキクチがその通りにしたら、間違いなく親は俺を殺すくらい怒るだろうし、学校でも処分を受けるかもしれない。でも、金を払えって言われてもキクチが言うような額は無理だ。そう言っても『高い私立の学校に行ってんだから親にもらえばいいだろ』って聞いてくれない。でも一度払えばこいつは絶対にまた要求してくる。じゃあどうしようって考えても、だめで——あの時、俺はガキなんだってわかった。俺は同じ歳のやつらよりちょっと頭いいつもりでいたし、ちょっと落ち着いてるつもりでいたし、大抵のことは自分で解決できると思ってた。でもそうじゃなかった。いい気になって油断して、簡単に押さえこまれて、蜘蛛《くも》の巣に引っかかったみたいに身動きとれない。どうしようって、そればっかり頭の中ぐるぐるして……その時、おじさんが助けてくれたんだ」

幹也は痛みを覚えたように数秒まぶたを閉じ、また静かに語り出した。

「今の話、キクチは目立ちたくないみたいで、塾から駅前のファミレスにつれていかれてしてたんだけど、急におじさんが入ってきて『幹也くん、こんな時間にどうしたんだ？』って話しかけられた。和希の家で会う時は本当にやさしそうな人なのに、その時はスーツ着てて、すごくバリッとしてて驚いた。キクチも固まってた。仕事の帰りに俺がキクチと歩いてるところ見かけて、わざわざ車降りて追いかけてきてくれたらしい。なんだか様子が変だったから、って。たぶん俺の親だって、そこまでしないのに」

父は、幹也が好きだった。遊びに来た幹也と会うとニコニコ喜んで「幹也くんみたいなしっかりした友達が和希にいてよかったなあ」と口ぐせのように言っていた。

「キクチはおじさんに『この子に何か？』って訊《き》かれたら黙って逃げた。『今の人は誰？』って訊かれて、全部話した。どうすればいいのかわからなかったから。おじさんは黙って聞いてくれて、もしまたキクチから連絡があったら絶対に会わないで、おじさんに教えるように言われた。――キクチから連絡が来たのは、金曜日の夜だった。次の日、あの歩道橋に金を持ってこいって内容だった。俺はおじさんに電話して、そのことを伝えた」

今でもはっきりと覚えている。ピアノコンクールで一位をとった一週間後の、十月初旬の土曜日。家族で出かける予定だったが、父は前の晩に急な仕事が入ってしまい、予定はとりやめになった。父はひどくすまながって、何度もごめんなと言いながら出かけていったが、事件が起きたあと、あの日父には仕事の予定などなかったとわかった。

「『彼と話をしてくるから幹也くんは家から出ないで待ってなさい』って言われた。他人なのに、和希の友達だってだけなのに、そこまで頼んでいいわけなかったけど、でもほかにどうすればいいのかわからなくて、おじさんからの連絡を待ってた。だけど夜になっても何もなくて、どうしたんだろうって胸騒ぎがして、次の日の朝、あのニュースを見た」

幹也の唇が震えるのが見えた。その震えを消すように、きつく唇を引き結ぶのも。

「――いつか警察から連絡が来ると思ってた。本当だったらおじさんはキクチとは何の関係もなくて、俺のために話をつけに行ってくれただけなんだから。事情聴取とか、詳しいことはわからないけど、おじさんがそういう話をして、俺にも連絡が来るだろうって。でも、いつまでたっても何もなかった。何回もニュースが流れて、ネットを見ると吐き気がするくらいひどいこと書かれてて、和希も何日も学校休んで、なのに、俺には何もない。おじさんは俺のことを黙ってるんだって、俺のために何も言わないでいるんだって、やっとわかった。……警察に行って話したほうがいいんじゃないかって、何回も思った。俺がキクチに脅されてたってこと、おじさんはそれを助けようとしてくれたってこと。だけど何回も思ってるのに、考えると夜も眠れないのに――結局黙ってた。自分がやったことがバレるのが怖かったし、自分のせいでこんなことになったことも怖かった」

「じゃあ、おれには？」

ずっとそばにいたのだ、あれから二年近くもの間。

その間、他人に言うのは怖くても、せめて自分に告げようとは思わなかったのか。

肩の線をひどく硬くした幹也が、勇気をふり絞るようにまっすぐ顔を上げた。

薄明かりのなか、こちらを見つめた幹也の瞳《ひとみ》は、たとえようもないほど悲痛だった。

「ごめん」

永遠にやまないような雨音が、遠く聞こえていた。

父は、幹也が好きだった。

たぶんピアノにかまけてそれ以外のことはぼんやりしている息子と付き合ってくれる、

大人びてしっかり者の友人は、父にとっても大切な存在だったのだろう。他人であっても、家族ではなくても、自分の子供と同様に守るべきものだったのだろう。

そして守られた幹也は黙っていた。もしかすれば父の罪を軽くできたかもしれない事実を隠して、その償《つぐな》いのように自分のそばを離れず、こんな遠い島にまで一緒に来た。

その間も何度も言おうとして、それでも言えず、ずっとひとりで秘密を抱えつづけて。

それなら。

それなら幹也は、とても、とても、苦しかっただろう。

「あのさ」

うつむいていた幹也が肩を震わせ、何を言われても耐える気でいるような顔を上げた。

「関係なかったよ、それ」

「……そんなはずない」

「関係なかったよ。どっちみちもう終わってるし、だったら、幹也には何も気にしないで高校生やってほしいって、父さんは言うと思う」

今となっては何もわからないが、それだけは確かに言える。父はそういう人だ。

そういう人だから、父のことが、本当に好きだったのだ。

まだ自分をゆるせないような顔をしている幹也に、そっと続けた。

「男に手握られてもうれしくないからそろそろ離して」

「……ひどくない？」

「七緒《なな お》は」

なるべく普通に問いかけようとしたのに声がかすれて、言葉を切った。

幹也は、察したように答えた。

「あの子なら大丈夫だよ。俺は会ってないけど、さっき高津《たかつ》さんが『けがもしてないし、うちでぴんぴんしてる』って言ってた」

――そうか、高津はそういうことにしたのか。

頷いて、少し寝たいと頼んだ。幹也は心配そうだったが、静かに病室を出ていった。

『私は悪いことをしたの』

『だから、どうしても帰らないといけない』

七緒は、帰ったんだろうか。それとも。

どちらにしろ、はっきりしていることがひとつある。

もう二度と、七緒に会うことはない。


「きみは今ね、右の第五肋骨《ろっこつ》と第六肋骨、つまり上から五番目と六番目の肋骨にひびが入ってます。まあでも、折れてなくてよかったですねぇ。今日あたりが一番痛いと思うけど、安静にしてたらそのうちくっつきますから。あ、そうそう、今くしゃみや咳《せき》をすると悶絶《もんぜつ》しちゃうと思いますからね、気をつけてくださいね」

七緒を診療所に運びこんだ時にも応対してくれた老医師は、のんびりした口調で病状を説明してくれた。その話が終わらないうちに和希はくしゃみをしてしまって地獄《じごく》の苦しみを味わい「あはは、痛いねー」と背中をさする老医師にイラッとした。

仁科《にしな》先生も見舞いに来てくれて、無事でよかったとため息のように言われた。目の下のクマから蓄積された疲労がうかがえて、このところ立て続けにトラブルを起こしているこ とが申し訳なくなった。幹也もまたやって来て、気の利くことに自分が読んでおもしろかった本と寮に置きっぱなしだったポータブルプレイヤーを持ってきてくれた。

父が使っていたプレイヤーには、父が好きだった曲が詰まっている。幹也が帰ったあと、イヤホンをはめて一曲を再生した。リストの『愛の夢第三番』。古い記憶の中で父が弾いていた曲。これは元は歌曲で、愛しうる限り愛せ、できうる限りやさしくあれ、どんな時もその人に喜びを与えよ、どんな時もかなしませてはならない――そんな歌詞がついている。たぶん父はあの時、母を想ってこの曲を弾いていたのだろう。

ぬくもりに満ちた旋律をリピートして聴くうちに眠っていたらしい。人の気配を感じて薄目を開けると、ベッドわきの椅子に母が座ろうとしていたところだった。

「……なに？　なんでいんの？」

「あなたが肋骨にひびを入れたからに決まってるでしょう」

母はきっちりしたワンピースに薄いカーディガンを重ねていたが、よく見ると化粧をしていなかった。厳しい祖父に育てられたせいか、身なりには気を遣う性格なのに。もしかしてあわてて来たんだろうか、と思ってながめていると母に軽くにらみ返された。

「崖《がけ》から落ちたって仁科先生からうかがったけど、どうしてそんなところに行ったの？」

「高校生にはいろいろあるんです」

「前の日に、お父さんのことでクラスで嫌がらせを受けたって聞いたわ。——もしかして、変なことを考えたんじゃないの？」

あまりに深刻な母の口調にきょとんとし、それから、母が何を考えたのか悟《さと》った。

「全然違う。そっちこそ変なこと考えないでほしい」

むしろこれは名誉の負傷と言ってもいいものだ。そんなナイーブな高校生だと思われるのは心外だ。と怒ってみせても母の厳しい表情はなかなかほどけなかった。

「覚えておいて。あなたが死んだら、私も、二十四時間以内にあとを追って死ぬ」

「……重くて怖いこと言うなよ。祖父《じい》ちゃんだっているのに」

「近くにいい施設があるから大丈夫よ」

祖父が聞いたら泣いてしまいそうだ。

母とずっと目を合わせているのは気まずくて、窓のほうに視線を逃がした。雨が降っているのに雲間から陽《ひ》がさして、空中の雨粒や濡れた木々の葉が、きらきらと光っていた。

「――こんな時に悪いけど、和希と話したいことがあるの。今、その話をしてもいい？」

ためらいがちに手をのばすような声だった。ため息をついて、母のほうに顔を向けた。

「私とお父さんが、もう一度結婚することになったら、和希はどう思う？」

「……はっ？」

「つまり、復縁ということだけど」

あまりの衝撃発言にしばらく絶句してしまった。母は緊張した面もちで返事を待っている。どうやら冗談ではないらしい。マジか。

「……何それ？　復縁って、じゃあ何、なんでそもそもあの時に別れたわけ？　なんで、あの時は何も訊かなかったのに今さらおれに訊くの」

言葉を継ぐうちに、あの時の混乱と怒りがぶり返してきた。大人たちが自分には何も訊かず、何も告げず、勝手にすべてを決めて終わらせた。

母はこうして責められると覚悟していたかのように、わずかも目をそらさなかった。

「あの時――お祖父ちゃんはずっと和希のことを心配してた。これだけ事件が知れ渡ったら、きっと行く先々で苦労する。結婚にも支障が出るかもしれない。せめて離婚して縁を絶ったほうがいい。和希には将来があるんだから、って」

顔に水をかけられた気分だった。父が逮捕されて家の中が一番暗かった時期、母に声を荒らげて別れろと迫る祖父を見たことがある。あの時は、完璧主義の祖父が罪を犯した父を憎んでいるのだと思っていた。だから切り捨てようとしているのだと思っていた。

「それにね、お祖父ちゃんの話を伝えたわけでもないのに、お父さんも同じことを言ったの。自分がそばにいると、きっと私や和希を苦しませてしまうって。和希、いつの間にかピアノのレッスンを辞めてたでしょう。『先生と合わないから』ってあなたは言ったけど、本当は違うわよね。何かあったのよね。お父さんはすごくショックを受けてた。あんなに好きだったレッスンを和希が辞めるはずがない、自分のせいだって。合わせる顔がないし、これ以上和希に苦しい思いをさせたくないって――あの人、私の前で泣いたのよ」

和希、和希、と。自分の名前がくり返される。自分の知らない、過ぎ去った時間の中で。

「私も、お父さんと話していてわからなくなってしまった。家族なんだから何があっても離れたりしないって思っていたけど、でも、もしかしたら離れたほうがお父さんはこんなに苦しまなくてすむのかもしれない。それに、お父さんは私と結婚する時に月ケ瀬《つきがせ》の籍に入ってくれたでしょう。離婚すれば旧姓に戻って、きっと社会復帰もしやすくなる」

それに――と痛みをこらえるように母の目もとが引きつれた。

「そもそも私と結婚したことが間違いだったんじゃないかって、思ってしまったの。私と結婚するためにお父さんはピアノをやめた。そしてお祖父ちゃんの仕事を継いだ。本当はあの人、あんないつも神経をキリキリさせているような仕事はちっとも向いてないのに。もし私と結婚しないで、世界的ピアニストにはなれなくても音楽に関わる仕事について、別のやさしい誰かと暮らしていたら、きっとあんなことは起こらなかったのに。――こんなに長い間、私たちのために自分の人生を預けてくれたんだから、もうお父さんを自由にしたほうがいいんじゃないかって思ったの。それがお父さんのためにしてあげられることなんじゃないかって、あの時は、本当にそう思ったのよ」

泣いてもおかしくない話をしているのに、母は涙を流さなかった。やさしくささやくような雨音が聞こえる。和希は、窓の向こうで光にきらめく雨をながめた。

みんな、独りよがりだ。

祖父は孫を、父は妻と息子を、母は夫を。心から思いやっていたのは確かだろう。その言葉と行為は自分を計算に入れない、きっと人が愛情と呼ぶものだったのだろう。でも、そうだとしても、誰か訊いてほしかった。

和希、おまえはどうしたい？

訊いてくれたなら、答えたのだ。みんなと一緒にいたい。そうすれば、何があったって自分は負けないんだと。

だけどみんな、そんなに独りよがりになるくらい、あの頃は疲れていたのだ。

自分だって両親の決定を聞いた時、やめろと怒鳴るのではなく、怒りを燻《くす》ぶらせながら部屋に閉じこもり、沈黙することを選んだ。もうあまりに、疲れたから。

「……でも、どうして急に復縁する気になったの」

復縁って口にすると妙な気分になるなぁと思いながら窓に顔を向けたまま訊くと、

「あなたが、この島の高校に入ったから」

と母は言った。意味がわからず、眉をひそめてふり向くと、ほほえまれた。

「和希がこの島に来たのは、何ていうか、公的な家出だったのよね。私に怒ってたから」

「……家出とかいう安い言い方やめてほしい」

「ショックだったし、さびしくもあったけど、でもね私、すごいなあって感動もしてたのよ。飛行機に乗って、それからまた船を乗り継いで何時間もかかるくらい遠い島に、ひとりで行っちゃうんだなって。なんてパワフルなへその曲げ方なんだろうって」

「へそ曲がってねーし」

「しかもこれまでとはまったく違う知らない土地できちんと暮らして、お友達もできてるし、微妙に女の子にもモテてるし、有名な芸術家さんとも仲良くなってるらしいし」

「待って、なんでそんなにおれの学校生活に詳しいんだよ」

「あ。……うん、ちょっとね、幹也くんが定期的にメールをくれて」

スパイ幹也、全快したらわかめ大盛り三カ月の刑に処す。

「そんなあなたを見てたら、私は？　って考えるようになったの。これからどうするか」

あれから、と母はささやくように言った。

「私はもうしあわせを感じちゃいけないんじゃないかと思っていた。人が亡くなっているんだから、笑うことは不謹慎《ふきんしん》なんじゃないかと思っていた。でも、これからも毎日は続く。そしていつか終わってしまう。残された時間をどうするのか考えた時、私、笑っていてほしい人が三人いるの。あなたと、お父さんと、ついでにお祖父ちゃん。リストも入れたら四人ね。だから、ゆるされないのかもしれないけど、もう一度やり直したい」

顔を上げた母は、静かに、まっすぐに、見つめてきた。

「だから、あなたの考えも訊きたいの。和希はどう思う?」

「……おれは一回も、別れてほしいなんて言ったことない」

とてもじゃないが正視して言えなかったので目をそらすと、ほほえむ吐息が聞こえた。

「そうよね。——本当に、そうだったよね」

廊下《ろうか》で、台車が移動するような音が聞こえた。人が歩く時にリノリウムの床がキュッと鳴る音も、かろやかな雨の音も。

「父さんは、何て言ってんの?」

ふとそこが気になった。きょとんと目をまるくした母は、小鳥みたいに首をかしげた。

「何も言ってない。お父さんにはまだ連絡してないから」

「……は?　何も話してないのに復縁とか言ってんの?　だって、いきなり復縁しようって言われても父さんがどう思うかわかんないし、嫌がるかもしれないし、もしかしたら」

すでにほかに女が、と言いかけたが、よく考えると音楽バカで母にぞっこんだった父が果たしてほかの女性にモテるのだろうかと疑問になったので、言うのはやめておいた。

「嫌がる？　お父さん、嫌がるなんてことあるのかしら」

母は今初めてその可能性に思い当たったというように眉を八の字にした。驕《おご》り高ぶりなどとはもはや次元の違う、天然要塞《ようさい》のような信頼と自信に息子は内心おののいた。

「……よかったね、父さんと結婚できて。ほかの男じゃ無理だったと思うよ」

「もちろん、よくわかってる。それで？　そういう和希はどうなの？　仲のいい女の子がいるって幹也くんから報告を受けてるわよ」

ひびの入った肋骨よりもさらに奥、もっと深い胸の一点に、鋭い痛みが走った。

いたずらっぽく笑っていた母が、ふっと笑みを消した。事情なんて何も知らないはずなのに、肝心《かんじん》な部分を一足飛びに理解したような深い色が瞳に広がった。

「さっきお医者様に聞いたけど、今晩まで様子を見て問題がなさそうだったら明日退院できるそうよ。私は今晩近くの旅館に泊まるから、お医者様の許可が出たら一緒に帰りましょう。お祖父ちゃんはすっかりさびしい老人みたいになって元気ないし、リストも和希がいなくてすねてるの。二人に顔を見せてあげて」

でも今は、休んだほうがいいね。おやすみ。

心臓に爪を立てる痛みをなぐさめるようにそっと手の甲をたたかれて、和希はまぶたを閉じた。もうそれ以上、痛みの理由を考えずにすむように。

2

筋書きのよくわからない長い夢を見ていたら、ひそひそ声に意識を引き戻された。

「和希くんのお母さん、すごい美人だったね……」

「あれが王子のＤＮＡのルーツなんだな」

「和希くんなかなか起きないねえ……」

「寝坊王子だもんなぁ」

「なんか僕まで眠くなってきちゃったよ……」

「よし、眠気覚ましに、あっち向いてホイやるか」

この声は、と目を開けると「くそう、なんで俺が向くほうわかるんだ？」「顕光《あきみつ》くん、正直者だからわかりやすいんだよね」とジャンケンをしている顕光と修治《しゅうじ》がいた。二人とも学校帰りなのか制服の半袖《そで》白シャツと黒ズボンのままで、しばらく熱い勝負を観戦していると、ふとこちらに気づいた顕光が目を剝《む》いた。

「起きてんなら声かけろ！」

「白熱してたから、悪いかなって思って」

「和希くん、具合どう？　入院したって聞いてびっくりしたよ」

お人よしのクマみたいな修治が眉尻を下げる。穏やかなまる顔を見ていると、やっぱりほのぼのして和希は笑みをこぼした。一方の顕光は、武士っぽい顔をしかめている。

「台風の日に崖から落ちて肋骨にひび入れるって、おまえ顔に似合わずアクティブだよな」

「へへ」

「褒めてないよ、笑ってんな。それにおまえ、あんなことあったあとだから、もしかしてって思って――」

途中で口をつぐんでしまった顕光は、なんだかつらそうに表情を翳《かげ》らせた。

「ごめんな」

何を謝られているのかわからなかった。修治も、顕光と同じような顔で目をふせる。

「一昨日、学校で……落書きのことで揉《も》めた時。黙って見てるだけで何もしなかった」

「何もって、幹也のこと止めてくれたじゃん」

「あれは別だよ。おまえにってことだよ。――クラスじゅう変な空気になってて、ヨシキがおまえにひどいこと言って、嫌だって思ったんだ。何とかしなきゃって。けど何て言えばいいのか、何すればいいのか、頭うまく動かなくて」

「おれだっていきなり顕光が芸能人の息子とか、修治が社長の息子とか言われたら、驚いちゃって何も出てこないよ」

顕光に湿っぽいのは似合わないし、修治はかなしい顔をしてはだめなのだ。顕光は「うちの親は銀行員だって」と苦笑して、高潔な武士みたいにまっすぐにこちらを見た。

「あのさ、今までどおりでいいんだよな？　おまえの父さんの記事、俺とシュウも読んだけど、前に尾崎《おざき》が言ってたみたいに俺たちが知らない事情がいろいろあったんだろうし、知らないから俺たちはそれに何も言えない。だからこれからも朝におまえが寝坊してたら叩き起こすし、一緒に飯食って学校行って、終わったら寮の同じ部屋に帰ってきてバカみたいなことしゃべって、勉強して、風呂入って寝て――いいんだよな、それで」

本当は、きっともう今までどおりの生活はできなくて、寮の部屋も変えられるかひとりになるかで、おそらく顕光や修治と暮らすことはもうないんだろうと思っていた。何より、顕光も修治も自分と一緒に生活することは望まないだろうと思っていたので、

「そうしてもらえると、うれしい」

締めつけられるみたいに胸が痛いのに、そんなつまらないことしか呟《つぶや》けなかった。本当は、打ち上げ花火くらい派手に表現したほうがいいような気持ちだったのだけれど。

「あとね、和希くん。僕、もうひとつ告白することがあるんだけど」

修治が、ぼそぼそとした声で切り出した。

「さっき和希くんが言ってたとおり、僕、社長の息子なんだ」

「え」

「は」

「稚内《わっかない》でね、昆布《こんぶ》の加工してる小さい会社なんだけど。和希くん、わかめが苦手だから昆布も嫌かもしれないと思って言えなかったんだ。もちろん昆布とわかめは全然別物なんだけど、日本人の二人に一人は昆布とわかめの区別がついてないって言うし、昆布のほうがわかめよりさらにぬるっとしてるし、もちっとしてるし、栄養はたくさんあるんだけど胃にもたれるし」

　本当に修治は社長の息子だったのか。そしてわかめと昆布は別物なのか。いろいろと衝撃を受けたが、とにかく修治にかなしい顔をさせてはいけないので、

「わかめは嫌いだけど、昆布は平気。むしろ大好き」

と心にもないことを言うと、修治は蜂蜜《はちみつ》を見つけたクマみたいに幸福そうに笑った。

「ほんと？　うれしいな。お土産《みやげ》に昆布たくさん持ってくるから楽しみにしててね」

「……う、うん」

「俺はせんべい持ってきてやるよ。いまの実家、埼玉だから」

　顕光と修治は、夏期講習期間が終わる明後日に帰省するらしい。それでも一週間程度でこちらに戻ってきて、文化祭の準備にとり組むと張り切っている。顕光と修治もすっかりシマ高の異様な文化祭熱に感染しているもようだ。

「あのさ……三島《みしま》さんのこと、何か聞いてる？」

「三島？」

そろそろ帰ると二人が腰を上げた時にさりげなく訊いてみたが、目をまるくした顕光の表情から、崖から落ちた時たまきも一緒だったということはクラスには伝わっていないのだとわかった。仁科先生の判断だろうか。確かにそのほうがいい。

「そういえば三島、今日は欠席したんだ。体調崩したらしくて。しかも先生が、もしかすると三島は夏休み明けまで学校に来れないかもしれないから、三島が担当してた文化祭の仕事、みんなで分担するかもしれないって言ってさ。三島、委員長だしみんなに頼りにされてるからかなり仕事抱えてたじゃん。三島がいないとまずいんじゃないかって、クラスでも騒いでるんだよ」

じゃあな、しっかり治せよ。そう言って、顕光と修治は病室を出ていった。

*

翌朝、退院の許可が出て、横浜《よこはま》の実家に帰省することになった。

一度寮に戻って荷物をまとめなければと思っていたのだが、前の日に母が学校側に許可をとって荷造りしていたらしく、朝に診療所に来た母からリュックを手渡された。母親に持ち物をさわられたなんてと顔を押さえていたら、母はクイと片眉を上げて「安心して、私は受けとっただけでほとんどは幹也くんがやってくれたから」と言った。それはそれで幹也はそのうち本当に乳母《うば》になるんじゃないかと心配になる。リュックをのぞくと夏休みの課題とあとは簡単な着がえだけが入っていた。何ともあっさりした中身だが、考えてみればほんの四カ月前まで住んでいた家に帰るだけだから、これで十分かもしれない。

フェリーの乗船時間は十二時すぎだったが、それまで三時間も母と二人きりでいるのも気づまりだし、行きたいところもあったので、時間を決めて港でおち合うことにした。

たまきの自宅は、シマ高から徒歩十五分ほどの地点にあった。

ゆったりとした庭のある二階建ての家で、表札の下にあったチャイムを鳴らすと、しばらくしておっとりとやさしげなおばあさんが出てきた。たまきの祖母だろう。たまきのクラスメイトだと名乗ると「あらぁ」とそれはうれしそうに笑った。

「たまきちゃん、学校のお友達がお見舞いに来てくれたよ。かっこいいイクメンだよ」

「……お祖母《ばあ》ちゃん、イクメンは子育てに積極的な男の人のことをいうの。かっこいい人はイケメンっていうの」

「つまりどっちも男前ってことだね。とにかく入ってもらうからね」

おばあさんが上がっていった二階からそんな会話がもれ聞こえ、しばらくすると危なっかしい足どりで階段を下りてきたおばあさんが「どうぞ上がって」と笑った。どうもたまきの部屋に通されるようで、女の子の部屋にやすやすと男を入れていいのかと思ったが、ひびの入った肋骨が痛まないように、慎重に階段を上った。

「……私の顔なんて二度と見たくないんじゃないかと思ってた」

ゆったりとした部屋着のワンピース姿のたまきは、ベッドに腰かけていた。シンプルで整頓《せいとん》された部屋だった。どうぞと指で示された机の椅子に座ると、勉強道具のほかに、関東圏の大学の資料が置いてあるのが目に入った。

「入院したって仁科先生から聞いたけど、もういいの？　肋骨が折れたって」

「いや、ひびが入っただけ。さっき退院した」

「……ごめんなさい」

「別にこれは三島さんのせいじゃないから」

教室で話す時には他愛ない話題でさらさらと会話できたのに、今はぎこちなくて空気が硬い。でもこれまでにあったことを考えればそれも仕方ないのだろう。物事は人との関係を変えるし、変わってしまった関係は、完全に元に戻ることはない。

「調子が悪いって聞いた。学校にも、夏休み明けまでもう来ないかもって。もしかして、崖から落ちた時にけがしたりした？」

「そういうわけじゃないよ。月ヶ瀬くんが助けてくれたから、私は何ともなかったし」

「じゃあ、どうして」

たまきは手もとに目を落としたまま何も答えない。どこにも焦点を合わせない目つきは、どことなくすさんで、投げやりに見える。

こんな顔を知っている。

父の裁判が終わって両親が離婚したあと、洗面所の鏡をのぞいた時に映った自分の顔だ。もう誰もいらない、すべてどうでもいいと、何にも望みを持たなかったあの頃の自分。

「取り引きしたいんだけど」

たまきは、爪をさわっていた指をとめて眉をひそめた。

「取り引き？」

「三島さんがやったこと、おれは今日で忘れるから、代わりに三島さんは文化祭の仕事を最後までやってほしい。先生は三島さんの仕事をみんなで分担しようとしてるみたいだけど、今だって全員いっぱいいっぱいなんだからこれ以上は無理だよ。体が大丈夫なら明日からでも学校に行ってほしい。おれは今から実家に帰るけど、一週間くらいで戻るから」

たまきは、ますます眉をひそめている。ふしぎだが、欠点のない委員長のようにほほえんでいた頃よりも、そんな装《よそお》わない表情をしているほうが彼女はきれいに見えた。

「月ヶ瀬くん、そういうキャラだった？　文化祭とか興味ないと思ってた」

「別にそんなことないけど」

「七緒ちゃんのため？　七緒ちゃんが文化祭を楽しみにしてるから？」

「うん」

「……はっきり言うんだ。月ヶ瀬くんって、実はデリカシーないよね」

「たまに幹也にも注意される」

そこで引き戸が開いて「お茶ですよぉー」とおばあさんが笑顔をのぞかせた。おばあさんがしわだらけの手でくれたのは冷たい麦茶で、喉《のど》が渇いていたからおいしかった。

「取り引きっていうけど、私は別に月ヶ瀬くんがゆるしてくれなくてもいいよ。クラスの子や先生にバラされて居場所がなくなっても、吊るし上げられても、殴られたって別にいい。本当は誰もそんなに好きじゃなかったし、ここにいたいわけでもないから。月ヶ瀬くんはやさしいから、そんなひどいことできないだろうけど」

「できるよ」

両手でつつんだコップからこちらに目を上げるたまきを、和希も見つめ返した。

「おれはたぶん、三島さんが思ってるよりも百倍はひどいことができる。その気になれば誰かを死にそうなくらい追いつめることもできると思う。おれは世界中の人間が死ねばいいと思ってたし、実際、頭の中では何回も何人も殺してる。すぐには死ねないすごく苦しむやり方で」

たまきのなめらかな頬《ほお》がこわばる。けど、と続けながら、あの猫みたいな琥珀《こはく》色の瞳を思い出す。笑った顔も、怒った顔も、嵐のなか涙をためて何かを切に願っていた顔も。

「けど、誰かを大事だって思うと、そういうひどい気持ちが小さくなるんだ。消えるわけじゃないけど、小さくなって、それを毎日くり返して、だからまだやってない。三島さんは自分をおかしいって言ったけど、たぶんおれも十分おかしいんだと思う。でも別に法律違反してるわけじゃないし、おかしいからって生きてちゃだめなわけでもないと思うよ」

コップの中で溶けた氷が、チリンと鈴みたいな音を響かせた。

うつむき加減になり、長い髪で表情を隠していたたまきが、わかった、と呟いた。

「今日、お昼食べたら学校に行く。文化祭のこと、遅れてる分もちゃんとやるから」

「や、明日からでいいんですけど」

「そんなにすみからすみまで指図されたくないの」

ひっそりと顔をしかめながら吐き捨てた姿がちょっとかっこよくて笑ってしまいそうになったが、それをしたらまたデリカシーがないと言われる気がしたので自重した。

茶の間でテレビを見ていたおばあさんに麦茶のお礼を言って、玄関から門の外に出ると「月ヶ瀬くん」とたまきが呼んだ。不安げに眉をよせながら。

「七緒ちゃんって今どうしてるの？　あの夜、ちゃんと親戚の人の家に帰った？　うちのお父さん、役場の総務で消防団の取次とかしてるんだけど、台風が通過したあと、昨日の夜明けから消防団の人が入り江に集まったらしいの。誰か捜索してるみたいだって」

「……その捜索って、何か見つかったの？」

「たぶん何も。何かあったら騒ぎになってるはずだし、小さい島だから絶対に伝わってくる。はじめはもしかして七緒ちゃんが海に落ちたんじゃないかって思ったんだけど、違うみたいだし——月ヶ瀬くん、あれから七緒ちゃんに会った？　ちゃんと無事なの？」

思いがけないその事実は、希望をもたらしたようにも、混迷を深めただけにも思えた。

月ヶ瀬くん？　とたまきが不安そうに呼ぶ。和希は息を吸い、ゆっくりと吐いた。

「もういない。帰ったんだ」

「……帰ったって、本土の家に？」

「うん」

「でも島に引っ越してくるって——戻ってくるの？　文化祭すごく楽しみにしてたのに」

「もう戻ってこない。さよならって言われた」

瞳をゆらした彼女は、本当に突然の別れにショックを受けているように見えた。

だからなるべくやわらかく、いたわりをもって響くように、じゃあまた、と別れの挨拶《あいさつ》をして、和希は背中を向けた。

3

その足で高津邸に到着した和希は、大名屋敷のように立派な門の前でしばらく迷った。

七緒がいた頃は、好きに通用口から入っていいと言われた。でも、七緒がもういない今はどうなのかわからなくて、だいぶ悩んでから、表札の下のチャイムを押した。

しばらくして「はーい」と通用口を開けたのはシノさんだった。仁科先生から事情を聞いているらしく「月ヶ瀬くん！　体は大丈夫なの？　大変だったわね、もう痛くない？」とすごく心配してくれたあと、こう続けた。

「椿《つばき》くんは出かけてるの。もしあなたが訪ねてきたら『入り江にいる』って伝えるように言われたわ。それでわかるだろうからって言うんだけど……大丈夫？」

　和希は頷いて、シノさんに頭を下げてから、通い慣れた田んぼの中の道を戻った。海をながめながら西の方角に歩く。何でもない顔をしていても、本当は水が満杯になっている水槽を持って歩くみたいに慎重に。いろんなことを思い出しすぎないように慎重に。

　白い紙垂《しで》をつけた注連縄《しめなわ》で入り口をふさがれた雑木林《ぞうきばやし》に入ると、まだ湿った土の香りが色濃く漂《ただよ》っていた。林の至るところの、重なり合った木々の葉の隙間《すきま》から、金色の光が細い鎖のようにこぼれ落ちている。雨の名残りの露《つゆ》がきらきらと光る草の道を歩いていくと、やがて唐突に木立が切れる。

　入り江の青い海をながめる砂浜に、黒い服を着た高津の背中があった。

　左手に大きめの冊子のようなものを持って、煙草《たばこ》を吸っているのだろう、細い煙が風にさらわれていく。真夏なのに毎日あんな喪《も》に服しているような恰好《かっこう》をして、高津は暑くないのだろうか。背の高いうしろ姿をながめていると、高津がふり向いた。

　目が合った高津は、黙ってジーンズの尻ポケットから携帯灰皿を出して煙草をもみ消した。高津はいつも、和希や七緒が近づくとまだ長い煙草でもすぐに消してしまう。そういえば最初からそうだったのだと思い出しながら、和希は高津のとなりに並んだ。

「肋骨どうだよ」

「まだひび入ったままだと思います。死にそうになるんで、笑わせたりくしゃみさせたりしないでください。……よく覚えてないんですけど、台風の夜、おれ高津さんの前で倒れましたよね。高津さんが診療所に運んでくれたんですか？」

「俺はチェーンソーより重たいもんは持たねぇ主義だ。仁科もあそこにいたから、あいつ呼びつけて運ばせた」

「なんかちょっと高津さんにがっかりしました」

「なんでだコラ」

「仁科先生には迷惑かけっぱなしで申し訳ないです」

「迷惑かけられんのがあいつの仕事だろ。あいつの頭にハゲができるくらいかけとけよ」

「また友達にそんなことを」

「だからあいつは友達なんかじゃねえ」

横顔をしかめた高津は、ふっと口を閉じ、短い沈黙をはさんでから静かに言った。

「あいつは友達じゃない」

「そんな二回も言わなくても……」

「俺の親父《おやじ》は女たらしのクソ野郎だが、もしあの男が死んだら、仁科も俺と一緒に高津の土地だのあの家だのを相続することになる」

相続なんていう高校生の日常ではまず耳に入らない言葉にとまどって、意味を理解するまでに時間がかかった。やっと理解してから、息をのんだ。

『俺の親父が女たらしのクズで、俺に腹違いのきょうだいが何人もいるのは本当の話だ』

七緒を腹違いの妹だと偽《いつわ》って自分の屋敷に引きとる算段をつけた時、何のつもりでそんな嘘をつくのかと問い詰めた和希に、高津はそう言ったのだ。そして、仁科先生とは互いを知り尽くしたように接するくせに、何度も「友達ではない」と否定していた。

「……じゃあ、シノさんって」

「あの人は親父に愛想《あいそ》尽かして出ていった母親の代わりに昔から俺の世話をしてくれた。感謝してる」

高津は深い暗色の目を、崖に囲まれた入り江の海に向けている。

「けど俺がおまえくらいの頃は……いや、おまえよりも年下だな。十四歳の頃はむしゃくしゃして仕方なかった。こんなド田舎の島でやれることなんか高が知れてるが、それでもやれる悪さは全部やった。うちがどんなにドロドロ腐っておかしい家なのか筒抜けになってるこんな島、出ていきたくて仕方ねえのに、結局俺は親父を頼らなきゃ生きていけないガキで、どこに逃げても最後には帰ってくるしかない。誰にも会いたくなくて、立ち入り禁止のこの入り江に入り浸って、それで八月の終わりに、あいつをここで見つけた」

　穏やかな波音が響く。はるか遠い過去へいざなうように。

「七緒と同じで、診療所で目を覚ましたあいつも、最初はわけがわからないって顔をしてた。ただあいつは七緒の十倍は立ち直りが早くて、次の日には『この二〇〇一年のカレンダーは本物なのか？　ここは二〇〇一年なのか？』『自分は昨日まで二〇七九年にいたのにこれはどういうことだろう？』って俺を質問攻めにした。ドン引きだよ。やばいやつに関わっちまったと思った。そいつは住所も電話番号もすらすら言うくせに全部でたらめだし、采岐島《ときしま》生まれの采岐島育ちだって言うから親父が役場で調べさせたが、そんなやつはこの島に存在しない。親類に引きとらせようにもそんな調子だから身元も知れない。しかもふざけたことに外面だけはいい親父が、身元がわかるまであいつをうちで預かると言い出した。これも何かの縁だ、高津が島の庄屋《しょうや》だった頃はこんな『マレビト』を高津で世話してたんだ、とか言ってな。あのクソ野郎のことだから本心はあいつに興味を持ったんだろうが、とにかくあいつはうちの離れで暮らすことになった」

　高津はその人の名前も性別も口にしない。和希は、今では高津のアトリエになっているあの離れの、かたすみにひっそりと置かれた胸像《きょうぞう》を思い出した。清いものと純真なものが結晶になったような、やさしくほほえむ女性の像。誰にどんな条件で乞われようと高津はそれを手放さないのだと、仁科先生は言っていた。

「その人、アメリカ同時多発テロを予言したんですよね」

「ああ。そいつは島の歴史を研究してたらしくて、ほかにもこまごまこの先島で起こることを俺に話した。シマ高がそのうち有名になることとかもな。当時のシマ高なんて離島の底辺校だったから鼻で笑って聞いてたよ。それからあいつは、俺のことも話した」

入り江を囲む崖の切れ間、望遠鏡の覗《のぞ》き穴のような空間の向こうにある水平線よりも、もっとはるかに遠いどこかを高津は見つめている。

「『私はたぶんあんたを知ってる』とあいつは言った。『私が生まれる前に他界したが采岐島には有名な芸術家がいた。教科書にだって載ってる。名前は高津椿。あんたのことに違いない』ってな。俺はドン引き通りこして黙りこんでたけど、あいつは大まじめだった。『なのにあんたはなぜそんなに投げやりなんだ？　どうしてくだらないことをして自分を貶《おとし》めるんだ？　いずれ歴史に名を残す男がそんなことでどうする。自分の両手をしっかり見ろ。その手で何ができるのかあんたは知らなくちゃいけない』──まったくな、じんましんが出そうな台詞《せりふ》だろ。けどあいつは、俺にそう言ったんだ」

高津が、うらやましいほど指の長い右手をながめる。和希は今の自分より年下の、中学生の高津の姿を想像した。きっともっと背が低くて、華奢《きゃしゃ》で、独特の三白眼《さんぱくがん》は持て余した感情のせいで今より鋭かったかもしれない。自分の未来を予言する言葉を疑いつつも、まだどう使うべきか知らなかった自分の両手を見つめる、十代前半の少年。

「だけど、そんなふうに威勢のよかったあいつが、だんだんふさぎこむようになった。『いつになったら戻れるんだろう。どうしたらいいんだろう』って俺にまで弱音を吐くようになった。あいつは元いたところに家族を残してきてたし……約束した相手もいたみたいだった。だから二人であいつが帰るための方法を調べることにした」

「でも、本当は、帰らせたくなかったんじゃないんですか」

高津は、答えたくないことを訊かれた時にいつもそうするみたいにスルーした。

「あいつはもともと島の歴史を研究してて、島に伝わる『神隠し』のことを調べるためにこの入り江に通っていたら、崖が崩落して海に落ちた、そして目が覚めたら二〇〇一年にいたんだと言った。そこから『神隠し』に何か秘密があるんじゃないかと調べて、そのうち人が消える『神隠し』と、突然人が現れる『マレビト』の現象はつながっていると仮説を立てた。それで島の『神隠し』の資料や、うちの蔵の『マレビト』の記録をあさって、生存してる『神隠し』の体験者に話を聞きに行った。話したよな、ヤエコのことは」

「耕平《こうへい》のひいお祖母さんですよね」

「当時もかなりの歳で何を訊いてもあやふやだったが、あいつはヤエコと二人きりで話したいと言って、俺を外に出した。そのうちあいつも戻ってきたが、その時に様子がおかしいとは思ったんだ。覚悟決めたような顔をしてた。あいつは『入り江で調べたいことがあるから先に帰ってくれ』と言ったが、俺は気になってあとを追いかけた。そして……」

　ゆっくりと高津は首をめぐらせ、入り江を囲む左手側の崖を仰いだ。岩の隙間を縫《ぬ》って設置された古びた階段の、その先にある、草むした崖の頂上を。

「あいつが、あそこに立っているのを見た。あいつも俺に気づいて、何か言ったようだった。何と言ったかは聞こえなかったし、そもそも勘違いだったのかもしれない。どうしてなのか、あの時のことはよく覚えてねえんだ。――ともかくそれきり、あいつは消えた。すぐに親父に伝えて、このへんの陸も海も捜索したが見つからなかった」

　嵐の去った、ひたすら穏やかな波の音が、子守歌のように聞こえていた。

　名前を知らない大きな鳥が、悠然《ゆうぜん》と翼をひろげて風をとらえ、沖の彼方《かなた》に飛んでいく。

「その人は、帰ったんだと思いますか？」

「そう思うことにした。あいつは帰りたいと焦ってはいたが、やけを起こして自殺まがいのことをするような人間じゃない。たぶんヤエコに『神隠し』から戻ってきた方法を聞いて、あいつはそれを実行した。そしてあれだけ捜しても見つからなかったのは、あいつが帰りたいと願った場所に帰ったからだ。そう思っておくことにした」

　だからおまえもそう思っておけと、高津はそう言うためにこの話を聞かせたのか。

　嵐が遠のいてすぐの夜明け、密《ひそ》かに消防団が入り江を捜索したのは、高津の手引きだろう。そしてかつての出来事をなぞるように、波間に消えた彼女は見つからなかった。

「もし、その人が本当に帰ったんだとしたら、高津さんがすごい芸術家になって、歳をとって死んだあと、その人はこの島で生まれるんですね」

はるか彼方の、よく希望とともに語られる未来という場所に、高津が想うひとはいる。

「いいですね、高津さんは。その人に会うことはできなくても、これから何かを残して、届けることができるんだから。けど七緒は、もし本当に帰ったとしても——」

過去に届くものなどありはしない。

今まで、遠い未来とか、はるかな未来とか、深く考えもせずに言っていたがそれは違う。本当に遠い場所は、過去だ。すでに彼方へ過ぎ去り、もう二度と戻ることはない時のことだ。どれほど手をのばしても届くことはない。伝えたい言葉があってもそのすべはない。川に浮かぶものが必ず下流へと流されていくように、一秒がすぎるごとに自分は七緒から遠ざかっていく。

「高津さんのほうが、おれよりずっとマシですね」

焦《こ》げつくような衝動で吐き出したあと、今すぐ消えたいほどの自己嫌悪に襲われた。

なぜ高津に、そんなひどいことが言えるのか。おそらくはずっとここで自分を待っていてくれた彼に、これまでにも何度も助けてくれた彼に。さっきの話だって、きっと本当はずっと胸にしまっていたものを、自分をなぐさめるために聞かせてくれたのに。

息をしていることすらやましい気分でうつむいていると、高津がサンダルで砂を踏みながらこっちに近づいた。

くしゃくしゃと髪をかきまぜられた。何度も、何度も、ひどくやさしい手つきで。

喉がつまって苦しくて、ひびの入った胸が痛くてたまらなくて、体を硬くしていると、ぽんと頭に何か平たいものを乗せられた。

「いらなかったら捨てろ」

頭のそれを押さえながら顔を上げたのと同時に、高津は歩き出して雑木林に消えた。

それは砂色の表紙のスケッチブックだった。

ページを開くと、鉛筆描きの島の風景があった。太古のままの山々と海原の眺め。港の船に雄々《おお》しく立つ漁師。実った稲を刈る人々。草原でよりそう二頭の馬。丘の上に見えるシマ高の校舎。隠れ家のような入り江。そして真ん中のページをめくり息を忘れた。

七緒と自分がいた。

ピアノの鍵盤《けんばん》に手を置く自分と、となりから好奇心旺盛《おうせい》な顔でのぞきこんでいる七緒。鍵盤をすべる指の角度や、七緒の肩からこぼれ落ちる髪の質感さえもがあまりにも克明で、あざやかに記憶がよみがえる。そう、高津の家のグランドピアノを初めて見た日、七緒に迫られて『ラ・カンパネッラ』を弾いた。事故みたいな学校の自己紹介は別として、もう二度とピアノを弾くことはないだろうと思っていたのに、七緒があまりに感動するから、また彼女のために弾きたくて七十年代の流行《はや》りの歌を片っ端から聴いた。ルームメイトもまざって合唱した『翼をください』は、高津も失笑するくらい大盛り上がりだった。

次のページは七緒ひとりだけ。夏の花が咲き群れる庭で、ホースで水を撒《ま》いている。

次のページはまた七緒と自分。微妙な距離を開けて縁側に座り、顔を見合わせて笑っている。七緒といる時に自分がこんな楽しそうに笑っていたことを、初めて知った。

次は、また七緒だけがいた。名前を呼ばれたみたいにこちらをふり向いた角度。鉛筆の濃淡だけで表現されているとは思えないほど深い瞳。そう、大好きな飼い猫とよく似た、琥珀みたいに色の淡い、見つめているとなつかしくやすらかな気持ちになるあの瞳。

出会いがあまりに衝撃的で、それからの毎日があまりに楽しくて、たった一枚の写真を残すことすら思いつかなかった彼女が、そこにいた。

目の奥が突き刺すように鋭く痛んで、だけど涙は流れなかった。

どうして、雨と風に打たれながら彼女の腕をつかんだ時、伝えなかったのだろう。

きみが好きだから、いかないでくれと。

きみが好きだから、ここにいてくれと。

きみが好きだから、これからも、いつまでも、ずっと一緒にいたいんだと。

終章　あの夏で待つあなたへ

八月下旬の土曜日、シマ高文化祭は、現職十七代校長の開会の挨拶《あいさつ》から始まった。

「この島の一番美しい季節に、無事に文化祭を迎えられたことをうれしく思います。みなさんは夏休み中にもかかわらず毎日学校に通って、道具を運んだり、劇の練習をしたり、海辺で踊ったり、本当にがんばっていましたね。今日と明日は教科書もノートも放り出して、思いきり楽しんでください。そしてもちろん、私を含めて先生たちもシマ高の一員として文化祭を盛り上げようと思います。まずはイケメン若手教諭と握手できる教員模擬店。そして正午からはオヤジダンスユニット『オジザイル』のパフォーマンス、これは私も出ます、ボーカルです。さらに明日は女性教諭による魂《たましい》の合唱……」

生徒そっちのけで教員チームの宣伝を始めた校長に新入生はざわついたが、二年生と三年生は仏のように静かな表情でステージを見守っており、どうやら毎年こんな感じらしいとわかった。どこに行ってしまうのか聞いていて不安だった校長の話は、しばらくするとブーメランのようにちゃんと元の場所に戻ってきた。

「みなさんがいつになれば私の話が終わるかとうずうずして、こんなに目をキラキラさせている。まったくこんなに楽しい二日間はありません。最高の文化祭にしましょうね」

調理班と展示班に分かれて最終ミーティングを行い、やがて朝十時。一般公開が始まった。公開直後からワラワラと校舎内に増えはじめた来場者を見て、和希《かずき》はびっくりした。今の時点でたぶん三百人は超えているだろう。かつてシマ高の歴史を語ると必ず出てくる十六代校長が、采岐島《ときしま》の夏祭りを目当てにやって来た観光客を引き入れるために文化祭の日程を変更させたというが、やっぱりただ者ではない。

一年一組の模擬裁判は十一時からの公開で、現在展示班メンバーは会場の教室ではなく、校舎一階の端にある化学室に集まっていた。開始十五分前になったら黒の法衣の裁判長を先頭に、検察官、弁護士、そしてドレスの白雪姫や真紅《しんく》のマントの王子、七人の小人たちと裁判員、出演者が総出で行列を作って校内を練り歩き、観客を集めるという趣向なのだ。ちなみに和希はプラカードを持って最後尾を歩く係を仰せつかっている。

「うお、すげー」

裁判員役をやってくれる島の人たちに冷たいお茶を配っていると、開け放した窓から、タオルを額に巻いた耕平《こうへい》が顔をのぞかせた。化学室の外は模擬店が建ち並ぶ文化祭のメインストリートで、一年一組の『びっくり☆揚げシュー』も近くに店を構えているのだ。

「店のほういいの？」

「んー、まだあんまりお客さん来なくて……てか漁港のおばさんたちが出してる『サザエカレー』が今ものすごい行列作ってて。飛び入り参加で高校生の文化祭に乗りこんできて根こそぎ客をかっさらうって、それどうなの？　大人としてどうなの、ねえ？」

「仁義なき弱肉強食社会だね」

「でもさ、今はサザエカレーでお腹《なか》いっぱいにしてる人たちも、お昼すぎたら何かおやつが食べたくなると思うんだ。その時こそおれたちの時代が来るよ。……ってことでこれ、ちょっと焦《こ》げたり中身が出ちゃったやつ、よかったらそっちの人たちと食べて」

窓ごしに耕平がくれたのはクッキングペーパーを敷いた皿で、ころんとまるい揚げシューがいっぱい並んでいる。確かにちょっと黒っぽいし、中身のクリームやウィンナーがはみ出しているが、粉砂糖をふった揚げシューは十分おいしそうだ。これはみんな喜ぶだろう。ありがとうと言うと、耕平は「王子には世話になったからさ」とニカッと笑った。

一週間の帰省を終えて、まだ夏休み中のシマ高に最初に登校した日は、やはり緊張した。日程を合わせて戻ってきた幹也《みきや》も一緒だったが、もう教室に自分の居場所はないのではないかと思った。実際、和希が教室に入ると、作業をしていたクラスメイトたちは一瞬で話しやんだ。沈黙に胃がぎゅっとした時、耕平が、すっくと立ち上がったのだ。

「おはよ、王子！」

まるで応援歌練習みたいに大きな声で、和希はびっくりしたが、耕平のほうも顔を赤くしていた。自分が懸命な気持ちで教室に来たみたいに、耕平も今必死な気持ちで挨拶してくれたのだとわかった。どう応えたらいいか考えて、とりあえず小さく笑うと、耕平もはにかむように笑った。それにつられたみたいにぱらぱらとあちこちから挨拶の声があがって、想像していたよりも穏やかに教室に戻ることができた。間近に迫った文化祭の準備でとにかく忙しかったことも大きいのだろう。ただ、すべてが元どおりになったわけではなく、いまだに態度がぎこちない人も、口をきかなくなった人もいる。

だけど、とりあえず今はこれで十分だ。

「三島《みしま》さんも、どうぞ」

裁判員役の島の人たちに揚げシューを配ってまわったあと、和希は窓際で脚本の最終チェックをしていた、たまきのところに行った。

学校に復帰してからのたまきは、それはすばらしい働きぶりだった。帰省していた留学生組がぱらぱらと戻ってきた頃には、調理班も展示班も最終調整くらいの仕事しか残っていなかったほどだ。ちなみに和希が幹也と一緒に戻ってきた日には模擬裁判の稽古《けいこ》があったのだが、総監督であるたまきは「違う、そこはもっと王妃に対する積年の恨みと憎しみをあられもなくさらけ出して」と冷厳たる声で白雪姫に演技指導していた。

「模擬店も模擬裁判も、三島さんのおかげですごくよくできたと思う。ありがとう」

いろいろあったが、今は心から彼女の労をねぎらいたくて和希は揚げシューの皿をさし出した。驚いた表情のたまきは、ふわりとほほえみながら、揚げシューをつまんだ。

「映画で、倒したと思ったモンスターがいきなり起き上がって後ろから襲われる人がいるけど、月ヶ瀬《つきがせ》くんってあのタイプだよね。少し安心させると、すぐに警戒を解いちゃう」

「え」

「私、何も変わってないし、変わる気もなくしたから、油断しないで」

笑顔をぞくりとするような凄《すご》みのあるものに一変させ、たまきはすれ違いざまに肩同士をふれ合わせながら出演者たちのほうに歩いていった。「和希？　どうした？」と幹也に顔の前で手をふられるまで、和希は皿を持ったまま硬直していた。

「ちょっと！　パーラー竹内《たけうち》のおじさん、なんで来ないの⁉」

「あ、竹内のおやっさんならちょい前に模擬店の通りふらふらしてんの見たぞ」

「何やってんだよあのパンチパーマ！　俺ちょっと捜してくる」

「ばかっ、裁判長がいなくなってどうすんの。ここはあたしが……」

「サキちゃんだって白雪姫でしょ。とにかく出演者は動かないで本番のことだけ考えて」

問題が勃発《ぼっぱつ》したのは、模擬裁判の公開まであと三十分と迫った頃だった。裁判員役の島の人たちには十時半までに化学室に集合するよう頼んでいたのだが、ひとりが時間をすぎても現れないのだ。『パーラー竹内』という島唯一のパチンコ店を営む陽気なおじさんで、稽古でもいきなり「謎はすべて解けた！」とアドリブをかましたりする自由人なのだが、竹内さんはよりにもよって本番三十分前にその自由人っぷりを発揮《はっき》したらしい。

「私、今から実行委員のところに行って呼び出しの放送してもらうから。でも放送なんて聞いてない可能性もあるから、同時進行で誰か捜しに……」

「待って、捜しに行くにしても、その前に正確な位置を知っといたほうがいいよ」

指示を出すたまきに、幹也が手のひらを向けながらスマホを出して耳に当てた。準備のいいことに、幹也はゲスト出演者全員の連絡先を自分のスマホに登録していたらしい。

「――あ、竹内さんですか？　一年一組の尾崎《おざき》です。集合時間すぎてるんですが、今どこにいらっしゃいますか？　……サザエカレーはわかりますけど、今すぐ来てもらえませんか。校舎一階の化学室に。いえ、確かに冷めたカレーはおいしくないですけど、このままだとみんなの竹内さんに対する信頼も冷め切ります。……わかりました、とりあえずそこでカレー食べててください。食べてていいので動かないでください、絶対に」

会話の内容からおおよその事態を察したその場の一同は、幹也が通話を切ったとたんに深い嘆きのため息をついた。

「確かにサザエカレーはうまいけど。わかるけども！」

「なんで本番前にカレー食べようって思うのかな……」

「だらしない男って、殺意を覚えるよね」

ぽつりと呟《つぶや》くたまきに、ぎょっとする一同。「委員長、最近キャラ変わってね？」「委員長ってか女王っぽくね？」と男子がひそひそするのを聞きながら、和希は手を上げた。

「じゃ、おれ、竹内さんつれてくる。パンチパーマだからよく覚えてるし……」

「おまえはプラカードだろ」

冷めた調子でさえぎったのは、それまでとくに仕事をするでもなく気だるそうに椅子《いす》にもたれていたヨシキだった。ヨシキは立ち上がりながら、たまきのほうを見た。

「要はそのおっさん、ここにつれてくればいいんでしょ」

「うん。引きずり倒してもいいからつれてきて。もし十分以内に見つからなかったら、もう見捨てていいから、須加《すが》くんは戻ってきて」

冷徹なる面もちで指示するたまきに、青ざめた男子連中はまたもやひそひそとささやきを交わしたが、ヨシキは唇をほころばせたように見えた。気のせいかと思うくらい、本当に少しだったけれど。そして和希の視線に気づいたヨシキは、こっちに歩いてきて、

「邪魔」

と別に通路をふさいでいたわけでもないのにわざわざ肩をぶつけて出ていった。

それから五分後、ヨシキは見事サザエカレーの紙皿を持ったままの竹内さんを捕獲《ほかく》して化学室に帰還し、和希のプラカードが最後尾を歩く行列は無事に出発した。


童話仕立てとはいえ堅い内容なので受けるかどうか心配だった模擬裁判は、予想を超える反響で、立ち見の人も出るほどだった。最後に裁判長が判決を読み上げ、たまきが委員長らしくほほえみながら結びの言葉を述べると、大きな拍手が起こった。

模擬裁判の午前の部はこれで終わり、次の午後の部は担当する展示班のメンバーも交代になる。自由時間になって一緒に教室を出た幹也が、腕時計を確認した。

「まず模擬店行って、お昼すまそうか」

しかし和希は数分後に体育館で行われるオジザイルのステージ発表がすごく見たかったのでそう言ったら、幹也はあきれたように軽く顔をしかめた。

「あのさ、このあと自分がどういうタイムテーブルで動かないといけないかちゃんとわかってる？　一時からはタイムカプセル委員の仕事でしょ？　それが一時間くらいかかって、二時半からは俺たちのステージ発表だよ？　俺はステージ発表まで何もないからいいけど、おまえはオジザイルより自分の腹ごしらえを優先したほうがいいんじゃないの」

「なんでおれのタイムテーブルをそんな把握《はあく》してんの？　乳母《うば》かよ」

「俺を乳母にさせてるのは誰なのかな、ほんと」

言い合いながら校舎の外に出ると、むわっと熱気が押しよせて、まぶしい夏の光が目を射た。まっ青に晴れた空の下に、色とりどりのテントが建ち並び、生徒も子供も大人も、みんなが楽しそうな顔をしてそこら中を行き交っている。

「あ、和希くんと尾崎くん！　おーい、おーい」

「二人とも買ってけー！　売り上げに貢献《こうけん》しろー！」

一年一組の『びっくり☆揚げシュー』の様子を見に行くと、修治《しゅうじ》と顕光《あきみつ》が暑さでまっ赤になりながら揚げシューを売っていた。修治は柔道部の主将みたいに体格がいいし、顕光は武士みたいに凜々《りり》しい顔だちだから、二人とも額にタオルを巻いた姿がちょっと笑ってしまうくらい似合っている。やっぱり自分のクラスの模擬店は応援したいので、幹也とひとり二箱ずつ揚げシューを買うことにした。しかしお金を払おうとすると、

「いいよ。おまえの分はサービスしてやるよ」

と顕光はぶっきらぼうに手のひらを向けた。「売り上げに貢献しろ」と今自分が言ったのに。丁寧《ていねい》な手つきで揚げシューの箱をビニール袋に入れていた修治も「顕光くんと僕から一箱ずつね」とほがらかな笑顔で言った。

七緒《なお》のことは、急に事情が変わって本土の実家に帰ったのだと話していた。もう島に戻ってくることはないと思う、と。「会いに行けばいいんじゃないの」と幹也には言われたし「電話くらいはできるだろ」と顕光は叱咤《しった》してくれたし「文通だって楽しいよ、きっと」と修治は励ましてくれたが、和希はただ黙って弱く笑った。ほかにどうすればいいのか、わからなかったので。

そして今夕ダで渡されたこの揚げシュー二箱は、どうも失恋手当てというか、そういう感じの心遣いなのだと気づいた。不意打ちだったから胸がつまって、ありがとうと呟く声が小さくなった。それから思いついて、和希は制服のポケットからスマホをとり出しながら、写真を撮りたいと三人に声をかけた。ちょうど客の列が途切れたところだったので、顕光と修治はいそいそとテントの外に出てきた。

「ここでいい？　しゃがんだほうがいいかな？　僕よく写真で頭切れちゃうんだよね」

「え、尾崎そっち行けよ。俺ヤだよ、二人に挟まれるの。きわ立つだろ、身長差が」

「俺だって汗くさい男子二人に挟まれて写りたくないんだけど」

あれこれ言い合っていた三人は、撮るよと声をかけたとたんポーズをきめた。おっとり笑う修治はお人よしのクマみたいだし、白い歯を見せる顕光は才気と野心にあふれた若武者みたいで、薄く笑う幹也はやっぱりどこか腹に一物隠した感じで公家《くげ》っぽい。要するにいつもどおりの三人で、それはわりといい写真だった。

スマホは帰省した時に祖父に買ってもらった。最初はその気もなかったのだが、家に帰ってみたら母が言っていたとおり祖父はすっかり元気のない老人に変わってしまっていて、玄関で出迎えられた時の笑顔の弱々しさに少なからずショックを受けた。

家にいる間は、ずっと祖父とリストのそばにいた。リストは最初すねた様子で和希に見向きもしなかったが、ひと晩たつと寛大な心でゆるしてくれたらしく、夜はベッドにもぐりこんで眠るようになった。すると残る問題は祖父で、何をやっても静かにほほえむだけの反応に弱ってしまい、ためしにスマホをねだったら、そこで祖父は意外なほど喜んだ。みずからショップまで付き添って支払いをし、ついでに自分までシニア向けスマホを購入して、島に戻るまでの数日間、和希は付きっきりで操作を教えることになった。

修治と顕光と幹也の写真、それから文化祭のにぎやかな風景を、メールに添付して母と祖父に送る。祖父は喜ぶだろうし、もしかすると母は、父にも転送するかもしれない。

復縁を打診された父は、母の予想を裏切って拒んだ。まさかもうほかに相手がいるのかと思ったが、どうもそういうことではないらしく、ただただ、自分がいると迷惑をかける、それだけは嫌だと言っているらしい。

ただお嬢さま育ちの母の意外な一面を見た気分なのだが、そういう父に母は腹を立てるでもなく、実に粘り強く説得を続けている。これは夫婦の問題というやつで、息子は口を出さないことにした。それにまだ、黙って去った父をゆるしたわけではない。

ただ、またスマホを持つようになってから、ふとした時に待っている自分に気づく。授業の合間や、寝る前の自由時間、メールが届いているんじゃないかと、電話でも入っていないかと、そっと画面に指をすべらせては、何もないことを確かめて小さく息をつく。

「いつまでぶつくさ言ってるんだよ。ここまで来たんだからもうやめろ、大人だろ」

「うるせえ、俺はわたあめとたこ焼きを食いに来ただけで、タイムカプセルなんてもんには近寄りたくねぇんだよ。なんでわざわざ昔の黒歴史を開けに行かなきゃならねえんだ」

「おまえ、ほんとタイムカプセルに何を入れたんだ……？」

幹也と前庭の木陰に座って、揚げシューやフランクフルトや焼きそばを食べていたら、高津《たかつ》と仁科《にしな》先生を発見した。半袖《そで》のワイシャツにさわやかな水色のネクタイを締めた先生が、やっぱり黒い服にジーンズでサンダル履きの高津の腕を引っぱっている。幹也と声をそろえて呼んでみると、二人ともこちらに気づいて、人ごみを縫《ぬ》ってやって来た。

「模擬裁判、好評だったみたいだな。見に行った先生たちも褒めてたよ」

「先生も教員模擬店で売りまくったらしいですね」

「いやー、けどサザエカレーに苦戦したね。思わぬ刺客《しかく》だったね、漁港のおばさんたち」

仁科先生と話がはずんでいる幹也から離れて、和希は高津に近づいた。

あの入り江で話をしてから、高津に会うのは今日が初めてだった。あの時自分が投げたひどい言葉は今も忘れられなくて、でも謝るには、もう時間がたちすぎてしまった。

「高津さん、受けとってください」

「何なんだよ、いきなり。あいかわらず自由なやつだな」

揚げシューや焼き鳥や焼きそばのパックをありったけ押しつけると、高津は顔をしかめて、でも何か伝わったみたいにこちらを見つめた。「これだけでいい」と揚げシュー以外は返されてしまったが、調理班渾身《こんしん》の揚げシューは高津のお気に召したらしい。ぱくぱく口に運んで、そんな高津の肩に、怖いほどさわやかな笑顔で仁科先生が手を置いた。

「月ヶ瀬、タイムカプセル委員だったよな？　視聴覚室に一時集合でいいんだっけ？」

「はい。そうです」

揚げシューを飲みこんだ高津が「タイムカプセル委員……？」と呟いた。

「聞いてねえぞ」

「言ったら気まずくさせるかと思って黙ってました」

「大変なんだよな、タイムカプセル委員って。出欠のハガキも返さないやつがいたり、出席って返事したのに土壇場《どたんば》で行くのを渋るやつがいたりするし」

「俺は出席の返事なんてした覚えはねえ、誰かが勝手にハガキ返してたんだよッ」

「行くって言ったやつが来ないと何度も人数確認することになるし、時間もどんどん遅れるし、結局委員が困るんだよな。月ヶ瀬、もし面倒をかけることになったらごめんな」

和希に語りかけながら先生はかなしそうに高津の顔をのぞきこみ、高津は背中を反らすと「……別に行かねえなんて言ってねぇだろうが」と呟いてきびすを返した。ぺたぺたとサンダルで歩いていくのは校舎の方角で、ふき出した先生は「じゃあ」と手を上げてあとに続く。和希は訊《き》きそびれたことを思い出して、声をはった。

「高津さん。今度、ピアノ弾きに行ってもいいですか？」

ふり返った高津は、目をまるくして、それからいつものガラの悪い口調で言った。

「好きにしろ。どうせほかに誰も弾かねぇからな」


午後一時の十分前、和希はタイムカプセル委員の腕章をつけて視聴覚室に向かった。

学校の中で体育館の次に広いその教室には、すでに三十人近い卒業生が集まっていた。貫禄《かんろく》のある人に、ちょっと頭が薄くなりかけている人、驚くくらいに華やかな人に、大病でもしたように痩《や》せている人。服装も雰囲気もまちまちの三十歳を迎える男女が、高校生と何も変わらないはしゃぎ具合でお互いの再会を喜んでいて、そのながめは中々いいものだった。仁科先生はたくさんの同級生（女性が多めだ）に囲まれていて、高津も話しかけてくる人は多いのに、知らない家につれてこられたペットみたいに大人しく無口になっているのがおかしかった。

シマ高卒業生のタイムカプセルは、すべて校内の倉庫に保管されている。かつては地中に埋めていた時代もあったらしいのだが、いざ掘り起こそうとした時にタイムカプセルが行方不明になっていたり、地中の水がカプセルに入りこんで中身がだめになってしまったりという出来事があって、現在の形態になったのだそうだ。和希が出欠確認のハガキから作成した名簿をもとに点呼をとっていると、別のクラスの委員が二人がかりで大きな銀色のカプセルを運んできた。ワッと歓声があがった。

「佐藤《さとう》ー、佐藤ケイゴー」「村上《むらかみ》ヨウコー」と卒業生たちが名前を呼び合ってカプセルからとり出したものを手渡していく。カプセルの中身は未来の自分への手紙や、それぞれの思い出の品だ。なつかしさに笑ったり、羞恥《しゅうち》に奇声を発する卒業生たちの邪魔をしないよう、和希たちタイムカプセル委員は教室の後ろに下がって温かく様子を見守った。

「三十歳って、わたし何やってるのかなー。結婚できてるのかなー」

「先輩は大丈夫っすよ。なんなら俺どうっすか。Iターンして先輩と牧場継ぎます」

「月ヶ瀬くんは三十歳の頃どうなってたい？」

「んー……安定したホワイト企業に就職できてるといいなって思う」

「まじめか！　もうちょっとおもしろいこと考えようぜ」

後ろの壁際に並びながら委員同士でごにょごにょと雑談していると、教室の前のほうでカプセルを囲む卒業生がざわめき始めた。さっきまでのはしゃいだ雰囲気とは違う、とまどったような空気を感じて、和希は寄りかかっていた壁から背中を離した。ほかの委員も様子がおかしいことに気づいたようで「え、なに？」「何かあった？」と呟く。

「……つきがせ、って読むのか？　これは？」

「そんな人いなかったよね……」

「別の学年の手紙が間違って入っちゃったんじゃないの？」

「そんなことあるんかな……とりあえず中見てみたら何かわかるかも――あっ、高津？」

それまで居心地悪そうにひとりだけ離れていた黒服の高津が、ざわつく卒業生の人垣にツカツカと近づき、長い腕をつっこんで何かをとり上げた。封筒、のように和希には見えた。高津は白い封筒の表側を凝視し、次に裏面をまた凝視すると、教室の後ろに立つ和希を見つけて、大股でまっすぐに近づいてきた。

「おまえにだ」

突き出されたシンプルな白い封筒には『月ヶ瀬和希様』と丁寧な字で書かれていた。

「……高津さんが書いたんですか？」

「んなわけねぇだろ」

そんなわけがないことは、本当はわかっていた。封筒の字は、高津の力強い達筆とは違う。やや右上がりぎみのその字は、見覚えがある気がした。けれど、そんなはずはない。そんなわけはないのだ。急激に加速する鼓動を感じながら、封筒を裏返す。


『七緒』


こめかみに響くほど、心臓が大きく脈打った。

「ちょっと――ごめん」

　どうしたのかと目をまるくしているタイムカプセル委員たちに、かすれる声で断って、視聴覚室を出る。わけがわからない。まったくわからない。タイムカプセルは一度封印されたら、十八歳だった卒業生が三十歳になるまでの十二年間、厳重に倉庫に保管されるはずだ。あのタイムカプセルは高津や仁科先生がシマ高を卒業した二〇〇六年に封印されたもので、その時に七緒は――ああ、だめだ、何もまとまらない。

廊下の端に立ったまま白い封筒を開ける。指がこわばっているせいで時間がかかった。中には便箋《びんせん》が数枚入っていて、それを、速すぎる自分の鼓動を感じながらひろげる。

『こんにちは、と始めるのもなんだかおかしな感じがしますね。お元気ですか？　この手紙を書いている私は、名実ともに立派なおばさんです。けれどこの手紙がうまくあなたに届いたら、あなたはあの夏の高校一年生のまま。とてもふしぎな話です。

あの台風の日、あれからあなたは無事に助け出されたのでしょうか。けがは治ったのでしょうか。本当なら自分で助けに行きたいけれど、私がこの手紙を書いている現在、まだあなたは采岐島に来てすらいない。とても、歯がゆいです。

あの日、私がとった行動は、きっとあなたを混乱させたと思います。あの時の私はとにかく切羽詰まって説明する余裕がなく、それに説明してあなたに軽蔑《けいべつ》されるのも怖かったのです。けれどあれから何十年もたち――あなたにはひと月ほどのことでしょうが――あなたに話しておきたいと思うようになりました。ほかに伝えたいこともあるので。

どういうわけか二〇一七年に放りこまれる前、一九七四年で、私は罪を犯しました。人を殺そうとしたのです。

相手は、私の母の兄、つまり伯父《おじ》です。私の父は小学生の時に病死して、母は私をつれて実家に身を寄せました。そこにいたのが伯父です。私は中学生になったあたりから、伯父に不愉快な思いをさせられるようになりました。詳細は説明したくありません。ただ、私は伯父を憎んで彼が死ねばいいと、そうでなければ自分が死ぬしかないと考えるまでになりました。母に相談しようと思ったこともあったけれど、母は私を育てるために懸命に働いていたので、心配をかけたくないと思うと、何も言えなかった。

あの入り江の崖《がけ》。伯父は好んであの場所に散歩に出かけていました。

そして私は、あの崖にある転落防止の鎖に細工をしたのです。鎖が杭《くい》から外れるように接合部の穴を広げ、鎖が腐食するように酸性洗剤を塗りました。十六歳の高校生にできるのはその程度のことで、けれど当時の私にとってはそれが命をかけた反撃でした。

しかし結果から言うと、私の犯行は失敗しました。

伯父をあの崖におびき出したものの、鎖は伯父を転落させてはくれず、何事もなく帰路につく彼の背中を見て、私は家に帰ればまた悪夢が始まることを思いました。彼が死なないのなら、私が死ぬしかない。そして私は、鎖をこえて、崖から飛び降りました。

でも私は死ななかった。

目を覚ますと、なぜかまだ息をして、生きていて、そこに和希、あなたがいたのです。

たまきちゃんが座った鎖が外れ、彼女を助けようとしてあなたが崖から落ちたあの時。血の気のない顔で意識を失っているあなたに何度も呼びかけながら、私は恐ろしくてたまらず、震えがとまりませんでした。自分が犯した罪が四十年以上の時間を超えて今あなたを傷つけた、命さえ奪いかねなかったと突きつけられて。

そして私は一九七四年に帰ろうとしました。私が鎖に細工する前に戻り、あの恐ろしい行いをやめたい。そこまで都合よくいかないとしても、細工した鎖をとりかえてあなたを襲う危険をなかったことにしたい。私のあの行動は、そういう理由からです。

幸運と言うべきなのでしょう、私は一九七四年に戻ることができました。目を覚ますとあの入り江で倒れていて、自宅まで帰るとみんな驚愕《きょうがく》しました。私は一カ月も行方不明になっており、どこをどう捜しても見つからなかったそうです。

多くの人が私の帰還を喜んでくれましたが、私は失意の底でした。私は入り江で目覚めてすぐに崖に上り、あの鎖を見に行ったのです。しかし予想外の光景がありました。鎖がまったく新しいものに変わっていたのです。あとで話を聞いたところ、私が行方不明になっている間に台風であの鎖と杭が倒れ、役場が新しいものに交換していたのでした。

では、あの日、たまきちゃんとあなたが危険な目にあったのは私のせいではなかった？それなら私は死ぬほどの覚悟で海に飛びこみ、こちらに戻ってくる必要はなかった？あのまま、和希がいる二〇一七年で、和希とずっと一緒に暮らしていてもよかった？

考えると内臓がよじれるようでした。でもその苦しみも、人を死なせようとした自分に対する罰《ばつ》なのだと思いました。私は東京タワーができた年に生まれ、やはりこちらこそが私の生きるべき場所で、それを知らしめるために神様が私を二〇一七年からつれ戻したのかもしれない。そう思うことで自分を納得させようとしました。

しかし、よかったこともあります。二度も海に飛びこんだ私はかなりの度胸がつき、私を意のままにしようとする伯父から自由になるべく行動を起こしました。私の話を聞いた母は、泣いて私を抱きしめ、周囲にも味方になってくれる人がいました。私は鎖を細工する前にこうするべきだったのだと知りました。それはとても怖くて勇気がいることだったけど、誰も殺さずにこうして解決できる道もあったのだ、と。

その後、私は二年生までシマ高に通い、母がいい人と出会って再婚したのを機に本土へ移りました。新しい父のおかげで大学に行くこともできました。私はもうなりたいものが決まっていたので、それはとてもありがたかった。私のように、そして和希、あなたのように、つぶれてしまいそうな重荷を負っていても、まだ若すぎるために解決する力が足りなくて苦しんでいる子の力になりたい。そのために私は教師になりたかったのです。

正直に言うと高校を卒業し、大学に入り、ばたばたと忙しい毎日を送るうち、ひと月だけ二〇一七年にいたことを、私は夢だったのだと思うようになりました。高津さんのことも、仁科先生のことも、幹也くんのことも、そして和希、あなたのことも。そう思っていたほうが楽だったというのもあります。二度と会えないあなたのことを思い、あなたからどんどん歳《とし》が離れていく自分を思うのは、とても、せつないことだったので。

けれど念願の教職に就いてからちょうど二十年がたち、二十一世紀に入った九月十一日。あの恐ろしい出来事が起こりました。ハイジャックされた飛行機が高層ビルに突っこみ、その高層ビルが崩れ落ちていく映像が、何度もテレビでくり返されました。どうしようもなく恐ろしく、とてつもなくかなしい、まさにあなたが語ったとおりの光景でした。

二〇一七年で見聞きしたことが、現実に、日付すら違《たが》えずに起こった。もしかしてあれは夢ではなかったのか。本当のことだったのか。だとすると、和希、二〇〇一年生まれのあなたは、まさに今年この世界に誕生することになる。

あなたからもっとちゃんと住んでいるところを聞いていたら会いに行くこともできたのに、あんなに急に別れが来るとは思わなかったから、よく考えると私はあなたの名前と歳くらいしか知りませんでした。でも、それで十分だった。私が生きるこの世界に、あなたが生まれてくる。そう思うだけで泣けるほどうれしかったのです。

それからの私は生きる活力に満ちあふれて仕事に打ちこみました。打ちこみすぎて恋愛とか結婚とかは程遠い生活でしたが、まあそれはどうでもいいことです。それよりもおもしろい話をしましょう。二十一世紀が始まって三年目、私はシマ高に異動になりました。私にとっての母校はシマ高で、そこはあなたが通っていた大切な場所でもあったので、感無量でした。そして、です。その年の新入生名簿にこんな名前があったのです。

「高津椿《つばき》」そして「仁科葵《あおい》」

入学式の当日、私はもう目を皿のようにして入場する新入生を凝視しました。すると、本当にいるではないですか。いかにも偏屈でコミュニケーション能力が低そうな目つきの悪い少年と、いかにも人当たりがよくてそつがないけど笑顔に食えないものを感じる少年。

あの高津さんと仁科先生を十四年分若くした二人が。

　三年生になった二人のクラス担任を受け持つことになった時は、もう楽しくって仕方ありませんでした。あの二人、私たちの前では立派な大人の顔をしていましたが、この時はまだ学ランの生意気小僧たちですから。けれどそれぞれに悩みを抱え、それと闘《たたか》い、懸命に立ち向かおうとしていました。私は高津くんと仁科くん（と、つい呼びたくなります）の力に少しでもなれたでしょうか。そうだといい。ちなみに仁科くんが東大に、高津くんが最高峰の美大に進んだ時は、島じゅうが大騒ぎになったものでした。

　そして、また私の話をしたいと思います。

　この手紙がちゃんとあなたに届いていたら、あなたはこれはどういうことなのかと首をひねっているかもしれない。

　種明かしをすると、この手紙は校長先生に無理を言って頼み、こっそりタイムカプセルに入れてもらいました。高津くんと仁科くんが三十歳になる年、あなたが文化祭のタイムカプセル委員になるということ。それが私の記憶違いでないことを祈るばかりです。もし私の記憶違いからこの手紙が別の誰かに読まれてしまったら、もう恥ずかしくて三回くらい転生しないと島の土は踏めないでしょう。

　なにせ私も数年前までシマ高の校長を務め、島では少しばかり名が知れていますから』

そこまで読んだところで、和希は手紙を閉じた。

まだまったく頭の整理はついていない。理解なんてできていない。それでも全力で廊下を走って、階段を駆け下りた。途中で来場者とぶつかりそうになって、すみませんと謝るのもそこそこにまた廊下を走り、校舎の一階を目指した。

「失礼しますっ」

「むぐっ!?　……おやおや、どうしましたか？」

ノックも忘れてドアを開けると、革張りのソファでお好み焼きを頬張《ほおば》っていた校長は目をまるくした。それがオジザイルの衣装なのか、ワイルドな黒革ジャケットを着ている。

和希は息を切らしながら室内に踏みこみ、体の向きを変えて校長室の出入り口側の壁を見上げた。そこにはシマ高の歴代校長の写真が三段にわたって並んでいる。はやる鼓動を抑えこんで、順に写真をたどっていく。第十三代、十四代、十五代——そして。

『第十六代校長　小野川《おのがわ》七緒』

「この人は……」

「うん？　ああ、小野川先生ですね。シマ高改革の話は聞いたことがありますか？　あの改革の立役者だった人です。私は、本土の高校で一緒に働いていたことがありましてね。とても優秀で、生徒を思いやる熱心な先生でしたよ」

上品な水色のスーツを着てほほえむ姿は、聡明《そうめい》そうで落ち着いた年配の女性そのものだ。

髪型も違う。雰囲気も違う。何もかも自分の知っている彼女とは変わっている。

けれど、猫みたいな琥珀《こはく》色の瞳《ひとみ》は、そのままだった。

「……この人は、今は、どこに」

「亡くなったんですよ」

校長は、写真を見上げる瞳をかなしみに沈ませた。

「二年前にね。任期の途中で倒れられたので、私が代わりにこの学校に赴任したんです。難しい病気でしたが、最後は本人の希望で、島の診療所で息をひきとりました」

「──この人に、タイムカプセルに手紙を入れてくれって頼まれましたか？」

「んっ!?　なぜそれを……ゴホン、いえ、何のことかな？　先生は知りませんよ。タイムカプセルは一度封印したら開封日までさわってはいけない決まりですからね。さあさあ、文化祭はまだまだ続いてます。きみもあっちこっち見ていらっしゃい」

校長室から押し出されたあと、和希は昇降口に向かった。夢の中を歩いているみたいに足もとの感覚がおかしい。手のひらが、暑さとは別の理由で湿っている。

上履きからスニーカーに履きかえて、たくさんの人でにぎわう前庭を歩いた。しばらく行けば、まぶしい夏の陽光を浴びるそれが見えてくる。

《未来へ渡る舟》

想像のなかの方舟《はこぶね》に似ているこのモニュメントに、毎朝登校するたびそっとふれるのが好きだった。このブロンズ像はシマ高の創立六十周年の時、高津が依頼を受けて制作し、十六代校長が寄贈した。

『和希の方舟には、誰が乗ってるの?』

耳もとでささやかれたように声がよみがえり、めまいを感じてモニュメントの台座の横にできている日陰に座りこんだ。しばらくまぶたを閉じて、そしてまた、手紙を開く。

『私が校長としてシマ高に赴任した時、シマ高は、かなしいありさまでした。どんどん生徒が減ってついに新入生は一クラスになってしまい、このままではいずれ廃校になるのは目に見えていました。私があなたにくっついて文化祭の手伝いに行ったシマ高はあんなに生徒であふれ、にぎやかで、見ているだけで楽しくなるようだったのに。

この落差がいったい何なのかわかりませんでしたが、何とかしなければならない、しかも早急に何とかしなければならないということはわかっていました。シマ高がなくなれば島は死にます。島に生まれる子供たちは毎日何時間もかけて本土の学校に通わなければならなくなり、いつかこの島に来るはずのあなたたちも、どうなってしまうのか。

それからの何年かは本当に忙しく、けれど生きているということをこれほど強く感じたこともない時間でした。無我夢中でした。夢中になりすぎて、私は自分の体の異変に気づくのが遅れました。そして気づいた時にはもうどうしようもない状態になっていました。

あなたがこの島に来るまで生きていたい、そしてもう一度あなたに会いたいというのが、ひそかな私の生きる目標だったのですが。この手紙があなたのもとに届いた時には、私はきっと、もういません。

けれど、考えてみれば当然かもしれない。十六歳の私が二〇一七年を訪れた時、おばさんになった私もまだ生きていたとしたら、年齢の違う二人の私が同じ時間に存在することになって、それは何だか頭がこんがらがるおかしな話です。

あの時すでに私がこの世にいなかったから、だから十六歳の私は、あなたに会うことができた。そう考えれば、まあしょうがないかと思えます。あの夏のひと月は、私にとって本当に何にも代えがたい、きらきら光る宝物なのですから。

和希。

あなたがこの手紙を読んでくれているとしたら、どうかこれから私が書くことを、心のかたすみにとめてください。

私は、あなたに降りかかる苦しみをどうにかできないものかとずいぶん悩みました。けれど、うかつな私はあなたの歳と名前くらいしか知らず、あなたのお父さんの事件がいつどこで起きるのか何も知らない。いろいろ試みてはみたのですが、まだ訪れない未来に手出しすることはやはり難しいようです。しかも私にはもう時間が残されていない。

あなたはこれからつらい思いをする。心ない言葉や悪意に傷つけられて、洪水ですべてが滅びることを願い、自分も助からずに死んでいこうと思う。それを想像するとまったくやりきれない。けれど信じてほしいのです。あなたが秘めている強さを。

あなたはあんなに傷ついていたのに、私を思いやり助けてくれた。あなたはやさしい。やさしいということは、強いのです。それは敵を打ち負かす強さとは違う、どんなに傷を負っても人の心にかがやくものを見失わずに生きていける力のことです。

人間は醜《みにく》い。この世界は冷たい。あたりを見回せば嘘《うそ》と悪意ばかりが目について、敵だらけのような生きづらい場所で、ときどき無性に消えてしまいたくなる。

でも同じ人間が肩を貸してくれることもあれば、世界がふいにほほえんでくれることだってある。神様とか奇跡としか言いようのないものが、本当ならお互いを知るはずもない私たちを出会わせてくれたみたいに。それは百回苦しんでやっと一回報われるような、ささやかすぎるものではあるけれど、私たちが生きる場所はそこまで捨てたものじゃない。

和希、あなたは愛されるべき人であり、物かげに隠れて自分の名も告げぬ卑怯《ひきょう》者の言葉などには到底汚すことはできない尊《とうと》さを持った人です。

どうか、あなた自身と、あなたが歩んでゆく未来を信じてください。

あなたの方舟が、あなたを洪水のなかにとり残して去っていくかなしいものではなく、信じあえる大切な人たちと一緒にかがやける未来へとあなたを運ぶものに変わることを、祈っています。あなたは、私の希望です。

ずいぶん長くなってしまいましたね。切りがないのでこのへんにしましょう。

最後は恋文らしく締めくくります。


大好きでした。

ありがとう。

どうか世界一しあわせになって。

あなたが笑っていてくれたら、もう、ほかに望むものはない』

＊

かずき、と声がした。

「和希」

肩をためらいがちにゆすられて、頭をもたげる。幹也が目の前にしゃがみこんでいた。後ろには顕光と修治もいる。なぜかみんな、ひどく心配そうにこっちを見ていた。

「どうした？　具合でも悪い？」

深刻に眉をよせた幹也に問いかけられて、初めて自分の頬が濡れていることに気づいた。

またしずくが頬を伝いおちる。あとから、あとから、雨のように。

とても長い夢から目覚めたような心地で、友達の顔を、楽しげな人々を、夏の青空を、風にそよぐ木々の葉を見つめる。睫毛《まつげ》に散った水滴が夏の陽光を反射して、目に映るもののひとつひとつがまばゆくかがやいている。人々の笑い声と、葉擦れの音と、丘の下の海から届く波音が、素朴な音楽を奏でる。

たった今自分の身に起きたことを、何と言えばいいのかわからない。こんな突然に雲間を割ってさしこむ強烈な光のようなものを、もしかして人は、奇跡と呼ぶんだろうか。

でもそれは、何かの大きな力が偶然もたらしたものなどでは決してなく、悩み、闘い、慈《いつく》しみながら自分の人生を生きた彼女が贈ってくれたものだ。

何光年も彼方《かなた》にある星の光のように、長い時間を超えて今届いた彼女の願いと祈りが、ずっと自分の暗がりで痛んでいたものを洪水のように押し流していった。

「……いま、何時?」

頬をぬぐい、呼吸を整えてから訊《たず》ねると、幹也は眉をよせたまま腕時計を見た。

「二時二十分」

「じゃ、体育館、行かないと」

「大丈夫なのか? 別に無理しなくていいよ、ステージ発表なんか」

「大丈夫だから」

立ち上がって、地面を踏みしめる。少しふらついたが、しっかりと立てる。そうきっと、自分は自分で思うよりも強い。彼女が信じろと言ってくれたように。

　過去は未来よりも遠いと絶望していた。そのとおりだ。それはどこよりもはるかに遠い場所で、どれほど手をのばしても届くことはない。

　けれど過ぎ去った時間のなかで誰かが紡《つむ》いでくれたものが現在をつくり、そこに自分が立っている。見えなくても、ふれられなくても、会えなくても、つながっているのだ。

「あ、楽譜とか必要だよね？　教室に置いてる？」

「時間ないよな。俺走って取ってきてやるよ」

「大丈夫、ぜんぶ覚えてるから」

「ぜんぶ……!?」

「かっけー……！」

「言ったじゃん、和希はやればできる子だって」

　ワイワイ騒ぐ仲間に笑いながら、和希は手紙を大切に折りたたみ、制服の胸ポケットに入れた。ちょうど心臓の真上にあるそこに手を当てて、自分が受けとったものと、未来で待つ自分にそれを贈ってくれた彼女を想う。

　行こう。

　そして、きみが聴きたいと言ったピアノを弾こう。

※この作品はフィクションです。実在の人物・団体・事件などにはいっさい関係ありません。

集英社オレンジ文庫をお買い上げいただき、ありがとうございます。
ご意見・ご感想をお待ちしております。

●あて先
〒101-8050　東京都千代田区一ツ橋2-5-10
集英社オレンジ文庫編集部 気付
阿部暁子先生

どこよりも遠い場所にいる君へ

集英社
オレンジ文庫

2017年10月25日　第１刷発行
2025年４月15日　第26刷発行

著　者　阿部暁子
発行者　今井孝昭
発行所　株式会社集英社
〒101-8050東京都千代田区一ツ橋2-5-10
電話【編集部】03-3230-6352
【読者係】03-3230-6080
【販売部】03-3230-6393（書店専用）
印刷所　TOPPANクロレ株式会社

ISBN 978-4-08-680154-6 C0193